时尚之歌

朱剑冰 著

中国言实出版社

图书在版编目(CIP)数据

时尚之歌 / 朱剑冰著. -- 北京 : 中国言实出版社,
2022.10
ISBN 978-7-5171-4287-4

Ⅰ. ①时… Ⅱ. ①朱… Ⅲ. ①长篇小说—中国—当代
Ⅳ. ①I247.5

中国版本图书馆CIP数据核字(2022)第184383号

时尚之歌

责任编辑：郭江妮
责任校对：张馨睿

出版发行：中国言实出版社
地　址：北京市朝阳区北苑路180号加利大厦5号楼105室
邮　编：100101
编辑部：北京市海淀区花园路6号院B座6层
邮　编：100088
电　话：010-64924853（总编室）　010-64924716（发行部）
网　址：www.zgyscbs.cn　电子邮箱：zgyscbs@263.net

经　销：新华书店
印　刷：成都市兴雅致印务有限责任公司
版　次：2023年1月第1版　2023年1月第1次印刷
规　格：880毫米×1230毫米　1/32　12印张
字　数：310千字

定　价：80.00元
书　号：ISBN 978-7-5171-4287-4

CONTENTS

目录

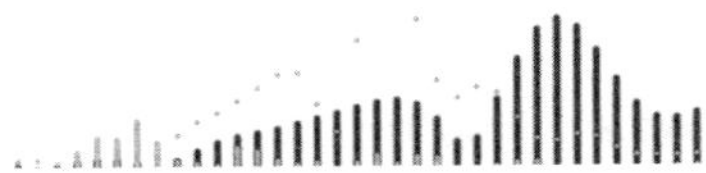

ONE

第一章

命运开始的夏天

- 01 -

“我要去法国。”

这是朱古力在家中沉默了整整三天后，嘴里蹦出的第一句话。

“纯属胡闹！”

没等朱妈妈开口，平时温文尔雅的朱爸爸就第一时间用不容置疑的口吻摆明了他那完全无法接受的姿态。当然，这一切本就是情理之中的事情。毕竟朱古力是这对夫妻唯一的孩子，虽然是女孩子，但从小到大聪明的朱古力还是让父母为之骄傲，对于她的未来也是有蛮高期望的。

如果朱古力只是单纯地想要去法国留学，那么以她父母长期以来的开明性格，倒也不是不能商量，更有着可以操作的空间。可一个还在杭州大学读书的女生，只为了一场在大人们看来懵懵懂懂、没头没尾的爱情，便突发奇想要跑去了半个地球之外的法国，也实在有些太肆意妄为了吧？

“你、你、你……疯了！我不管你是怎么想的，总之，你先好好地把大学念完，其他的以后再说……”

朱爸爸虽然被女儿的荒唐举动气得来回踱步，但语气却渐渐柔和了下来。毕竟他来自一个以“谦恭仁厚”为族训的书香世家，实在做不出强硬地压制他人的事情，更何况面对的是自己向来视为掌上明珠的宝贝女儿。

没想到，一向喜欢顶嘴的朱古力，这一次却平静如水，只是再次给父母重复了那句话：

“我要去法国。”

看着朱古力坚定的眼神，朱爸爸突然语塞，四目相对间，火花已然迸发。夹在中间的朱妈妈显然有些慌了手脚，脑子里正拼命搜寻着劝说之词。但此时，朱爸爸已经冲出屋外，很少在家里抽烟的他，竟点燃一支“红梅”猛抽了起来。

可怜天下父母心啊！

其实朱爸爸早就为女儿铺好了康庄大道，只要朱古力一读完大学，就可以去杭州市教育局上班。在朱爸爸的心目中，自己的女儿未来就该稳稳当当地端个铁饭碗，衣食无忧地过一辈子，但是现在……

复盘着过往种种的朱爸爸突然有点后悔让朱古力报考杭大。仿佛是朱古力考上别的大学就不会谈恋爱，也不会像现在一样被那个叫“杜宇熙”的小子迷昏了头脑。

“杜宇熙、杜宇熙、杜宇熙……”

趴在书桌上的朱古力又一次一笔一画地在日记本上写下这个熟悉的名字，此时的她虽然表面上已经陷入一种近乎癫狂的状态，但内心深处却格外的平静。

这是一种唯有青春时期才会有的执念。只是此时的她无论怎样也不会想到，这份执念即将悄然改变她的人生。

这一切，要追溯到一年前的夏天。

那年夏天出奇的热，刚入七月，温度已经蹿到39度。仅仅是坐在书桌前，豆大的汗珠便不断从朱古力的额头上冒出来，顺着脸颊滴落在那一页页翻动的习题册上。但她却毫不在意依然全神贯注地书写着，只为了能够考上那自己心心念念的复旦大学中文系。

几个月来，从凌晨六点至第二天凌晨两点，朱古力的生活都在家和教室的书桌前无缝切换，面对堆成小山的复习题，听着老式电风扇的嗡嗡声，以及家对面街道仪表厂不时传来的刺耳冲床声，在避无可避的热浪中伏案苦读，这就是她高考前的全部生活。

当然，在这样枯燥而艰辛的生活中，朱古力也偷留着一点小乐趣，来调剂着枯燥的生活，那便是翻阅她剪贴的时装画报。

爱美是女孩子的天性，朱古力亦是如此。那个年代，关于时尚的东西少之又少，但她总能从不知名的角落里搜寻到她喜欢的图片，然后小心翼翼地剪下来，贴在本子上，不知不觉中就有了厚厚一本。这本宝贝画册也成了朱古力睡前能做个好梦的小小寄托。

朱古力是很明显的偏科选手，她几乎门门功课优秀，却唯独数学奇差，她自己也深知这点，于是每当在学校实在困得不行时，就选择在数学课上小憩片刻。反正听不懂，也是不想听，倒不如在其他学科上努努力。

然而，她太想当然了。

- 02 -

夏末秋初，一家三口坐在邮箱前焦急地等了一上午，但等到的却不是复旦大学中文系的喜讯，而是同城的杭州大学中文系的一纸录取通知书。很显然，就是因为被数学拉了后腿，朱古力最终与心中的目标大学失之交臂。

朱古力生在温州，长在杭州。自从初中毕业随着父亲的工作升迁举家搬到杭州后，她便从未单独踏出过这座城市半步，只跟着父母去了几次上海和温州老家。因此朱古力做梦都想独自出去看看，但现在连录取的大学都依然在这个圈圈内，这实在让她有些哭笑不得。不过纵有遗憾和不甘，看着父母欣慰而又殷切的目光，朱古力还是选择接受了这个现实，并安慰自己说：也许这一切就是命运吧！

更让朱古力有些尴尬的是，明明“考砸了”的她，竟然还是成了周围人心中的“天之骄子”。毕竟那时候的大学生，含金量还是很高的，更何况杭州大学虽然不及复旦出名，在浙江省内除了浙大外却也算是名校了，更是不少当地考生梦寐以求的首选。因此朱古力的父亲非常高兴，几乎是迫不及待地将这个好消息遍告了所有的亲朋好友，甚至连朱古力那因为远在香港而久不联系的二叔，他也特地打了电话过去“报喜”。

于是，接下来的日子，朱古力的家里家外、大大小小庆祝的聚会一场接着一场。作为这场“庆典”主角的朱古力自然也跟着爸妈，忙着走亲访友，听着他们异口同声的夸赞，接收着认识的、不认识的各种叔叔阿姨送来的贺礼：有时兴的钢笔，有自己画的字画，还有非常富有时代特色、写着“恭贺升学”红字的小银杯……

这其中最让朱古力爱不释手的，是二叔专门从香港寄来的一部相机和彩色胶卷。因为在她看来那是可以记录下这个世界所有美好的东西，也是可以让她从图画的收集变为构建美好画面的绝佳工具。

在摆弄相机的日子里，本还有些不甘的朱古力突然豁然开朗了起来。因为在每晚翻阅画册的保留节目中，已经悄然在图册中出现了朱古力自己的作品。看着那一张张美好的图片，朱古力突然感觉那些形形色色的升学宴请似乎也不再显得那么的枯燥乏味、令人疲惫了。

很快，一眨眼的工夫，就到了入学日。

这天，杭大西溪校区的门口，挤满了学生和送学的家长。只有朱古力独自一人拖着行李仰望大门。她是故意不让爸妈来送行的。作为杭州本地考生，朱古力本不需要住校，可她觉得自己长大了，自然不想继续待在父母的羽翼之下了，她迫切地想要尝试着独立。朱爸爸虽然表示过反对，但很快便选择了向女儿“妥协”，条件则是每周末必须回家陪伴爸妈。

举起心爱的相机，朱古力对着校门牌匾，按下快门。这一刻，她突然感受到自己的人生未来已然有无数种可能在向她招手，嘴角便不自觉上扬了。

那个时代的大学宿舍是八人一间，虽然同是中文系的女孩，但大家来自五湖四海，来到此地前的经历也全然不同。身为独生子女的朱古力本以为需要费些力气才能学会与人相处，但没想到青春就是最好的磁石，几个年轻女孩子很快相互吸引，打成一片。朱古力更因为是全宿舍年龄最小的，又是杭州本地人而备受宿友姐妹们的宠爱。

寝室长李临夏是一个甘肃女孩，比朱古力大了足足三岁，举手投足间都是来自西北的豪爽和大气。朱古力尤其喜欢和她在一起，每当李临夏得意扬扬讲起家乡的丝绸之路、唐蕃古道、河湟雄镇之时，那一口甘肃味的普通话似乎能让朱古力体会到满满的西域风情。

- 03 -

朱古力加入文学社纯属偶然。她虽然喜欢文学，兴致来时也写过几首流行的朦胧诗，但多是自娱自乐，从没有想要和别人一起切磋研究。何况她对那些社团本不感兴趣。但是架不住李临夏的生拉硬拽，口口声声地宣称是欣赏她的文采，才力邀她加入自己老乡组织的文学社的，朱古力看着这位宿舍大姐大热情的模样，也实在找不到可以拒绝的理由。

人与人之间的缘分或许总是在不经意间被联系在一起。

她加入文学社的第一天，在新成员的迎新会上，杜宇熙一登场，他那亮晶晶的眼睛仿佛有一种莫名的魔力，让朱古力有了一种似曾相识的感觉，那是什么呢?

这位大四的文学社社长不愧是杭州大学的“校草”担当，他本来已经被隔壁的中国美术学院录取，可是杭大中文系也录取了他，最终他还是选择了杭大中文系。

这位文学社社长不仅擅长画画，也精通古诗词歌赋和现代诗，连音乐都是他的爱好之一。十项全能的艺术生，又有一双闪亮的眼眸配着长长的睫毛，棱角分明的脸庞加上精致的五官，整个人流露出一种迷人的气质。

杜宇熙在文学社的迎新大会上笑得一脸阳光灿烂，高大的身材笔直挺拔，整个人像早上七八点钟初升的太阳一样熠熠发光。

一篇热情洋溢、堪称佳作的欢迎辞之后，杜宇熙已经收获了无数新人学妹仰慕的眼光，这些小姑娘眼中充满了惊喜，仿佛加入的不是杭大的文学社，而是天底下最最了不起的学生社团。

李临夏更是一脸的仰慕，拉着朱古力拼命念叨：

“小妹，快看、快看！那就是传说中的校草杜宇熙啊！”

杜宇熙成为许多学妹心仪的对象，不是光凭一张英俊的脸庞，还有他一手撑起来的文学社和音乐社。长得帅还有才华，杜宇熙的确不是绣花架子。他一进杭大就加入了文学社，凭借着对欧洲文学的热爱在中文系赢得了一大票追随者。杭大的校刊经常会刊载杜宇熙写的诗歌，说他“年少成名”或许有点言过其实，但至少在那时的杭大，杜宇熙的确已是“无人不知，无人不晓”。

杜宇熙入校一年后，在大二时就接手了文学社，也打破了“大三学生任职文学社社长”的惯例，这一干就是三年，今年已是大四毕业生，全校各个社团的社长到此时都会选择卸任，唯独杜宇熙，众望所归地被文学社的成员们再三挽留。

不仅如此，杜宇熙还一手创办了杭大的音乐社。

据说，最开始杭大图书馆前的草坪上只是三三两两出现一些热爱音乐的吉他男孩，大家抱琴而歌、交流切磋，总是能引来许多姑娘青睐的目光。自从杜宇熙加入他们之后，在此驻足的姑娘更是与日俱增。

每次杜宇熙和琴而歌，旁观的学姐学妹们便无不是一脸仰慕。不到三个月，在杜宇熙的影响下，草坪上的吉他男孩们竟然发展成立了杭大的第一个音乐社，还引得全校学生趋之若鹜，掀起了一个学吉他的热潮。

身兼学校两大知名社团的社长，大四的杜宇熙在杭大可谓一呼百应，面对这样一个呼风唤雨的风云人物，即便是学生会主席也对他礼让三分，免得遭人诟病。原本和杜宇熙八竿子也打不到一起的朱古力，现在却被李临夏拉着参加了文学社，冥冥之中便和杜宇熙牵扯在了一起。

TWO

第二章

消失的爱人

- 01 -

迎新会临近结束的时候，李临夏突然提议朱古力拿出相机给社员们拍张合影，并承诺大家等胶卷冲洗出来以后，每人都会领到一张。上面还会写上“杭州大学文学社1988年迎新合影留念”之类的字样。

对于李临夏的临时起意，寻常的江南女子恐怕难免会有“慷他人之慨”的想法。但得益于父母多年以来的言传身教，朱古力天性豁达从容，更乐于助人。只是她拿到这部相机时间不长，更没有拍摄大合影的经验，心中难免有些发怵。不过，此刻面对大家的齐声欢呼，朱古力也只能硬着头皮接下了这个任务。而就在她躲在李临夏身后，埋头调整相机时，杜宇熙却笑着朝她俩走了过来。

“临夏，你的相机不错啊！”

“社长，相机是她的！哦，对了，给你隆重介绍一下，她叫朱古力，是咱们宿舍的小妹妹，杭州本地人哟！”

朱古力也没想到，李临夏竟会把自己推到了前面。面对着面前这个阳光男孩的灿烂笑容，她一下子有些不知所措。可杜宇熙却似乎并没有感受到她那已然溢于言表的拘谨，还特意地朝着朱古力靠近。那一瞬间，心中小鹿乱撞的朱古力只感觉自己的世界里，仿佛只剩下面前这个明眸皓齿的高大男生。

“学妹，欢迎你加入咱们文学社！”

“啊，嗯，谢谢，不是……”

距离太近了，朱古力的内心早已是控制不住地加速，思绪也乱成一团。突然，一个有趣的念头从她脑子里划过，她明白了，此刻自己那种似曾相识的感觉，就是她一直在追求的“生活之美”啊！

若不是杜宇熙继续开口，朱古力几乎缓不过神来。她这才注意到那个男生已然大方地伸出了那细腻如玉的右手，朝着自己微笑。朱古力连忙抬手相迎，却意外地伸出了自己的左手，场面一时有些尴尬。

“下次活动也请带着相机一起来，好吗？”好在杜宇熙似乎并不介意，依旧笑意盈盈地说道。

这一年，中国的改革开放才开展了不到十年，彩色照片也刚刚在市面上流行起来，而二叔送给朱古力的品牌相机更是刚上市不久的新款，内地根本无法买到，只在香港有售，自然属于千金难买的“稀罕物件”。

朱古力虽然喜欢，看着说明书自己摸索着学会了拍照，但很多功能还是用得不全，更不敢说是十分专业。但既然杜宇熙都这么说了，朱古力如果还推辞说自己不熟练，便不免给人以一种小气之感，于是她大度地报以一个灿烂的微笑，从容地答道：

“杜社长，我也是摸索着刚学会用，万一冲洗出来效果不好，你们可别介意啊！”

杜宇熙下意识地抬手摸了摸自己的下嘴唇。

“同学，刚说你叫什么来着？”

“朱、古、力！”

从小便有男同学取笑她的名字是“古板而有力”，但是稍大一些，大家便逐渐知道了她的名字是英文中“巧克力”的意思。当然，还是不免调侃说，是不是因为她出生之时皮肤太黑，所以父母才为她取了这样的名字。

不过朱古力自己对于这些风言风语却从不在意，毕竟自己既不古板，皮肤也白着呢！但此刻的她却生平第一次觉得念出自己的名字，竟是那么紧张又害羞的事情。

“有趣的名字，哈哈。读起来……还有点甜呢……”

在一个无伤大雅的玩笑之后，杜宇熙脸上的笑容显得更加的灿烂了，一双眼睛像月牙一样弯在了一起。在那一个刹那，朱古力仿佛看到校园里所有的花儿都开了。她脑子里不自觉地浮现出一句话：

“如何让你遇见我，在我最美丽的时刻。”

- 02 -

“杜宇熙和大一的学妹谈恋爱了！”

“竟然还是杜宇熙主动去追求的！”

这个消息仿佛一颗重磅炸弹般引爆了整个杭州大学的校园。

更令众多早就对杜宇熙心存好感的女生无法接受的是，那个令“校草”为之倾倒的朱古力，虽然有几分邻家小妹的娇俏和可爱，但家世、成绩却都不是特别的出众，可偏偏就是她那清纯的模样最终吸引了杜宇熙。

那一阵子，朱古力每次进入女生宿舍楼的大门，似乎都能听到周围的窃窃私语，一些年长的学姐还频频投来并不善意的目光。但朱古力无所畏惧，因为她的确喜欢杜宇熙，而且不是高中时偷偷喜欢语文老师的那种暗恋，而是看着杜宇熙这个人就感觉到“世间万般皆美景”的心满意足。

所以，这个秋天对朱古力来说充满了浪漫。

她和杜宇熙的共同点就是对欧洲文学的热爱，尤其是他们俩都喜欢法国文学，法国大革命时代的文学让他们有共同语言。而在法国四大作家巴尔扎克、维克多·雨果、福楼拜、司汤达之外，朱古力尤其欣赏女权主义的代表人物——乔治·桑。

也只有在杜宇熙的面前，朱古力才敢于问起那个在心头萦绕已久的困惑：

“为什么乔治·桑和肖邦这对情侣会分手啊？”

“虽然很多学者都说乔治·桑和肖邦这样的乱世男女本就用情不专、聚散无常，但我觉得如果真是那样，他们不可能在一起九年之久。而两人最后的分手，或许也是为了爱情的彼此成全吧！”

杜宇熙沉思了许久才说出了自己的答案。

是啊！乔治·桑和肖邦分手之时，华沙大起义以失败而告终。身体状况本就不佳的肖邦却要为了自己的祖国而毅然踏上形同自我毁灭的欧洲巡回演出之旅。无法说服情人的乔治·桑只能选择让他远走。而当三年之后肖邦回到巴黎却已是病入膏肓，不久便病逝在留下其与爱人无数回忆的诺昂庄园之中。

看着杜宇熙失神的模样，朱古力连忙转移了话题。她喜欢和杜宇熙讨论西方文学，也喜欢杜宇熙对西方油画的见解；她喜欢杜宇熙对现代诗的热情，也喜欢杜宇熙演讲时的慷慨激昂；她喜欢杜宇熙唱着台湾民谣时低沉的嗓音，也喜欢杜宇熙热爱生活的模样。总之，杜宇熙的一切她都喜欢。

杜宇熙常常调侃地说自己曾经在李白的故乡生活过，所以才如此多才多艺、热情豪放。朱古力则是丁香一样的女子，吴侬软语配上一张可爱的娃娃脸，和杜宇熙站在一起倒也相衬。

就这样，他们郎才女貌，你侬我侬，旁若无人却羡煞旁人。

从秋天到冬天，朱古力和杜宇熙闲暇时就骑车去植物园闻桂探梅，也去西子湖畔的西泠印社里看看古诗字画，划船共赏三潭印月，日子过得十分惬意。从来没有谈过恋爱的朱古力第一次知道，只要和心爱的人在一起，就连走路都变得那么有趣。

元旦佳节的时候，朱古力回家和父母一起过了元旦，朱爸爸还不知道女儿刚进大学就谈了恋爱，只是像平常一样叮嘱了几句闲话。朱妈妈倒是和女儿一起乐滋滋地看起了元旦晚会，一会儿就被电视里精彩的节目吸引了。

朱古力时不时地总会想起杜宇熙，电视看得颇有些心猿意马，偶然一瞥的时候一个穿着白色洋装的年轻女歌手正在卖力地唱着“爱情是暖房里的鲜花一枝，幸福是长诗中的最短一句”，朱古力撇撇嘴相当不以为意，很快又陷入了自己愉快的思绪中。

过了元旦就是期末考，文学社的活动也暂停了，朱古力和杜宇熙见面的时间也少了，大家都开始临时抱佛脚挑灯夜读准备期末考。朱古力也一样，她和李临夏天天泡在图书馆里，有时候一周才见杜宇熙一面。

期末考结束的那天，朱古力终于松了口气，连着十几天看书，感觉人都已经变成木雕了。回想起秋天整天和杜宇熙柔情蜜意的日子，真是由衷地怀念，好在期末考终于结束了，只要安心等成绩就好，朱古力仿佛又嗅到了去年秋天的甜蜜和静谧。

那天，杜宇熙约了朱古力一起在杭大路口的小吃店吃晚饭，他也考完了最后一次考试。但对杜宇熙来说，这次期末考试已然是他大学生涯的终点了，他即将要面对的是毕业和工作。

杜宇熙神色凝重地提起这件事的时候，朱古力正喜气洋洋地夹着一块酱油鸭，等杜宇熙把话说完，朱古力的好心情便荡然无存了。

- 03 -

杜宇熙告诉朱古力，按照往年学校的惯例，他们这一届毕业生应该会被分到各自家乡的中学任教，虽然杜宇熙祖籍是浙江的丽水青田，但他的父母却是六十年代的大学生，毕业后响应国家号召前往大西北去支援当地的建设。杜宇熙也是上到小学三年级时，才被送回老家跟着奶奶一起生活，所以这次如果要被安排回原籍的话，那就是要回到大西北的那个荒芜的小镇里去了。

杜宇熙的话还没有说完，朱古力的脸已经开始绿了，在她看来自己初恋的美梦才刚刚开始，怎么可以和心上人分开呢？这一顿饭后来到底吃了什么，心里忐忑不安的朱古力自己也不知道。

一想到杜宇熙说的“我可能会被分回原籍”，她就觉得满心委屈。如果毕业后杜宇熙要回大西北，那么自己就得等到放假才能去见他一面，那平常想念他的时候该有多难受啊！而且听杜宇熙说那个地方的交通非常不方便，下了飞机或火车还要坐长途汽车十几个小时，知道元旦假期的几天她是怎么挺过来的吗？要是和杜宇熙真的分开那么远，自己又该怎么熬过这漫漫天旅途呢？她真觉得眼前一片灰暗了。

杜宇熙也有些沉默，他必须得告诉朱古力这件事，马上就要过年了，毕业也近在眼前。

其实，杜宇熙的未来还有另一个可能，但此时的他还没下定决心，所以他也不愿多说。本是久别重逢的相聚，可既然两人都食之无味，那么最终只能是不欢而散。朱古力恹恹地等到成绩出来就早早地收拾行李回家了。

春节将至，朱妈妈忙里忙外地准备年货，朱爸爸看着女儿从学校回来就郁郁寡欢，吃饭也总是一副食不下咽的表情，又心疼又生气。大年初三家里一起走亲戚，见自己的女儿如行尸走肉般跟着去大伯家里吃饭，却连句客气的拜年话都不会说，回家之后向来温文尔雅的朱爸爸终于爆发了。

他指着朱古力恨铁不成钢地说：

“你看看你这是一副什么样子！过年啊，你能不能有点精神！这都一个多星期了，自你从学校回来就这副样子，你这是给谁看？我，还是你妈？我俩是欠你什么了，你回家给我们板脸色看！”

听到父亲的训斥之后，朱古力更委屈了，从学校回来后她天天都在想念杜宇熙，特别是想起杜宇熙毕业之后两人便要分别，朱古力的心里就更加难受了。要不是顾及爸妈，她才不会去大伯家，明明自己已经在强颜欢笑了，爸爸却还要这样指责她。朱古力感觉自己委屈得都要哭了，嘴边仿佛有一股微咸的味道，她真的哭了。

朱爸爸似乎也意识到自己话说重了，他连忙给朱妈妈递了个眼色，便溜到客厅去了。朱妈妈并没有急着开口，她一副若有所思的样子凝视着朱古力，等她不再流泪后才问道："女儿，你是谈恋爱了吗？"听到这句话，朱古力哭得更加伤心了，泪水一发不可收，抽泣着向妈妈坦白了自己和杜宇熙交往的事，最后把杜宇熙毕业分配要回大西北的事情也一股脑的全都说了。

朱妈妈终于明白女儿最近反常的原因，原来一切都是因为爱情啊！

新学期开学了，朱古力迈着轻快的步伐回到了杭大的校园，她有一个好消息要告诉杜宇熙，一想到杜宇熙听到这个消息时那惊喜交加的表情，朱古力的嘴角便不自觉地微微上扬。

虽然三月的杭州乍暖还寒，人们还没脱下冬装，可西子湖畔却已是绿树吐翠，海棠碧桃处处争艳。杭大的校园里，也是一片春花浪漫。朱古力找到杜宇熙的时候，他不出意料还在文学社里，正和读大三的副社长进行着交接，看见朱古力来了，副社长笑着调侃了几句就知趣地翩然离去了。

朱古力拉着杜宇熙来到了学校的湖心亭，杜宇熙一脸的狐疑，不明白朱古力究竟要说什么，竟要搞得如此神秘。

朱古力深深地呼吸了一口气，说出了朱妈妈对她讲的话：

"我们家可以给你找关系，让你毕业分配后留在杭州教书。"

把杜宇熙留在杭州，这是朱妈妈了解了事情的来龙去脉后做的决定。朱妈妈和朱爸爸都在杭州机关里工作，教育系统也认识点朋友，按朱妈妈的话说：

"你爸好歹也是处级干部，努力一下，把小杜留在杭州应该是可以办到。"

妈妈的承诺无疑成了朱古力的救命稻草，也是她这个寒假赖以生存的"解药"。

"你能不能来我家一趟，我爸妈想见见你。"

朱古力满脸期待地看着杜宇熙，杜宇熙一脸的苦笑，似乎有点无奈又有点无所谓，最后只是勉强地点了点头。

然而，杜宇熙终究是没能去见朱古力的父母。

刚刚拿到毕业证的他便突然消失了。

杜宇熙是在六月消失的。朱古力也是在六月彻底崩溃的。

THREE

第三章

来自巴黎的一封信

- 01 -

朱古力不知道发生了什么，只知道她身边所有人都不知道杜宇熙的下落。朱古力也尝试过向校方求助，但因为杜宇熙的毕业手续早就办理妥当，所以原则上对学校来说杜宇熙是正常离校毕业了，只不过没有接受学校的毕业分配协议，所以校务处认定他不过是选择了自主就业而已。

因为所有和杜宇熙相熟的人都不知道发生了什么，毫无头绪的朱古力甚至想冲去大西北找人，但是连个确切的地址都不知道，又能去哪儿找呢？连续好几日，朱古力都沉浸在失落的情绪之中，茶饭不思。杜宇熙突然的失踪令她迷惑不解，以至于她每时每刻都在思考着自己到底做错了什么，才让杜宇熙选择了不告而别？

那些天里“低气压”一直环绕着朱古力家，女儿一副沮丧的模样，让朱爸爸和朱妈妈都是既生气又心疼。

但是七月的一封信，却彻底打破了这个家的宁静。这是一封来自法国巴黎的信，可上面没有详细的地址，只是在信封上写着收信人的名字：“朱古力”。

打开信封之后，朱古力才发现这竟然是失踪一个月的杜宇熙寄来的。

如果不是朱古力之前邀请杜宇熙来登门拜访时，曾详细告知了对方自己的家庭地址，可能杜宇熙连这封信都不会寄给她。信很简短，只有普通的问候和随笔写的一句简单的话：

“我去巴黎了，不能去拜访你父母了，就这么走了，我也很抱歉！以后有机会再向你解释一切，朱古力，我爱你！再见！希望你永远幸福！落款：杜宇熙，6月17日。”

朱古力第一时间的感觉是荒唐，一个月杳无音讯终于等到一纸来鸿竟然是这个结果。虽然朱古力喜欢法国文学，但巴黎那个遥远的城市，对她而言似乎只存在于隔着几个世纪的文学里，可杜宇熙偏偏去了那里。但是很快她却又莫名地激动起来，因为在她看来杜宇熙可以从巴黎写信给自己，更公然表白对自己的爱意，便说明他还在挂念着自己。那么作为杜宇熙的女朋友，她不能就这样被动地沉寂下去。

于是乎，巴黎一夜之间便成了朱古力心中的圣地，她想要去那里找杜宇熙，非常、非常、非常想，想得就要发疯了，真是应了那句“才下眉头，却上心头”。朱古力努力克制着自己度过了漫长三天，终于郑重地告诉了朱妈妈，她要去法国。

朱爸爸严厉拒绝了朱古力，他不同意女儿出国，更不同意她去法国找杜宇熙。但朱古力没有哭闹，只是一再向父母重复了那句话：“我要去法国。”

就在朱爸爸以为女儿只是说说而已之时，一整个星期里都安安静静的朱古力，突然从新华书店买了一本《法语入门》回来，开始自学法语了。其实父母是有能力把自己送到法国去的，这一点，朱古力早就知道了。

朱妈妈是温州人，所以朱古力小时候一直住在温州。七八岁的时候，朱古力还经常和妈妈去亲戚家串门，那时候刚刚改革开放的温州，人们流行出国打工，去欧洲的温州人越来越多，她们经常串门的舅公一家便在几年前去了法国。

朱妈妈不是没有举家迁往法国的设想，只是随着朱爸爸一路升迁，朱古力一家也搬到了省会杭州，才暂时打消了走出国的念头。只是朱古力还时常想起那个和蔼可亲的舅公。

这一次，接到杜宇熙的信后朱古力更相信，只要妈妈联系舅公，她就有可能出去。她也知道，妈妈和舅公一家一直都有联系。

朱妈妈当然知道女儿的心思，其实让女儿出国是她一直都有的想法，毕竟此时社会上已然掀起了一股出国热潮，对她来说，让朱古力毕业后出国留学也是一个不错的选择。

但是朱爸爸从来没有同意过，毕竟在他眼中女儿毕业后像他一样留在机关里工作，旱涝保收才是最好的生活，朱爸爸一直对自己给女儿设计的前途非常满意，现在又正在气头上，自然更是什么也听不进去了。

面对固执的父亲，朱古力没有继续争吵，接下来的暑假她都在安静的学习中度过。直到九月初杭大开学的时候，朱爸爸才明白什么叫“孤掌难鸣”。

- 02 -

朱古力拒绝返校，她说自己已经没法再继续大学的课程了，要把时间留给学习法语，她甚至请朱爸爸直接去杭州大学为她办理退学手续。这时的朱妈妈更已经悄然联系上了远在法国的舅公，并早已开始暗中准备朱古力的各项出国手续了。当朱爸爸知道这件事的时候，朱妈妈连朱古力的学校证明都已经送去法国使馆进行认证和翻译工作了。

那时候计划出国的温州人大多是投亲靠友，朱古力的舅公就住在巴黎，作为法国的落脚点，朱古力肯定要先去投靠舅公。

朱妈妈计划让朱古力去法国留学，那时北京和上海已经有人开始自费出国留学了。上海的各国领事馆门口天天排着长龙等待签证出国。

虽然朱妈妈本不同意朱古力还没有毕业就出国，但经不住女儿每天的死缠烂打，加上早晚都是要出国的，她也只好同意。但是在如此短的时间之内，要为朱古力办理留学手续显然是做不到的。所以朱妈妈也只好求着舅公帮忙先办个短期探亲。

或许在朱妈妈的眼中，不过是希望自己的宝贝女儿先出去看看，然后回国再申请学校出去留学。但对于朱古力而言，此刻她心中只有一个明确的目标，那就是去巴黎，把那个口口声声说着爱她、却又不告而别的杜宇熙找出来问个明白。

至于怎么样才能在茫茫人海中找到杜宇熙，找到之后又该怎么办？朱古力却似乎从来没有想过，甚至根本不愿去想。

其实朱妈妈也不是没有尝试过劝女儿。在一个夏日的午后，她特意在朱爸爸上班之时，从单位赶回到家中，拉着正在自学法语的朱古力苦口婆心地长谈了一次。

“古力，你那么在乎那个杜宇熙，不会是因为你们之间已经……”

说着，朱妈妈不禁有些怜爱地看着自己的宝贝女儿。

“妈，你说什么呢？！我和杜宇熙……还没有到那一步！”

母亲的直白，令朱古力当即羞红了脸颊。虽然她和杜宇熙在情到浓时，也难免会有些耳鬓厮磨的亲昵。但却从未跨出过越界的那一步。

看着朱古力有些过激的反应，朱妈妈似乎是松了一口气，但随后便更为不理解地追问起来：

“那你为什么非要找到那个男孩子不可。你有没有想过，他有他自己的人生规划，而那其中显然并没有为你留下位置啊！”

“就是因为这样，我才更要当面问问他。为什么要那么决绝地抛下我。他有没有认真地把我当成他的女朋友过。”

其实有些话，朱古力并不敢告诉自己的妈妈。她的确很爱很爱杜宇熙，也的确在对方消失之后陷入过情绪的黑洞。但那种极度失落和无助的感觉，随着那封来自巴黎的信，早已烟消云散。

此刻的她更愿意相信杜宇熙是不想接受未来岳父的施舍，才选择离开杭州、离开中国的。他去巴黎，是为了能够闯出一片属于自己的天地，再回来迎娶自己。你看他在信中不是说了嘛：“以后有机会再向你解释一切，我爱你！”

要知道即便在两人如胶似漆之时，杜宇熙也没有如此郑重其事地说出“我爱你”。而朱古力决心在巴黎将这三个字还给他，并告诉他以后不管他去到哪里，她朱古力都会义无反顾地跟随着他。

短期探亲的签证终于批下来了，就这样朱古力开始了她的法国之行，在机场送别时，朱古力的父母再三交代女儿如果在外面过得不好，就马上回来，毕竟学校方面朱爸爸给她办了一年的休学，朱古力如果回国依旧可以继续她的学业。朱古力虽然连连点头答应，但她的心却早已如飞鸟般奔向了那个未知的世界，目标自然是那个令她魂牵梦萦的巴黎。

- 03 -

朱古力抵达巴黎的时候，已然是那年十一月的深秋。

朱古力的舅公住在巴黎3区，虽然已经差不多十年没见，但舅公见到朱古力时还是和过去一样的亲近。其实朱古力的舅公和朱妈妈年纪相仿，只不过按照辈分就是那么算的，所以朱古力还是只能叫他舅公。

这位舅公年轻的时候做的一手好衣服，因此自己开了一家裁剪铺，朱妈妈常常拿着料子去他们家做衣服。后来舅公一家来了法国，先是帮别人做衣服，现在已然自己开了一家制衣工厂。

工厂虽小，一家人安稳度日倒也生活无忧，但做衣服要从早上8点左右一直做到晚上11点，甚至次日凌晨才能收工，过度的劳累让舅公整个人看着比先前苍老了许多，此时更已是两鬓斑白了。

朱古力在舅公家没住几天，就急着让舅公带她去找那位“手眼通天”的同乡了，之前舅公有关巴黎当地华人的很多消息都是从这位同乡那里打听到的。朱古力只知道他姓廖，舅公叫他大卫。

舅公带着朱古力第一次找到廖大卫的时候，他正在巴黎三区的一家温州点心店里吃午饭。这个三十岁左右年纪的男人，看着有些油腔滑调，穿着一件不太合体的大牌彩色西装，袖子上商标都没有拆，脖子上挂着一条粗粗的金链子，俨然是一副小混混的打扮。

舅公向廖大卫介绍朱古力道：

“大卫，这就是我上次和你说起的那个我家的孩子。找人这事儿还是请你多多帮忙，别人可没这个能耐啊！”

朱古力有些期待地看着这位“大能人”，赶紧递上了一张杜宇熙的彩色照片。照片上的杜宇熙还留在去年的初秋，穿一件白衬衫显得挺拔英俊，照片背面是朱古力专门写上的杜宇熙的中文名字，还有自己的名字和舅公家的住址与电话号码。

廖大卫撇着嘴哼哼唧唧地接下照片，然后向舅公瞟了一眼。舅公会意地点点头，连忙从口袋里掏出一百法郎递了上去：

“买包烟抽，买包烟抽……多上心多上心，这孩子在家里都要急疯了，出来就是为了找人……”

廖大卫笑着接下了活儿，便嘱咐朱古力跟着舅公先回家里等消息。

朱古力在舅公家住得并不习惯。舅公的制衣工厂开在家里，每天都有缝纫的声音，整个环境也是潮湿阴暗。朱古力独自一人住在舅公家的阁楼里，上下都要经过一条又窄又陡的楼梯，这让朱古力总是感觉心惊胆战，总害怕自己一不小心就会从楼梯上滚下来。

虽然说是舅公家，但朱古力也不好意思在那里白吃白住的，所以她也会时不时地去打个下手，帮舅公舅婆为工人们做饭。日子过得自然没有杭州顺心，寄人篱下，如果不是心里还记挂着杜宇熙，朱古力真的过不下去了。

巴黎的冬天灰蒙蒙的，十分阴冷，漫天的雾色像极了朱古力的心情。她突然有点害怕，如果找不到杜宇熙，她难道真的要留在法国吗？自己就这样鲁莽地出来寻找杜宇熙，是不是太冲动了？

整整一个月，朱古力每天都在苦闷和焦虑中度过。舅公家的制衣厂只有两三个工人，然后就是舅公一家，他们除了做工还是做工，每天的生活就是在小房间里不分日夜地做衣服。看到这样的日子，朱古力的精气神似乎都要耗掉了。

她开始每天做梦，不是梦见杜宇熙，就是梦见杭州的爸爸妈妈。她视为信仰的爱情把朱古力带到了异国他乡，然而人真的在法国了，她又想起去年元旦全家人一起看元旦晚会其乐融融的场景。朱古力突然感觉有些心酸了，她曾经那么想要离开家出去闯荡，只是没想到第一次离家就跑到了千里万里之外的异国他乡，虽然那时候她深受三毛《撒哈拉的故事》的影响。

新年之后，廖大卫终于打来了电话，说人找到了。接到电话的当晚，朱古力一夜未眠，她在脑海里一遍遍地想着见到杜宇熙后要说什么，她曾经有多么期待，此刻就有多么不安。

FOUR

第四章 巴黎一夜

- 01 -

第二天一大早，朱古力便起床洗漱，因为她迫不及待地想要早点听到有关杜宇熙的消息、见到杜宇熙了。所以她约了廖大卫在点心店见面。

点心店里，依旧身穿大牌西装的廖大卫脖子上还是戴着那条大金链子，正不紧不慢地喝着泡着油条的甜豆浆，吃着温州特色早餐咸肉糯米饭。当抬头看见站在店门口往里张望的朱古力时，他便难掩兴奋地起身抬手招呼起来道：

“小妹，过来这里！”

朱古力有些紧张地走了过去，在廖大卫对面坐了下来。迎着她充满期待的目光，廖大卫却故作淡定地说道：

“还没吃早饭吧？想吃什么随便点，我请客！”

“不用了，我不饿！”

“小妹妹，不吃早餐可对身体不好！再说，你一会儿还要等人呢！万一低血糖了，在巴黎叫救护车可是很贵的哦！”

廖大卫说着便自作主张地为朱古力点了一份和自己一模一样的早餐，并坚持看着朱古力吃下大半碗糯米饭，喝完面前的甜豆浆，这才从衣服口袋里掏出了一张名片递给朱古力：

“这才对嘛！咱们温州人吃上一份‘咸饭甜浆’，就能一天事事顺心。小妹妹，你要找的人就在这里。不过，你找到这个地址可别冒冒失失地闯进去，就在门口等着，到时候就能看见你要找的那个人了。”

朱古力拿着名片，感觉自己马上就要哭出来了，她十分感激地看着廖大卫：

“大卫哥，真的太感谢你了！”

廖大卫歪着头微笑道：

“看来甜豆浆没白喝嘛！嘴巴都变得甜起来了。怎么？小妹以后准备留在法国发展吗？”

朱古力连忙摇摇头，但想了想后却又用力点点头，最后露出了一个迷茫的笑容。

告别廖大卫，朱古力仔细地看了看手中的名片，上门印着几个颇为难认的繁体字：巴黎启泰律师事务所，下面就是法语地址和电话，背后则用中文写着律师事务所的业务说明，大体是一家擅长移民案件、刑事案件的华人律师事务所。

朱古力一路小跑回到舅公家，朱古力刚来巴黎还不怎么认识路，这些天一心都在焦虑找人，也没有闲情出门逛逛，现在找杜熙，还是需要舅公帮忙。看到名片的舅公拿出地图找了半天，终于在巴黎19区找到了这家律师事务所的地址。

拿着舅公给的地图，一早起来就把自己好好地打扮了一番的朱古力启程出发了，辗转了好几趟车，操着半生不熟的法语问了好几个路人，朱古力终于在上午10点左右找到了那家律师事务所。

启泰律师事务所设在一处临街的楼房里，朱古力没有进去，因为廖大卫跟她说过，在门口等着就行。

一月的巴黎阴冷潮湿，朱古力裹着从杭州带来的绿色呢子大衣，站在楼门口显得有些突兀。来来往往的法国人时不时地还投来一些奇怪的目光，有好心的法国人看这个中国小姑娘在门口冻得直跺脚，就把她让进楼下大厅里暖和一下。

等了约有一个半小时，快到中午的时候，朱古力终于看到杜宇熙了。玻璃门外，杜宇熙穿着一件深蓝色的大衣，围着黑色的毛绒围巾，正在优雅地按着门铃。

“真的是他！”

看到心心念念了大半年的杜宇熙，朱古力整个人怔在了那里。而正准备进门的杜宇熙也怔了，他似乎怎么也没想到，应该在杭州读书的朱古力竟会出现在巴黎，出现在他的面前。这对年轻的情侣就这样在法国巴黎的街头重逢了。

- 02 -

几乎没有片刻的迟疑和犹豫，杜宇熙当即便冲了过去，一下将朱古力揽入怀中，在她的耳边用颤抖的声音说道：

“古力，你怎么会在这里？你怎么会来到这里的啊？”

朱古力只觉得自己的心跳犹如密集的鼓点，大脑更是一片空白。她无数次地幻想过这个重逢的时刻，想象过无数次见面的场景，想象见到杜宇熙的时候，她要怎么样告诉他自己这两百多天的相思成狂。但是，此时此刻她却一句话也说不出来，只能任由眼泪静静地流淌下来，靠在杜宇熙怀里的她，久久才哆嗦着嘴唇蹦出来一句话：

“你一定吃了不少苦吧……”

杜宇熙也哭了，他一边温柔地抚摸着朱古力的头发，一边自言自语似的低声呢喃着：

“傻丫头……你真是太傻了……”

久别重逢，两人都有一肚子的话要说，但此时的杜宇熙正要去赴一个重要的约会，因此他不得不暂时离开。问清楚朱古力的住处，杜宇熙让朱古力先回家休息，他晚上会去找她。但朱古力说什么也不肯，她跋涉千山万里终于看到了杜宇熙，此刻的她只想和心上人在一起，永远也不分开。

在杜宇熙给她保证再三绝对会在办完事情之后就马上去找她之后。虽然不甘心不情愿，朱古力看着信誓旦旦的杜宇熙，还是乖乖选择了自己先回舅公家。

等待总是煎熬的，那一天的光阴，对于朱古力而言，仿佛比自己全部过往的人生加起来还要漫长。好在傍晚时分，杜宇熙如约而至了。

在与舅公寒暄了几句之后，杜宇熙便带着朱古力信步走去。两人走到塞纳河畔左岸的一家小餐馆中，朱古力第一次品尝到了真正法式大餐的美味。

浪漫的烛光，窗外波光粼粼的塞纳河水，都让朱古力的心情跟着舒畅了起来。她对未来充满了希望，她仿佛再也不是昨天廖大卫见到的那个怯生生的女孩了，只要有杜宇熙在身边，她什么都不怕。

杜宇熙温柔地讲述着法国的饮食文化和餐桌礼仪。比如吃完每碟菜之后，将刀叉四处乱放，又或者打交叉摆放，都会显得非常难看。正确方法是将刀叉并排放在碟上，叉齿朝上，但却并不会刻意地去规整。不过此刻的朱古力可没心情听他说这些，便故意赌气般的和他捣乱，不过杜宇熙对此也只是报以会心的一笑。

重逢的第一晚，他们谁都没有谈起毕业的那场风波，朱古力没有问杜宇熙怎么来的法国，杜宇熙也没有问朱古力怎么来的巴黎。

他们像那年秋天朱古力刚入校参加文学社的时候一样，谈着三毛与舒婷，谈着海子的“面朝大海，春暖花开”，仿佛他们不是在巴黎的塞纳河畔，而是在经常散步的杭州西子湖边。

第二天，杜宇熙又邀请朱古力去看了埃菲尔铁塔和香榭丽舍大街；第三天，他们一起逛了维克多·雨果、巴尔扎克的故居。朱古力觉得幸福极了，她无比肯定自己当时毅然而然出国的决定，如果不是当时的努力争取，怎么会有现在的幸福甜蜜。

不过，老天似乎在和朱古力作对一样，幸福的时光总是很短暂。

- 03 -

第三天晚上，在把朱古力送回舅公家之后，杜宇熙没有像以往一样依依不舍地离开，而是选择在那小阁楼里坐了下来。

其实朱古力早就发现了杜宇熙这几天的异样，在巴尔扎克故居的时候，他就有些心不在焉，时常神情恍惚答非所问。所以，当杜宇熙支吾着要开口的时候，她并没有惊讶，她虽然不知道他要和她说什么，但那个似乎永远阳光、自信的男生此刻这般为难的表情她却从未见过。

“古力，你什么时候回国啊？我帮你订机票。”

杜宇熙开口的第一句话，便让朱古力感到有点莫名其妙。

朱古力没有说话，但心中却早已坚定了一个执念：她已经是背水一战，并不想给自己留退路。既然千辛万苦地来到法国，又见到杜宇熙了，怎么可能就这样回国呢？

见到朱古力默不作声，杜宇熙也不禁踌躇起来，几分钟过后，他似乎最终做出了决断。

“古力，你能来找我，我真的很开心。但你也该回去了，毕竟……毕竟你还没毕业，应该回去先把大学读完！”

是啊！自己好不容易才考上的大学，真的就这样轻易地放弃吗？朱古力扪心自问道。但很快一个声音便决绝地给出了回答：没有杜宇熙的杭州大学不过是一个囚笼，即便自己再回去，也将沦为毫无生机的行尸走肉。

虽然有了十足的底气，但为了不想惹杜宇熙生气，朱古力还是选择小声抗议。

“我不回去，我就是出来找你的！”

终于，在又一阵令人窒息的沉默过后，杜宇熙的声音低沉了下来。

“那……我们就在这里结束吧！再走下去没有结果，也不可能再走下去了。”

“你什么意思？”

朱古力有些不解地看着对方，却发现那曾经总是蕴含着无限温柔的眼眸此刻竟冷若冰霜。

“我的意思是我们是没有未来的！分手吧，我们分手吧！”

朱古力仿佛遭到了晴天霹雳一样，她刚找到杜宇熙一起甜蜜了两天，便要迎来残酷的“分手”。

杜宇熙的语气渐渐地冷静了，他喃喃自语地讲述起了自己的故事：

“我本来不想告诉你的，可是我也不想骗你。我现在在那家律师楼帮一个越南回来的华裔律师做事，工作是我姑姑帮我找的，我姑姑都安排好了，我得和那个律师的女儿结婚，然后再去巴黎的艺术专业深造，这是我的梦想，而这一切只有姑姑才能帮我实现。”

朱古力看着杜宇熙，却第一次感到面前的男人竟是如此陌生。

“你在说什么……”

杜宇熙注视着眼前这个曾经深爱的女孩，缓缓地叹了一口气，一字一句地重复着：

“我得和那个华裔律师的女儿结婚，这是我姑姑很早就一手安排好的！”

“你不知道，我姑姑很能干的，她把我带出来我也得回报她，我们这一大家子都是姑姑带出来的，姑姑很多地方需要我们帮忙，我没办法的……没办法拒绝的……你不懂，你根本不懂……我没办法自私地只顾自己，和你在一起。我喜欢和你一起谈法国文学，一起谈朦胧诗、谈三毛和舒婷，但是我不能，我有我必须承担的责任。”

朱古力一下子蒙了，她不明白杜宇熙所谓的“必须承担的责任”、所谓的“没有办法”究竟是什么意思？但她突然感觉到自己似乎从未了解过真正的杜宇熙，杜宇熙是一个有爽朗笑容的男孩，但最终也是一个软弱地依附着自己姑姑的男孩子。

这样的杜宇熙，朱古力从未见过。

杜宇熙什么时候走的朱古力已经不记得了，但第二天才回过神来的她，还是选择再次来到那家律师事务所的门口。她觉得自己必须得找杜宇熙说清楚，弄清楚这究竟是怎么一回事。

然而，就是这一天，朱古力在律师事务所的门口碰到了传说中的那位“杜姑姑”。

FIVE

第五章

女人何苦为难女人

- 01 -

从律师事务所里走出来的杜姑姑，穿着一身名贵的紫色貂皮大衣，在这个寒冷的巴黎冬日里，仿佛是行走于昏暗的建筑群中的东方妖狐，又像是大仲马小说《玛戈皇后》中那位阴鸷的太后凯瑟琳。

杜姑姑抬眼看着在大门外等待许久的朱古力，缓缓地抬起了一只手，晃动着雪白手腕上金晃晃的手链，发出一阵叮当乱响，令人感觉心烦意乱。而那一句冰冷的话语还是瞬间击破了朱古力的心防：

"你就是一直缠着宇熙的那个姑娘吧？"

朱古力努力调整着情绪，压制着那种强烈不适之感，不卑不亢地抬头看着这个保养得当的优雅女性，一字一句地答道：

"我叫朱古力，是宇熙的女朋友。"

"好吧！朱小姐，很高兴认识你！我是杜宇熙的姑姑！你看我们是在这里谈，还是找个地方喝杯咖啡？"

杜姑姑似乎看穿了朱古力不过是勉力强撑，从容一笑，便抱着胳膊等待着朱古力的回答。

"我是来找宇熙的！"朱古力并不想和她多作纠缠，毫不客气地顶了回去。

"好，如果你愿意在这里等，我也没有意见。但我想宇熙应该已经和你说得很清楚了吧，你们之间的感情已经结束了。"

杜姑姑依旧保持着那胜利者所独有的笑容，仿佛每多说一句，都是天大的怜悯。

"我今天来不是要求他复合的，只是……只是想知道……理由！"

此刻的朱古力无奈地发现尊严竟如同手中的沙子，你越是想要握紧，便越是加速地流逝、滑落，以至于最后两手空空，只剩下那一地的碎渣。

“理由？那我倒很好奇，朱小姐你那么执着于宇熙的理由又是什么呢？”

杜姑姑有些肆意地冷笑着，抛出了一个颇为尖刻的问题。而不给朱古力思索答案的空间，她又接着问道：

“你真的了解宇熙吗？知道他的家族对他的期望吗？知道他想要什么样的人生吗？”

面对这一系列的拷问，朱古力哑然了。她第一次感觉到杜宇熙对自己而言竟是如此陌生，陌生到只剩那初见时的明眸皓齿。

“所以，我想我还是请你喝杯咖啡吧！因为，你现在看起来……很糟糕！”

不知道出于什么样的心理，杜姑姑在“请”和“糟糕”上加重了读音，显得更加刺耳。但此刻的朱古力并没有太多的选择，只能默然地亦步亦趋地跟上转身离去的杜姑姑。

在附近的咖啡馆坐下，朱古力这才第一次仔细打量起了对面的那个女人，只见她一张鹅蛋脸笑面盈盈，皮肤细嫩紧致得如同二十几岁的少女肌肤，只有脸蛋下面几条颈纹泄露了她年过四十的真相。她整个人散发出一种东方女性的柔美，而其眉眼之间那份自信和从容，更与杜宇熙的如出一辙。

看着她，天性乐观的朱古力突然萌生出了一丝希望，或许自己真的并不了解杜宇熙的家族，不清楚他来到法国的苦衷，但杜姑姑也并不知道自己为了杜宇熙可以牺牲一切啊！或许等大家聊开了之后，一切问题都会迎刃而解。

然而杜姑姑一开口，就让朱古力如坠冰窖。

- 02 -

“朱小姐，今天是宇熙让我来找你的。他这个孩子就是不善于拒绝别人。当然，也是你太过于执着了。毕竟，据我所知，宇熙和你并没有发生关系，而且这么长时间以来，其实也一直都是宇熙在照顾你！”

杜姑姑端起面前的咖啡，显得从容而优雅。她继续说道：

“宇熙和我说过，你想让他毕业后留在杭州教书。但你有问过宇熙他自己的想法吗？”

看着朱古力一脸茫然地摇头，杜姑姑更显胸有成竹，她放下杯子，讲述起了他们家族的历史。

“丽水青田是中国著名的侨乡，当地的很多人都在海外打拼，不管是北美还是欧洲，只要是能赚到钱的地方就有浙江丽水及温州地区的人，他们的足迹遍布世界各地。”

“我们杜氏当年也是青田的名门望族，只是近代以来才逐渐衰败成现在的模样。但我相信你在宇熙的身上也还能看到一个古老家族传承至今的门风和底蕴吧？”

“宇熙是我的亲侄子，也是我们杜氏未来的希望。我早就说过要带他来法国，为此我也告诫过他千万不要在大学里谈恋爱，因为未来的不确定性太多。宇熙也确实做到了。但在最后一年里，你却鬼使神差地黏上了他……，唉，或许这就是你俩命中的劫数吧……”

听到这里，朱古力终于忍不住开口反驳道：

“我没有，我没有黏着他。我们……我们是彼此相爱……”

杜姑姑听到这话，竟不禁愣了一下，但很快她便优雅地为自己点上一支烟，吐出一个淡淡的烟圈后，冷笑道：

“你们彼此相爱？朱小姐，我不敢苟同你的说法。大学时代的爱情都是没有未来的，我也曾经年轻过，当年为了摆脱家族的困境，我做出了巨大的牺牲，甚至我那位迂腐的大哥因此跟我反目过。但那又如何，他最后还是求着我把他的儿子带出来！”

迎着朱古力充满好奇和疑惑的目光，杜姑姑开始讲述起了她的感情经历。

七十年代初期，有一位法国老华侨从香港辗转来温州，准备在国内找个温柔的女子共度余生。在那个大多数人还挣扎在温饱线的时代，可以顺利地移民海外无疑是很多女孩的终极梦想。因此那位老华侨放出消息后，便不断有人来为他介绍对象。

但这位法国老华侨在温州一家饭店里巧遇了杜姑姑之后，便马上把其他相亲的女孩甩到了一旁。最终通过各种关系，找到了杜姑姑，并对她展开了热烈而疯狂的追求。

“朱小姐，那个时候的我，也曾相信过爱情。但爱情在物质生活中永远都是奢侈品。为了能够改变命运、为了能够振兴家族，我毫不犹豫和青梅竹马的恋人分手，和刚认识几天的老华侨去上海领事馆办了手续。”

注意到杜姑姑眉宇间闪过一丝不易察觉的惆怅，朱古力宛如抓住了救命稻草般地追问道：

“那后来呢？”

“后来？我结婚后没几年，那位老华侨就去世了。但他留给了我一大笔遗产，我用那些钱在巴黎开了好几家商铺，并把很多人都带到了法国。他们背后都叫我‘巴黎一姐’”。

就在杜姑姑说得眉飞色舞之际，朱古力积聚力量发起她最后的一次反击：

“那你幸福吗？”

- 03 -

“幸福？朱小姐，你觉得和所爱的人在一起就是幸福吗？”

杜姑姑掐灭了手中的那支纤细的女式香烟，目光更是变得冰冷而锋利起来。

“你可以想象吗？宇熙和你一直待在国内，靠着你爸的关系在一所三流中学里开始教书。或许一开始，你们会在穷困的生活中相濡以沫，甚至乐在其中。”

“但是五年后、十年后呢？当宇熙那些曾经的朋友、同学都飞黄腾达了，他还甘愿做一个教书匠吗？即便他能够默默忍受，你的父母、你的家人又会怎么看他？你真的觉得他那样心高气傲的人会愿意寄人篱下，去吃一碗嗟来的软饭吗？”

“宇熙的人生不应该是这个样子的。而巴黎才是真正属于他的舞台。而我不过是会帮他完成自己的梦想而已。”

听着杜姑姑犀利的话语，朱古力第一次对自己与杜宇熙之间的感情产生了动摇。因为她突然发现在与杜宇熙相处的过程中，她更多想到的是自己，而并不是杜宇熙的感受和他的未来。

在强烈的不安之下，朱古力怯生生地说道：

“我可以留在巴黎，和宇熙一起打拼……”

杜姑姑嘴角微微上扬，再度抱起胳膊之际，竟不掩饰地对朱古力翻了个白眼。

“宇熙刚来的时候也是跟我犟，非要靠自己独立。现实是，这是一条走不通的路，靠自己哪有这么容易？艺术学院高昂的学费他根本承受不起。宇熙说到底，还是个被祖母宠溺惯了的孩子，根本没有经历过真正的苦日子。对了，朱小姐，看你也是不能吃苦的女孩，你在巴黎能靠什么赚钱，洗盘子还是做成衣，你觉得你们这样的一起‘奋斗’有意义吗？”

杜姑姑一边说着，一边从手边的坤包中取出一张照片放在咖啡桌上，伸出一根涂抹着艳又亮指甲油的手指，徐徐将照片推到了朱古力的面前。照片上一个有着古铜色肌肤的华裔女孩，正烫着时尚的卷发，穿着有些暴露的运动装，带着如春风般和煦的笑容，用手指向朱古力比着“V”字。

“王律师的女儿是我早就相好的人，她的父亲是我多年的老朋友，我的很多生意离不开他的帮助，包括我的家人来法国的身份居留处处需要他，我之前就把她的照片给宇熙看过，她也是真心喜欢我们家宇熙的，宇熙这次出国就是来和她结婚的！只是没想到你会死缠烂打地跟过来。”

在欣赏够了朱古力的绝望之后，杜姑姑才挑眉微笑道：

“我知道，你是个痴情而单纯的女孩子，问题是人不能只活在梦想的世界里，你有一天会明白过来的，以你的天资和聪颖将来也一定会遇到适合你的人。好了，就这样吧！我还有事，你自己玩几天就回去吧！毕竟你这样家境的女孩应该是承受不了欧洲的高消费的。”

杜姑姑的话像刀子一样插进了朱古力的心里，原来，她心心念念的爱人是为了结婚才出国的，原来，她引以为傲的爱情也敌不过赤裸裸的现实，来法国后的杜宇熙已经不再是她心中所爱的那个杜宇熙了。

杜姑姑的话，让朱古力明白此刻唯一能维护自己尊严的方式，就是彻底放手。

SIX

第六章

好久不见，再也不见

- 01 -

回到舅公家，朱古力整整病了十几天。这是她人生迄今为止的第一个打击，却也或许是最大的打击，那种比死还难过的心情，甚至令她对人生都产生了怀疑，从小到大从来没有受过这种委屈的她，一度有了轻生的念头。只是一想到那远在杭州、还在翘首盼望她回去的父母，朱古力最终打消了那些危险的念头，并逐渐在这样的痛苦挣扎之中挺了过来……

也多亏了舅公、舅婆对她的悉心照顾，朱古力慢慢地从病痛中恢复了过来。

然而，朱古力还是无法面对自己的失败，她甚至无法想象拥有那样诚挚笑容，曾经和自己并肩漫步校园的杜宇熙，竟然是一个为了自己的家族和人生捷径而对他的姑姑唯命是从的软弱之人。

一年前的他们两人在那段时光里是那么的美好。也正是为了延续这份美好，朱古力才毅然舍弃了学业、家庭，只身一人来到陌生的巴黎。这一切不仅是为了找到杜宇熙、更是朱古力为了追逐自己内心最为美好的彩色梦幻而做出的努力。

朱古力曾经幻想过她和杜宇熙一起读书深造，然后周游世界，她一直觉得只要和杜宇熙在一起，自己就会成为这个世界上最幸福的人。然后和每一个亲人通信，告诉他们自己的幸福。但此时她的梦彻底粉碎了，一切对未来的美好构架都在她千辛万苦来到巴黎见到杜宇熙后戛然而止了。

生病的十几天里，朱古力不断地做梦，梦中的杜宇熙变得一次比一次陌生，那种幻灭的痛苦每每让从梦中醒来的她陷入崩溃。朱古力觉得，与其说是杜宇熙和杜姑姑践踏了她的感情，让自己在他们面前一文不值。不如说是自己曾经纯洁的爱情观遭到了玷污。这种从未有过的挫败感，让朱古力第一次感受到了那种无法呼吸般的心痛。

杜宇熙再也没有出现过，朱古力也没有想过再去律师事务所找他。杜姑姑的出现已经明确表达了杜宇熙的意思，他的未来里根本没有朱古力的位置。而对朱古力来说，纵然爱到骨子里，但让她不顾自尊地继续死缠烂打，即便那个人是杜宇熙——也不行。

终于，那温室里的花朵，在一场风暴过后也长大了许多。

以后的时光里，朱古力也时常会回忆起自己和杜宇熙短暂的校园时光中的点滴细节，她渐渐明白其实一切早有预兆，只是当时的她过于天真烂漫，没有觉察到而已。

朱古力慢慢地好了起来，人也不再病恹恹的了。

有力气起床了之后，她就开始出门闲逛。她每天都出门，在那个初春时节，这个备受宠爱的杭州女孩独自一人走在法国街头。她花了三个月的时间把巴黎逛了个遍，能数得上的景点都去了，塞纳河的左岸也是她流连忘返常去的地方。

在巴黎春天的暖阳下，她一遍遍地走过香榭丽舍大街，看着美轮美奂的橱窗，这让她忘记了舅公家逼仄的小阁楼，忘记了那条窄窄陡陡的楼梯，忘记了制衣厂一天十几个小时的工作，忘记了杜宇熙，忘记了那曾经自己珍视胜于生命的爱情。

只是，在逛得差不多的时候，朱古力从国内带来的钱也花得差不多了。

- 02 -

生活的压力，令对朱古力还算疼爱的舅公，也不得不多次语重心长地告诉朱古力，她这样下去是不行的，要不然就早点回国去继续学业，或者就留在自己的制衣厂帮忙，就算现在还不会做衣服，慢慢学起来也是可以的。

如果不是看着朱古力才生过一场大病，舅公可能早就要和她好好谈谈了。朱古力知道，自己的情况舅公应该早已经告诉了她的妈妈，一想到回国该如何面对疼爱自己的双亲，朱古力便感到前所未有的无助，可她还能怎么办？除了就这样回国之外，她还有其他的出路吗？她决定和舅公好好谈谈未来，毕竟这是她在法国唯一的亲人，也是唯一可以依靠的人。

朱古力从阁楼上下来的时候，舅公就坐在小厨房里吃饭。最近来了一批货，大家都在房间赶工，两个工人和舅婆都吃过了，舅公赶了一天，这才顾上吃饭。

“舅公，你说我现在该怎么办呢？”

朱古力没有绕弯子，直接开门见山地问道。

舅公看了朱古力一眼便继续低头扒饭，边吃边说道：

“古力，你是我看着长大的，你是个好孩子，这我都知道。现在事情到了这个地步，不能怪你。出国是好事儿，那个男的不要也就不要了，没什么要紧。日子还是得过啊，只是咱们这里手停口停，不做工哪有钱赚着花啊？”

朱古力点点头，听舅公继续往下说：

“你的签证马上就要到期了，如果不回国就只能留在这儿。古力，这里可不比国内，苦得很，你在家娇生惯养的，我看你肯定是过不惯这样的日子。”

朱古力抿抿嘴唇，有点想张口，却又不知道说什么好。

“你也看见了我这里只是个小工厂，我和你舅婆虽然是没日没夜地干，但日子还算安稳，想来比国内要好不少。你要是愿意留下我们也不会亏待你，多一张嘴吃饭而已。等到大赦的时候，你再弄个身份，到时候你要想自己开工厂做衣服，舅公绝对支持你。”

朱古力对于舅公口中的“大赦”并不陌生。欧洲国家每过几年就会有一次外来移民合法化的机会。朱古力也正是知道了这一点，才敢毅然决然地来到巴黎。因为按照她当时的计划，一旦找到杜宇熙，她就选择留在法国，只要熬上几年便能和自己所爱的人一起在法国合法地定居下来。

但是此刻听到舅公的话语，朱古力的脑子里却不禁一阵阵发蒙，因为她从来没想过自己要去做衣服的场景，就算没有了爱情，她也没办法马上就把自己放到一名缝纫女工的位置上去。

但是身上的钱已经没有了，她没办法再找家里要钱，一是家里根本负担不下去，这次出国的钱已经穷尽父母十几年的积蓄，二是她实在无颜再见爸妈，一想到出国时朱爸爸恨铁不成钢的眼神，她就心虚。那样哭着求着要出国的朱古力，失去了一直奉为人生信条的爱情，也失去了回家面对父母的勇气，更没有勇气回到学校面对一切。

难道自己未来真的只能成为一名缝纫女工吗？

朱古力的思绪一下子乱了，走在法国街头的时候她看到的是五光十色流光溢彩的巴黎，以及各种闲适恬淡的生活，这和舅公家的小作坊是天差地别的两个场景。可是，现在摆在她面前的又似乎只有舅公的方法可行。

朱古力回到房间，仔细地回想起舅公的话：不回国签证到期就只能留在法国，到时候只能打工，在舅公家有个照应还是好些，到底是自家亲戚。

朱古力摇摇头，把自己脑子里关于“缝纫女工”的想法暂时抛开了，想到那现实而残酷的未来，她突然有了一种几乎窒息的压迫感——这是比失去杜宇熙、失去爱情所体会到的心痛和心碎更为强烈的一种抑郁，朱古力从未体会过。但现在她知道了，这种比失去爱情更让人痛苦的东西，叫作“现实”。

她既然已经没有了爱情，就只能接受现实了。

- 03 -

一连三天，朱古力都在惆怅中度过，她的人生突然失去了方向。但命运总是弄人，生命轨迹的改变总是在不经意间出现。

这天，朱古力出门到中国食品店帮舅婆买点菜和调料，路过食品店不远处的街角她突然看到了久违的廖大卫。虽然已经换下了古驰的西装，但穿上路易威登的廖大卫还是显得那么地不合时宜，此时的他正叼着一支香烟，痞气十足地和街角的一个瘦瘦高高的中国男人说着什么。

朱古力走近他们的时候，只听见中国男人问道：

“保证安全吗？那边确定要大赦了？”

廖大卫一脸不屑地答道：

“担心什么，我这生意又不是只照顾你一个人，赶紧回去收拾行李，咱们人齐了就走，不能耽搁了。”

大赦，这就是舅公说的大赦吗？朱古力的神经突然变得高度敏感起来。

廖大卫也看到了朱古力，朝着她笑着招呼道：

“哟！这不是朱古力小妹妹吗？”

朱古力连忙走过去，说道：

“你好！大卫哥，好久不见。上次多谢您帮忙，本想着当面感谢的，没想到在这儿遇到了！”

廖大卫笑嘻嘻地答道：

“小妹最近怎么样？一切都还好吗？”

“还行吧！”

朱古力勉强挤出一个敷衍的笑容后，便直接道出了心里的疑问。

“法国要大赦了吗？我刚才好像听到你们在说大赦？”

廖大卫倒也爽快，并不对朱古力藏着掖着，只是压低了声音说道：

“小妹！不是法国，是意大利。那边正在准备大赦呢，这边好多人都要过去办，这样就不用在法国一直等，谁知道法国下次大赦是什么时候呢？”

朱古力的脑中像突然闪过了一道亮光：意大利，就是奥黛丽·赫本演的《罗马假日》里的那个意大利，那个和法国一样充满浪漫气息的欧洲国度。

朱古力突然有了精神，她满眼发亮地看着廖大卫说道：

“大卫哥，我能去意大利办大赦吗？”

廖大卫看着这个三个月前还一脸期待和羞涩地打听男朋友下落的杭州小妹，笑得有些暧昧不明。

“小妹，你要想办的话我可以帮忙，不过得赶快定下来，我这儿人可都快齐了。”

听到这话，一旁的瘦高个儿突然有点欲言又止地望着廖大卫，嘴唇嚅动了几下，终究还是什么都没说。

廖大卫撇着嘴瞪了他一眼，随口打发道：

“你先走吧，就这几天了，出发前我通知你，回去先把钱准备好！”

那个男人点点头，怯生生地转身离开了。待他走远之后，廖大卫拉着朱古力的衣襟稍稍地往街角里边站了站，用半沉不沉的声音问道：

“小妹，你不是刚找到男朋友吗，怎么？没见到？”

朱古力突然回想起那天疯狂寻找杜宇熙的场景，她觉得有点尴尬，和杜宇熙发生的纠葛她怎么能去给不相干的廖大卫解释？沉默了许久，她终于仰起头笑着说道：

“见到了啊！只是……我们好久不见，以后可能就再不相见了！”

在廖大卫写满迷惑的目光中，朱古力继续笑着，直到眼泪涟涟。

SEVEN

第七章

失恋进行时

- 01 -

“小妹妹，你别哭啊！谁欺负你了？告诉我，大卫哥哥替你出头。别的不敢说，在巴黎的地头上，还没有我廖某人摆不平的事！”

见朱古力哭得那么伤心，廖大卫也不知道哪里生出一股豪气，竟拍着胸脯要替她出头。看着他那有些滑稽的模样，朱古力不由得被他逗笑了。

眼见“雨过天晴”，廖大卫连忙顺势竭力邀请朱古力一起吃饭。朱古力想要从他嘴里打听意大利“大赦”的事情，便勉为其难地答应了下来。

来到一家温州人开设的中餐馆，廖大卫一口气点了好几个招牌菜。就着散发着小麦和水果香气的法国啤酒1664 Blonde，两人倒逐渐聊得热络起来。

听了朱古力失恋的经历后，廖大卫不由得龇牙笑道：

“小妹妹，你前男友怎么样我是不知道，但他的那个姑姑……啧啧，可是不好惹的啊！”

没想到廖大卫竟认识杜姑姑，朱古力不由得瞪大了双眼，一脸不可思议地看着廖大卫。

廖大卫则歪着嘴笑起来，继续说道：

“看来你不知道你惹到的是什么人啊！他姑姑可是厉害得很，他们家族都是那个女的办出来的。听说她在国内的时候为了出国可是用尽了心思，天天在温州华侨饭店里等着，就等着有机会出国，这终于抓住一个有钱的出来了，老头子刚死就开始办兄弟姐妹……

现在连各种亲戚都办出来了！现在她又搭上了一个从越南跑回来的华裔律师，在巴黎华人圈中可是更不得了了。哦，前几天听说她要和律师家结亲，原来要娶那个律师家女儿的人就是你男朋友啊？”

其实早在初见的时候，朱古力便知道杜宇熙的姑姑绝非等闲之辈。而在摊牌的过程中，杜姑姑更是处处刻意展现自己的人脉和关系。但天性好强的她，却从不畏惧任何权势。管她是手眼通天还是黑白两道，为了捍卫自己的爱情，朱古力都会毫不犹豫地和她斗到底。但令她没有想到的是，那个信誓旦旦深爱着自己的杜宇熙竟第一个成了怯懦的逃兵。

一想到这些，朱古力便心生厌恶，她再也不想提及杜宇熙和杜家的任何人。但她又不想得罪眼前的廖大卫，毕竟此刻对方手中握着自己留在欧洲的钥匙。于是朱古力只好尴尬地笑了笑，转移话题道：

“大卫哥，你这里办意大利的大赦，究竟是怎么个办法？能说给我听听嘛！”

见朱古力如此亲切地前来求助，廖大卫当即便把自己的计划全盘相告。其实廖大卫主要做的也是移民的生意，因为意大利政府即将宣布“大赦”，廖大卫便召集了一批滞留在法国的华人准备前往意大利，人都联系好了，就等车安排好了就走。

像在暗无天日的隧道尽头突然看见了亮光，朱古力突然有了一个大胆的决定——

与其在法国沦为黑工，不如铤而走险去意大利办大赦，堂堂正正地留在欧洲。

- 02 -

仿佛所有的血在一瞬间都冲到了头顶，朱古力的心脏剧烈地跳动起来。她将失恋的阴霾和杜宇熙都抛到了脑后，为自己的决定而不安且兴奋着，因为此时此刻，她仿佛突然看到了人生的另一条康庄大道。

但是去意大利办“大赦”的费用最低也需要五万法郎，这还是一番讨价还价之后，廖大卫松口给的“友情价”，不过廖大卫也斩钉截铁地表示朱古力只要能拿出这笔钱来，后续的所有事情就全都包在他的身上。

饭吃得差不多了，廖大卫最后说了一句：

“小妹，我们这几天就走了，你要去就快点做决定，钱要提前交给我。就算我们是熟人，亲兄弟也要明算账的……”

朱古力点点头，快步离开了廖大卫，只剩几天了，她想要抓住这个机会，但只凭她一个人是办不到的，在没有其他亲人的法国，她只能请舅公出面帮忙。

她匆匆去中国食品店买了舅婆要的调料就马上回到了舅公家，厨房里舅婆正在炒着温州粉干，舅公在小房间里独自做工。

朱古力在舅公旁边坐了下来，看着手指飞快穿线的舅公，犹豫了片刻后，才终于鼓足勇气开口道：

“舅公，我有件事儿要和你商量。”

舅公并没有停下手中的活计，头也不抬地边忙边回答道：

“说吧，我听着呢。”

朱古力知道此刻已经没办法回头了，便一口气把在路上遇见廖大卫，知道了意大利即将“大赦”，自己想留在欧洲的事情一股脑儿地全部说了出来。

舅公做工的双手丝毫不见慢下来，只是在她全部说完后，才缓缓地问道：

“那你想清楚了……是要跟着廖大卫去意大利办大赦？以后就不留在法国了？”

朱古力用力点了点头，将自己的想法和盘托出：

“舅公，没有身份在这里寸步难行，你是知道的……我不想当黑工！”

舅公慢慢停下了做工的手，终于抬起了满是皱纹的脸庞，慈爱地问道：

“古力，你一个人去意大利能行吗？”

“我行的，就是这么多钱我现在没有……舅公，你能不能借我这些钱……我会尽快还给你的。”

朱古力有些惭愧又有些焦急地期盼着答案。

舅公却只是看着朱古力，想了一想答道：

“我要和你舅婆商量一下。”

舅公和舅婆最终还是把钱借给了朱古力，但为期两年，并要求朱古力在意大利办了“大赦”之后，就要尽快把钱还给他们。

其实，舅公舅婆也是从小看着朱古力长大，知道朱古力单纯善良，能够在法国和这个侄孙女重聚，他们也是挺高兴。只是人在海外，虽然是至亲，但牵扯到金钱的时候也要明算账。毕竟法国生活不容易，两口子的钱也是一点点挣出来的，帮助朱爸朱妈看着朱古力，其实已经是尽到了亲戚的本分。

朱古力失恋的时候舅公看在眼里急在心里，但他也没有给朱妈妈透露太多细节，只说朱古力见到了那个男朋友，两人处了一下互相都觉得已经不合适了，就和平分手了。

舅公心里想着，朱古力自己的事情应该自己给朱爸爸朱妈妈交代。失恋又不是什么坏事，谁在年轻的时候没有谈过几场疯狂的恋爱呢？初恋成功的又有几个人呢？年轻的时候遭遇到感情的挫折不是什么稀罕事儿，总有一天古力会发现自己连杜宇熙是谁都想不起来的，可让舅公没想到的是，朱古力竟然可以恢复得这么快。

也许法国生活的现实就是这么赤裸，可大家都是这么在国外生活，一切都是为了生存，拿居留证是为了生存，做黑工也是为了生存。朱古力去办大赦是个机会。否则在法国等大赦也不知道要等到什么时候，即便等到了，到时也是要花不少钱的，不如趁这机会办出来。

何况舅公在意大利也有几个老朋友，朱古力到了不至于没有依靠，出国都是来吃苦的，不管去意大利还是留在法国都一样。

有了舅公舅婆的支持，朱古力马上联系了廖大卫。廖大卫倒也仗义，他虽然看着流里流气做事情却一点也不含糊，短短一个月之后，一切就准备就绪了。

- 03 -

乘飞机和火车去意大利显然是不可能的，因为在机场、车站和列车上通常会遇到比较严格的边境检查，所以对于要赶大赦的人来说，包车去意大利是最安全的选择。

很快，所有去意大利办大赦的人都集合到了巴黎3区一个地方，廖大卫联系了一辆大货车，二三十个人就这样蜷缩在黑暗的货箱后面，安静地启程了。

此时朱古力的签证已经到期。她匆匆辞别了舅公舅婆，就这么出发了。好在廖大卫特别照顾她，让她和另外一个女孩搭自己的货车一起走。

廖大卫开一辆白色的厢式货车，车厢里堆满了杂货和衣服，朱古力和那个女孩就藏在货物的最里面。和廖大卫一起押车的是一位叫杨姐的青田女人，听说她在米兰有开店，这是来巴黎进货的。

杨姐年纪三十多岁，穿着一身深红色连衣裙，腰间扎一根金色LOGO大字母的皮带，外面套一件黑色的皮衣，耳上一对金色的大贝壳耳环闪闪发光，看着十分富贵。

朱古力看着杨姐的装扮，懵懂之间总觉得哪里不协调，就像看着廖大卫一直穿着不顺眼的西服一样，总是透着几分滑稽。

路上相当顺利，从法国入境意大利的时候并未遇到任何的盘查，一夜过去，他们已经从巴黎来到了米兰。

坐包车的人们也十分顺利，廖大卫显然早已对米兰熟门熟路，他把朱古力和其他人一起安排在郊区的一家中国人开的旅馆里，然后给了他们一人一份印有他们名字的银行存折，告诉他们凭着这份存折就可以去办大赦，证明他们早就来到了意大利。

大赦需要自己去警察局排队，朱古力在小旅馆待了好几天，终于等到大赦的日子，廖大卫来了带着他们一行人前往米兰警察局办手续。

申请大赦的那天，朱古力永远都忘不了。

他们到警察局的时候，外面已经排了长长的队伍，各种肤色的人都有，队伍根本望不到头。甚至有的人从昨天下午已经排在了这里，站了几十个小时。

朱古力有些心惊，她不知道自己是不是也要在这里排上十几个小时，但既然来了，现在让她回去也是不可能的。不管怎么样也要排下去。

朱古力到的时候是早上11点，到了第二天的下午4点，终于赶在警察局关门前排到了。一天一夜，三十几个小时，朱古力终于递交出了廖大卫早已帮他们准备好的文件。

除了累，还是累，一天一夜的奔波让朱古力回到小旅馆后顾不上洗漱，倒在床上就睡着了，在梦里，她仍站在米兰六月的阳光下，焦急地等待着那漫长的队伍一点一点地向前挪动着。

过了几天，廖大卫来了。这次他是来告诉所有人可以离开小旅馆了。申请递交了，接下来就是等警察局的通知，廖大卫还把杨姐的地址和电话给每个人发了一份，后续的事情就交给杨姐处理，有了警察局的消息杨姐会第一时间通知他们。这些黑工拿着警察局递交大赦申请的回执，就可以在意大利自由地走动了。

除了站在警察局门外的漫长一夜，一切似乎都很顺利，朱古力的大赦就这样办好了，接下来只需要等通知。而远在巴黎的舅公也已经帮她联系好了一份米兰的工作，还给了她一个地址和电话号码，让她办完大赦就直接联系这个电话。

朱古力拨通了电话，话筒那头响起了熟悉的乡音：

“哦，你就是古力啊！好啊，你大赦既然弄好了就过来找我，我这里正好缺一个跑堂，你是年轻小姑娘，学起来很快的！我餐馆地址你有的吧？有的话，直接过来就行。”

这是一位舅公在家乡相熟的朋友，早早就出了国，全家人在米兰市中心开了一家饭店，生意很好，他们和朱古力的舅公沾点远亲，也经常去巴黎，经常到舅公那里走动。

舅公在朱古力准备去意大利办大赦的时候就想到了这个朋友可以托付，都是乡里乡亲的，朱古力能先去他那里安顿，自己也就放心了。

廖大卫知道朱古力已经找好了去处，准备送朱古力过去。

“小妹，你收拾收拾，我开车送你过去。”

朱古力的行李很简单，很多东西都留在了巴黎的舅公家，随身带来米兰的只有一个背包和一个手提箱。

坐上廖大卫的车，朱古力看着车窗外形色各异的意大利人，她突然感觉生活变了。她不再认识自己的生活了，而生活也变得不再认识她，异国他乡的陌生感如潮水般向她袭来，她完全不知道将要迎接自己的是什么。

EIGHT

第八章

米兰 米兰

- 01 -

廖大卫一边开着车，一边悠闲地吹着口哨，转头见朱古力神色晦暗，以为她在担心工作，便龇咧咧地开口道：

“小妹妹，咱们也认识这么长时间了，我跟你说，你要是找不到工作，就跟哥哥说！哥哥给你介绍一个。米兰我亲戚朋友多得是，再不行就下去，南边的罗马，哥哥也有不少熟人啊！总之，你遇到任何困难都可以找我，我罩着你！”

朱古力有点感激这个帮她办大赦的“熟人”，她知道廖大卫对她相当照顾。别的人当他的面都恭恭敬敬地叫他一声“廖老板”，只有朱古力，懵懵懂懂地一直叫他“大卫哥”，而廖大卫也乐在其中。明明可以让朱古力和其他人一起坐包车来米兰，廖大卫显然是为了照顾她，才安排她与杨姐和他一起走。现在，朱古力联系好了工作，他还专门来送，足见确实对她这个小妹是不错的了。

舅公朋友开的饭店位于米兰市中心大教堂附近，名字就叫“上海滩饭店”，这个名字让她想起在国内看过的电视剧《上海滩》，那时候她可迷周润发了。

廖大卫开着车很快就到了，上海滩饭店的门面装饰得古色古香，匾额上的大字苍劲有力，安置有仿真的龙柱，以及一些红色的灯笼，而这样的装修风格就是老外眼中的东方气息。

朱古力在饭店门口和廖大卫辞别，廖大卫倒也没有惺惺作态，只是爽朗地笑道：

“小妹妹，有什么问题就联系我，你有我电话的！再不行就去找杨姐，米兰的地面上她吃得开。我也会经常来米兰的，你自己安顿好，下次我再来找你。”

朱古力点头，看着廖大卫驾车远去后，这才转身走进了那有些陌生的上海滩饭店。

上海滩饭店的老板姓温，四十岁左右的年纪。听舅公说温老板自幼就随父母来到意大利，自小在米兰长大，说得一口纯正的意大利语，年轻时在父母餐馆打工，后来找了一位温州女子结婚生子，算是早期的侨二代。

因此温老板一家在米兰华侨圈中也可谓是小有名气，现在家族生意遍布意大利北部多地，自己也开了家高档餐厅，因为熟悉意大利文化，餐厅办得有声有色，已经成为远近闻名的中餐厅。

初见朱古力时，温老板的脸色有点严肃，不苟言笑的样子倒真的有几分像“上海滩”里黑社会老大“冯老板”，在上下打量了一番朱古力之后，温老板简单寒暄几句便安排她住了下来。

朱古力住的地方是温老板买下的一个老公寓，离餐馆并不远，走路也不过十分钟路程。公寓是三室一厅，可已经住了八个人，都是厨师和跑堂。朱古力被安排和阿珍、美香两个女同事住在一间。其中阿珍二十多岁，瘦高个、眉清目秀的，快人快语，看着十分干净利落，美香则要年长一些，个子不高，身材有些微胖。

朱古力的这两位室友在出国前都已然成婚。阿珍是地道的温州姑娘，刚结婚不久就托亲戚办了出国，她丈夫正在办还没有出来，所以阿珍日夜盼着丈夫能早点来意大利，还时常会向朱古力讲述自己对未来的规划。她期盼着未来夫妻两人可以一起开个工厂什么的，再不用给人打工了。

美香则来自文成的乡下，孩子和丈夫都在国内，她最大的愿望就是过几年赚了钱让孩子丈夫申请出国，可以一家团聚。

朱古力就这样住了下来，开始了她在米兰的生活。她从来没学过意大利语，语言不通就不能帮客人点餐，只能帮着阿珍她们做点收盘子、收杯子，边边角角的杂活儿，说是跑堂，其实也就是打杂。

- 02 -

上海滩饭店的领班是一个三十岁左右的香港女孩，名叫朱迪。她长得颇具气质，一头长发每天都挽得整整齐齐，穿着也十分讲究得体，不像那些从内地来的女孩，看着总是有些土里土气的。

朱迪不仅会讲熟练的意大利语，还会一口流利的英语和粤语。她平常根本看不上阿珍和美香，觉得她们都是没见过世面的“土包子”，只是她很快便发现了朱古力和她见过的那些“大陆妹”不一样。

在几次简单的交流之后，朱迪便把朱古力交给阿珍去带。毕竟阿珍在上海滩饭店已经做了两年，熟悉这里的方方面面。

在工作的过程中，朱古力也逐渐从阿珍口中了解了温老板的生财之道。作为米兰知名的高级中餐馆，上海滩饭店上过好多次当地的报纸，温老板是小有名气的华人企业家，他经营有道，靠着餐馆认识了意大利不少有头有脸的人。

一来二去的，温老板与当地的很多社会贤达都成了朋友，朋友带朋友，上海滩饭店就这样越来越有名。米兰不少社会名流都来过上海滩饭店，温老板把这些名人在餐馆用餐的情景拍上照片，或者让他们写几句留言，然后做成了一面展示墙放在餐馆的入口处，倒也成了餐馆一景。

温老板前些年还专门从上海请来了一位特级大厨，使得餐馆菜肴的味道达到中国五星级酒店的水准，也让饭店跻身为米兰乃至意大利目前最好的中餐馆。

虽然赚得盆满钵满，但温老板却很少对员工笑，总是摆着一副冷冷的面孔。领班朱迪在工作中也是一丝不苟。在这样的工作氛围之中，朱古力一头扎进了忙碌的工作之中。

她每天的工作，虽然主要是收杯子和洗杯子，但因为上海滩饭店的生意特别好，所以朱古力每天都要洗几百只杯子，不管是红酒杯、水杯还是各式各样的咖啡杯和小盘子，都归她洗。她每天的工作就是洗、洗、洗，擦、擦、擦，做个不停，经常还要在吧台后面帮忙开红酒瓶。

等到所有客人离开、饭店打烊的时候往往已经是深夜，但朱古力还要收拾台布和摆好桌子才能下班，所以她回到宿舍的时候基本都是午夜时分，甚至凌晨一两点了。

由于朱古力一看就是没有干过脏活累活的人，所以大家看她的眼光就像在看一个外星人，朱迪更是时不时地给她脸色看，说她这不行、那不行，连洗个杯子都会闯祸。

其实刚刚开始洗杯子的那几天，朱古力的确有些笨手笨脚，因为没有经验，她的手根本握不住所有的杯子，拿着托盘也总是放不好，有一次更是拿着托盘一脚踩空，便整个人都飞了出去，托盘里的盘子和杯子哗啦啦散落一地，把附近的客人都吓得不轻。现场的尴尬局面让朱古力毕生难忘，她连自己的手指被飞溅的玻璃划破了都不知道，等到最后温老板出来解围时，她都恨不得地上能有个洞让她钻下去。

在吧台开红酒更是个技术活，看起来简单，但朱古力是真的不会，阿珍安慰她说自己刚开始也不会，但朱古力已经有些欲哭无泪了，看似这么简单的事情却似乎超出了她的能力范围，她突然感觉自己真的非常没用。

朱古力从来没有经历过这样的生活，她从一个杭州名牌大学的大学生突然变成了米兰中餐厅里洗盘子、洗杯子、开瓶子、拖地、打扫卫生，甚至要帮忙洗厕所的勤杂工。

但她已经选择了这条路，选择了意大利，再苦再难也要自己走下去。她只能更用心地学语言，更用心地开红酒，更用心地洗杯子。每天早上，朱古力都要把意大利语言书翻上好几遍，一句一句地练习口语，意大利客人交谈的时候，她更努力去听他们在说什么，虽然听不懂，但也努力去听。

- 03 -

短短一个月之后，朱古力已经可以熟练地用意大利语和客人打招呼，甚至能进行简单的意大利语交谈。而在这个过程中，她更发现温老板虽然对待职员严肃认真、对服务的要求也高，小到刀叉的摆放，大到对客人的迎来送往，店里员工做错的地方没少被他骂过，但他同时也舍得发高工资，工人只要坚持得下来，都是不愿意走的，有的即便是离开了，也能凭着在“上海滩饭店”工作的经历，很快在米兰找到高薪工作。这些发现都促使朱古力坚定了在这里继续干下去的决心。

看到朱古力聪明上进，温老板也时常会满意地夸奖她两句，甚至还会给她加油鼓劲：

“古力，你舅公把你交给我就放一百个心，我肯定不会亏待你的。你语言快点学起来，现在虽然工资不高，等做了跑堂就给你涨工资。”

像朱迪叫Judi一样，入乡随俗，朱古力也给自己起了一个意大利文名字叫朱古力。也就是在擦洗盘子杯子、开瓶子和洗地板的一个月后，朱古力正式变成了朱古力，只有在夜深人静午夜梦回时，她才想起来自己最初是为了什么来到了欧洲，又如何从巴黎辗转来到了意大利的米兰。

起初，朱古力还会时不时地梦到那个他，但渐渐的梦中人的模样开始模糊不清，慢慢地，似乎连名字也渐渐被她遗忘了，也或许只是她选择了把自己的内心封闭起来而已。

时间可以治愈一切，如果不够，那就再长一些。

朱古力现在的世界里只有餐厅的工作，不管是学菜名点单，还是学语言，她都尽量去做。阿珍看在眼里，有时也十分佩服。

“朱古力，你学得这么快，再过段时间就可以正式做跑堂了！”

朱古力笑了，她从来没有告诉过阿珍，自己在国内是个大学生，是曾经人人艳羡的天之骄子，在学习上面还是有点优势。不过在阿珍看来，只是觉得年轻的她面对夸奖时害羞了而已。

“真的，我不骗你！你看那些客人都喜欢和你聊天，你做起跑堂来小费肯定拿不少的。”

朱古力来到上海滩饭店的时间虽然不长，但是已经有餐馆的熟客可以叫出她的名字了，朱古力有空时必须站在门口帮客人开门，穿着一件白色衬衫和黑色裤子，虽然是一身朴素的工作装，配上朱古力圆圆的小脸，倒也显得十分青春可爱。

朱古力喜欢在门口迎接客人，一来是可以呼吸呼吸新鲜空气，其二则是让自己和客人多交流交流，锻炼口语。

转眼已经是八月了，大赦的居留还是没有任何消息，她也给杨姐打过两次电话，得到的都是“快好了”。

朱古力并不着急，她找温老板看过廖大卫留给她的文件，温老板说都是真的。既然是真的，她没有受骗，那么安心地等着就好，毕竟一直催杨姐他们也催不来啊！

八月的米兰像乡下的村庄一样安静，上海滩饭店里的意大利客人一下子少了很多。阿珍偷偷告诉朱古力：

“老外很喜欢度假的，这个时候他们都出城去海边晒太阳了。”

朱古力还从来没有见识过意大利人去海边的度假，她在国内的时候，有时暑假也会跟着父母到别的城市玩上几天，可惜在意大利还没有这个机会。

朱古力有些好奇意大利人海边度假的方式，据说每个人都把自己晒成古铜色，这才是美，跟东方文化白即是美完全是背道而驰的，她给自己打了打气，正好餐馆不忙，她可以多点时间学习语言，为将来有一天也能去海边度假而努力，也为离开目前的这个生活圈做好准备。

NINE

第九章

生存便是王道

- 01 -

八月就这么平平淡淡地过去了，九月的时候，温老板让朱古力开始尝试接触跑堂点单的工作，这令朱古力颇为欣喜。固然，跑堂可以有更多的机会与客人交谈，能够更快提升自己的意大利语水平。但对朱古力来说，更重要的是跑堂可以赚到更多的小费。毕竟为了办大赦从舅公那里借的钱不是小数目，朱古力此刻满脑子想的都是多赚点钱，早点把舅公的债还清。

然而，朱古力第一天的跑堂生涯并不顺利。

她不仅点错了两个单，还在上菜的时候被一个意大利老女人恶狠狠地羞辱了一番，只是因为朱古力上菜的时候碰到了她的红酒杯，这个老女人就像炸了膛的机枪一样跳了起来，嘴巴不依不饶地骂骂咧咧起来。

朱古力的意大利语还不够好，虽然知道那个老女人说了很多难听的话，可却偏偏一句都听不懂，想要解释更是无从说起，便只好一直用意大利语机械地重复着“对不起”。

最后还是温老板出面，赠送了那位老女人和她的丈夫两杯名贵红酒当作补偿，事情才总算是不了了之。

回到后厨，朱古力委屈得哭出声来，曾经很照顾她的阿珍，此刻也没有办法，只能告诉朱古力她运气不好，做跑堂第一天就遇到了这样难缠的客人。

不过温老板倒不放在心上，他走过去递了块手帕对朱古力道：

“那个老太婆看着就想找碴，大概是和老公在外面度假时受了气，找不到人发泄，就只能找你来出气了。饭店么，打开门做生意，什么人都能遇到，别放在心上。”

朱古力擦拭着眼角的泪珠，默默地点了点头。其实今天真正让她感到屈辱的，不是那个老女人的借题发挥，而是语言不通，让明明能言善辩的她有话也说不出来，表达不清楚自己的意思，只能任人欺负。她不喜欢这种感觉，就像被人掐住了咽喉，她暗暗下定决心一定要把语言学好，以后再不受这样的窝囊气了。

第二天做跑堂点单的时候，朱古力大胆了许多，上菜的时候手也稳了不少，碰到语言听不懂的时候，就展现出甜甜的微笑。她正是天真烂漫的年纪，客人也愿意对这个东方少女宽容以待，工作不仅顺利了不少，还拿到了一些客人的小费。

来上海滩饭店吃饭的客人，大多都会给服务员一些小费。温老板原本是和其他餐馆老板一样，让服务员把收到的所有小费放在一起，大家平分。可时间长了，慢慢地有人就倦怠了，服务质量也不注意了，温老板决定还是个人收个人的小费，大家有个比较，也有努力的劲头。

晚上回到宿舍休息的时候，朱古力拿出这几枚硬币仔仔细细地看了起来，500 里拉的硬币背面人像打造得相当精致。阿珍看见朱古力摆弄零钱，便有些酸溜溜地打趣道：

“朱古力，你把这些零钱藏好，到月底也是不少钱呢！”

朱古力笑了，她想拿到做跑堂后第一份工资的时候，她真的有东西要买。

- 02 -

朱古力其实是一个“帽子控”，她从小就喜欢各式各样的帽子。只是在当时的国内，帽子的款式也就那么屈指可数的几种，且面料、配色都很粗糙。所以虽然朱古力热衷收集好看的帽子，但真正令她看得上眼的却并不太多。

但是来到米兰之后，一切却变得不一样了。朱古力每天去餐馆上班的路上都要经过一家小小的时装店，橱窗里的高挑女郎穿着淡紫色的套装，戴着大大的墨镜和一顶精致的帽子，一手提着一个大牌带竹子手柄的包包。

朱古力很喜欢这身搭配，尤其是那顶帽子，她在国内的时候曾经收到过类似的一顶帽子，是二叔从香港带回来的，她一直很喜欢，这次出国没有带出来很是遗憾。等到发薪水的日子，她就准备送给自己这顶漂亮的帽子。

餐馆里每天工作到深夜，朱古力结束工作的时候也觉得身心俱疲，四肢酸痛，累得不行。可是她不敢松懈，仿佛脑子里有一根弦在提醒她，路是自己选的，再苦再累也要走下去。

每次给舅公打电话报平安的时候，她都说自己过得很好，意大利环境也不错，餐馆的温老板大概是顾念着舅公的面子，待她也很客气和照顾。

在舅公的几次催促下，朱古力终于下决定和国内的朱爸爸朱妈妈联系一下。

九月末的一天，朱古力趁着午休的间歇，拨通了杭州朱家的电话。那边的电话铃声嘀嘀嘀地响起来，一声声叩打着朱古力的心门，令她不由自主地感到慌乱又有点紧张。

“喂？”电话终于接通了，响起的是久违的朱妈妈的声音。

听到妈妈的声音，朱古力的泪水瞬间便湿润了眼眶。她好想妈妈，她在欧洲的这半年多，最想的就是妈妈，此刻妈妈一声平常的呼唤，便足以引爆她内心深处的那长期以来积聚的所有委屈，泪水更止不住地啪嗒啪嗒地流了下来。

电话那边的朱妈妈仿佛感觉到了什么，大声叫了起来：

“朱朱，是不是你啊？朱朱，是不是你啊？”

一边还叫着朱爸爸的名字。

“老朱，快来快来，我们家朱朱来电话了！”

朱古力连忙在电话这边不住地点头：

“是我，妈妈，是我！”

朱家对朱古力的电话欣喜若狂，自从女儿从法国离开前往意大利之后，朱妈妈就再没有听到过女儿的声音，半年多过去了，她是那么思念女儿，以至于她有点后悔当初那么全力支持朱古力出国了。

虽然朱古力到了法国后在舅公家给妈妈打过电话报过平安，但这次是她到米兰一个人生活后的第一次通话，让朱妈妈百感交集，母女俩在电话里痛哭了一会儿，反而一句话都说不出来了。

最后还是朱古力主动向父母报了平安，把米兰的情况简单地说了一下，告诉他们自己还在等大赦的居留，舅公帮她找的工作也很好，餐馆老板很照顾她。总之，是说了一揽子的好话。

知女莫若母，朱妈妈听到朱古力的描述，心里也有些心酸。宝贝女儿在国内像掌上明珠一样的被宠着、爱着，现在却要独自在异国他乡的中餐馆里帮人洗盘子、端菜。

虽然好多温州人都是这样生活，可轮到自己女儿了，朱妈妈还是心疼得受不了，她温柔地对着电话那头的女儿说道：

“朱朱，要不你就回来吧，读书也好工作也可以，总比在外面一个人强，这里有父母保护你的啊。”

但是小雀长大了，离巢了，朱古力坚持要自己独立生活下去，因为她的骨子里有一股不认输的劲儿。

- 03 -

挂掉电话之后，朱古力走到了员工休息间。说是休息室，其实就是后厨上菜经过的路上专门隔出来的一个小隔间，餐馆下午关门的时候，一些懒得回宿舍的员工就会在这个小房间里吹吹牛，打打牌。

朱古力进去的时候，后厨的几个男人正围在一起打扑克牌，桌上堆满了两千里拉、五千里拉的纸币，还有一大堆的零钱和硬币。

赌钱，是他们在一天十几个小时的工作之余唯一的娱乐项目。旁边一个男人见朱古力来了，笑嘻嘻冲她招手喊道：

“古力、古力，过来帮你阿源哥哥摸牌啊！赢了给你小费。”

牌桌上的另一个男人见状，不由得将嘴一撇，嘲笑道：

“阿源，我看你是癞蛤蟆想吃天鹅肉啊！朱古力可是正经的女大学生，怎么可能和你这个文盲搅和在一起。”

话音刚落，一桌子人都笑了起来，连在旁边的几个围观者也都哈哈笑了起来。朱古力有点尴尬，拿了自己的东西就走了出去。

在这里做工好几个月了，后厨的这些人经常跟她开一些莫名的玩笑，开始的时候朱古力根本听不明白他们的意思，也不明白他们在说什么，笑什么，后来慢慢明白了，男人们是在吃她的豆腐，更可怕的是总是有人在背后偷偷摸她一把，而脸皮薄的她又不好意思嚷。

后来，阿珍告诉她以后别理后厨那几个臭男人，他们嘴里没好话，朱古力也知道和他们不是一个世界里的人，几个跑堂里面就是阿珍跟自己还算不错，还能聊得来些，所以朱古力午休时便没有回宿舍休息，而是选择了出去走走。

上海滩饭店离米兰大教堂很近，埃马努埃莱二世长廊附近是米兰最知名的商业中心，大小商店林立，橱窗里的模特们都穿着各种新款的服装，赏心悦目，朱古力喜欢看这些精心打理的橱窗，这里藏着她小小的爱好和秘密。

意大利的橱窗和国内的很不一样，朱古力觉得这里的每一个橱窗就像是一张张不同的名片，每一张都凝聚着店主精心的搭配，都有主题故事如同舞台艺术的缩小版。意大利女人喜欢精致的衣服，就像那些来到上海滩饭店的客人，特别是晚上和朋友一起出来聚会的女人们。

她们穿着得体的时装，打扮得光鲜亮丽，仪态优雅，女人味十足但又不张扬，属于低调的奢华，不像她认识的杨姐那种打扮，只会把各种大牌堆积在一块儿，让人倒胃口。

朱古力还喜欢在街角的酒吧点一杯咖啡，观赏着这些穿梭而过的时尚达人，无论男女总是穿得那么养眼。除了学习语言的枯燥，端盘子上菜的劳累，这是她在米兰找到的唯一乐趣，不知不觉中她已经在接受米兰的时尚熏陶，同时也忘记了现实的残酷。

TEN

第十章

从天而降的大牌

- 01 -

夏天快结束的时候，朱古力终于领到了做跑堂以后的第一个月的薪水：八十万里拉。如果按照当时的汇率折算的话，这笔钱大约相当于4000元人民币，尽管看起来不是很多，但在当时国内一个普通工人月工资只有200—300元的时代，她已然堪称是高工资群体了。

欣喜万分的朱古力第一时间跑去买了那顶自己心仪已久的帽子，虽然足足花掉了她半个月的薪水，却依旧令她心满意足。很多年之后，朱古力才知道那便是时尚带给女性的力量。

回到自己的宿舍后，朱古力把剩下的钱小心翼翼藏在衣橱的最下面。她默默算了一笔账，自己如果可以按部加薪，每个月又能存下一大半工资的话，两年半的时间便能把钱还给自己的舅公了。

一想起在巴黎含辛茹苦的舅公，朱古力又不免有些后悔自己买帽子时的冲动。好在做了跑堂之后，每天的小费也颇为可观，积沙成塔倒也能加快自己存钱的速度。

在温老板这里做工没有休息日，有事情可以找温老板请假，说是照顾，其实也没有什么特殊，其实舅公原先给温老板打电话的时候，恰巧上海滩饭店也缺人手。

温老板的饭店天天爆满，九十年代初正是意大利经济全盛的时期，各行各业都一片生机勃勃的景象。每天午休的时候，朱古力都戴着在意大利买的第一顶帽子上街走走，顾影自怜之时，竟觉得自己就像之前读过的那些欧洲小说和看过的电影里的女主角一样，高贵而优雅，但转念一想却又不禁哑然失笑。果然是“梦里不知身是客，错把他乡当故乡”啊！

深秋的时候，朱古力已经在上海滩饭店做了将近半年了，也攒了不少钱。就在她盘算着是否要还给舅公一部分的时候，终于接到杨姐的电话，告诉她居留证批下来了。朱古力匆匆向温老板请了假，便坐上了开往唐人街的电车。

说是唐人街，但其实只是那么叫着方便，附近也仅有几家华人的商铺而已。当时，谁也不知道三十年后这一个商圈将会发展成意大利最有名的华人聚集地，成为米兰华人最闪亮的一张名片。

电车晃晃悠悠的到站了，朱古力下了车便直奔杨姐的家里。杨姐在这里一个街区租了一个门面房，外面卖皮具的店铺里面是住宿。

当时意大利的华人不是开餐馆，就是为皮包工厂做包包，杨姐家也有自己的工厂，做一些包包配饰，她平常也不在这里，经常到巴黎取货送货。其实朱古力之前已经来过两次，只是那时杨姐都不在。

就在朱古力怀着激动而又忐忑的心情，朝着杨姐的店里张望时，廖大卫却突然意外地出现在她的身后，喊道：

“小妹妹，好久不见，又变漂亮了啊！”

今天他穿着一件橘色条纹衬衣，拿着一个大牌的男款挎包，仍然是一如既往的暴发户装扮。

朱古力吓了一跳，她没想到廖大卫也会在，她在上海滩饭店打工的日子，仿佛进入了一个人际关系的真空地带，因此廖大卫的突然出现，倒让她颇有几分亲切的意味。

- 02 -

朱古力今天穿了一件湖绿色的裙子，戴着新买的黑白圆点帽子，肩上和服装店橱窗里的模特一样围着一条纱巾，今年的流行搭配，活生生变成了一个时髦的意大利女郎。

再见到朱古力，廖大卫的眼睛就像粘到她身上一样，再没有移开过。朱古力是来拿文件的，杨姐不在，廖大卫便给了朱古力一张纸，上面写着日期和时间，居留证已经批下来了，让她到时候去警察局取就可以了。

朱古力把纸叠好，小心翼翼放进随身的黑色皮包里。皮包是她从国内带来的，虽然做工精致，但似乎和现在的她并不协调，显得有些老旧和过时。

廖大卫看了一眼皮包，突然叫住了已经转身准备要走的朱古力。故作为难地说道：

“小妹妹，我想买点东西送给我女朋友，你眼光好，要不，帮我参谋参谋！”

朱古力虽然感觉有些不妥，但想着廖大卫这一路上对自己的照顾，便也答应了下来。

米兰的唐人街曾经也是米兰著名的商业区，各色的店铺毗邻而立，衣服配饰，皮包鞋袜，应有尽有，后来这里的意大利店铺都被华人们逐渐收购了，变成了日后著名的中国城。

廖大卫带着朱古力走到了一家名牌皮包店前，指着其中一个包，认真地问道：

“这个怎么样？好看吗？”

廖大卫指着的皮包朱古力是认识的，这是一个大牌最近很畅销的一款包包，她经常会在橱窗里看到，饭店里不少客人也会背。朱古力当即点点头，并郑重其事地告诉廖大卫这款大牌包最近相当流行，廖大卫很满意，当即便进店把这只包买了下来，这个价格差不多是朱古力两个月的工资。

才刚走出店门，廖大卫就把手提袋塞进了朱古力的手里，脸上掩饰不住欣喜地说道：

“小妹妹，这是我送你的礼物，祝贺你拿到居留。”

朱古力有些错愕，还沉浸在“一个包花了两个月工资”的精打细算之中的她，怎么也不会想到廖大卫买下这款大牌包，竟然是要送给她的。

“大卫哥，你……你刚才不是说……这个包是要送给你女朋友的吗？给我合适吗？”

朱古力显然没有想到看似痞里痞气的廖大卫竟然会故作浪漫地向自己表白，一时不知该如何拒绝对方。

廖大卫显然很满意于朱古力的反应，竟有些像个小男生那般腼腆地挠着头说道：

“小妹妹，咱们也认识这么久了，我哪有什么女朋友啊……我人怎么样，你也是知道的，米兰我经常来的，咱们以后好好处，你看可以吗？”

朱古力听到这话一下子怔住了，突然有一种莫名的失落感，觉得自己怎么落魄到这么可悲的份上了，虽然以后想做什么事情她还不知道，但总有一天她会找到属于自己的未来，而绝不是廖大卫这种人心目中的女人，她的人生绝不是在这里就停顿了的。

眼见朱古力陷入了沉默之中，似乎也不太懂女孩心思的廖大卫竟以为她是太感动了，龇牙笑道：

“小妹妹，你要是跟着我，我以后月月给你买新包！你是有档次的人，和她们不一样，我看你第一眼就知道，你是学问人，大城市出来的。你现在这样在餐馆做工多累啊，餐馆工我知道的，早起晚归的，累得像狗一样，还要任别人使唤！你跟着我，我决不让你受罪，哥有钱！让你穿名牌、买名包，过好日子！”

听到他的话，朱古力的脸上终于控制不住地露出震惊的神色，单纯的她以前一直以为廖大卫人不错，看在老乡的份上才对自己特别照顾，没承想他竟然对自己早已有了男女之情。

长久的沉默，令现场有点尴尬，朱古力很想要拉下脸马上离开，但她又不想直接给廖大卫难堪，毕竟这个人曾经帮助过她，虽然是个小混混，做事流里流气，但是人却难得的仗义。

朱古力支支吾吾了一阵，终于选择把手袋推给了廖大卫，抱歉地说道：

“大卫哥，不行，这样不合适，我……我不能收你的礼物。”

此时似乎终于明白了朱古力心思的廖大卫，不免有些失落，但还是强装出无所谓的模样，用力地挥了挥手道：

“哦！没事，小妹妹，包你先拿着，就当哥哥送你的礼物。以后的事情，咱们以后再说。”

- 03 -

拿着大牌的手袋回到宿舍的时候，阿珍的眼睛都要看直了，毕竟这种名牌包包可是她们当跑堂的最想买的高档品牌，店里的很多客人都喜欢这个牌子。

虽然朱古力一再掩饰说这是自己花钱买的，可是精明的阿珍很快便从朱古力的闪烁其词中找到一些蛛丝马迹，在她不断地追问之下，朱古力只能将情况如实告知，阿珍听后当即一个人在那里笑得前仰后翻，然后指着朱古力说：

“朱古力，那个什么廖大卫他是要泡你啦，还是想用钱砸晕你的那种！”

朱古力啐了一口，当即反驳道：

“别胡说，拿一个包包就想砸晕我？也太小看我了吧？更何况……更何况那个什么廖大卫又没文化，长得也很丑，最重要的是穿衣服品味也太差了！”

本来朱古力的心里正在生闷气，正好被阿珍这么一说就把气撒在她身上了，从来没有看过朱古力说话这么尖刻的阿珍，吐了一下舌头就不吭声了。

一个月之后，朱古力按照警察局约定的时间取到了正式的居留证，看着这张满是意大利语的文件，朱古力终于松了一口气，她知道她可以合法地在这片土地工作和生活了。

转眼已是11月底，临近圣诞的寒冬是餐馆的旺季，上海滩饭店里客人络绎不绝，朱古力也更加忙碌，店里人手不够，朱古力有时还要在门口迎宾。

客人们早已穿上御寒的冬装，有的外套还非常昂贵，挂起来的时候必须要十分小心。柔顺的羊绒大衣划过手指的触感让朱古力印象深刻，银色的字母名牌反射出金属的光，看着就让人觉得价值不菲。

每逢此时，朱古力就会忍不住偷偷地看一眼衣服的袖口和领口，记住那些个让她心动的牌子。朱古力告诉自己凡细节处留心观察，经常会有意想不到的收获。

久而久之，再碰到类似风格、面料，或者同个品牌的外套，她竟然也能猜个八九不离十，或许这就是朱古力在时尚领域的天赋吧！她的脑海中深深地印下了这些奢华品牌的Logo，印下了许多原来不认识的名词，印下了对意大利时装的最初印象。

一次，她看到有位客人穿着一件非常有气质的套装，就记住了那个套装的名字Giorgio Armani，有心留意下，慢慢地，朱古力注意到Valentino的红色晚装、Gianfranco Ferre的白衬衫、Missoni的条纹针织衫、Maxmara的大衣、Versace的印花裙等等，每个品牌都有自己的特征，这就是朱古力内心深处那个“时尚小本本”里最初的记忆。

来意大利的第一个圣诞和新年就在忙碌的生活中过去了。

新年过后，就是意大利著名的打折季，当地人经常趁着这个季节去商店扫货，男男女女都拎着大包小包，恨不得从头到脚买一遍。餐馆的女服务员们也三三两两的趁着工休的时间去大教堂旁边的大商场逛上一逛，再买上几件衣服鞋子，慰劳慰劳辛苦一年的自己。虽然大家都是打工族，但女人爱美的天性是怎么都不会改变的，年轻的阿珍也经常拉着朱古力帮她参谋选衣服。

朱古力几个月也攒下了不少钱，加上新年温老板发的红包，也算有了点小积蓄。她的脑海中已经了解了很多时尚品牌，也知道买衣服的时候最好翻看一下面料标签，很多当季的款式她也有点印象，这都是从饭店的客人那里学到的。

朱古力觉得，既然来到了意大利，就要接受意大利的文化，从头开始，也是从穿衣打扮开始。她慢慢接受了意大利女性服装风格，也喜欢一个人逛街买点闲散的单品衣服。虽然都不贵，但经过朱古力的搭配，普通的衣服搭在一起也变得时尚起来了，走在大街上回头率自然不少，甚至还经常被意大利帅哥搭讪。

ELEVEN

第十一章

做一块海绵

- 01 -

农历新年过后，廖大卫曾经来上海滩饭店找过朱古力一次。他当时即将要启程返回法国，所以不免有些来去匆匆。不过在见到朱古力之后，廖大卫倒是表现得很洒脱，没有再提两人之间的感情的事情，只是一个劲地表示说自己上次实在有些造次了，还说毕竟朱古力和他平时认识的那些女孩都不一样。

其实朱古力对廖大卫也没有那么深恶痛绝，毕竟自己能够来到意大利还多亏有他的帮忙，只是要接受他成为自己的男朋友，朱古力实在做不到，于是在说了几句感谢的话之余，朱古力就再次想要将那个大牌包还给他，可廖大卫却笑着答道：

“怎么？就这么看不起你大卫哥？不就是一个包包嘛！再说，我当时就说了，那是祝贺你拿到居留的礼物。你如果再这样，我可要生气了！”

看着廖大卫那一脸痞里痞气的模样，朱古力也不禁笑道：

“那你下次再来意大利的时候，一定要让我请你吃饭！”

廖大卫却摇了摇头，以一种从未有过的一本正经的姿态说道：

“算了！小妹妹，其实我也知道我们是两个世界的人，以后还是少见面为好吧！免得我哪天出事了，连累到你。”

说完这句话后，廖大卫的脸色竟然变得凝重起来了，他转过身，用力地挥了挥手，便慢慢地走入了那无边的夜色之中。望着他的背影，朱古力的心中竟也不免涌现出一种莫名的失落。

三月的时候，朱古力为自己报了一个语言学习班。那是饭店的一个熟客介绍的，他见朱古力老是带着一本意大利语书，就建议她去教会办的语言学校上课。上课地点就在距离饭店不远的大教堂后面。每周二、四、六的下午开课。

朱古力算了一下时间，餐厅上班时间上午10:30到下午2:30结束，正好有三个小时的休息，平时她也很少回去休息，都是一个人逛街看橱窗度过这段时间的，因为她特别不喜欢那么多人住在一起，乱糟糟臭烘烘的。现在正好有这么一个读书的机会可太开心了，正好避开同事，虽然要牺牲一些自己的休息时间，晚上上班也可能会累一些，但能够多学一点东西，对于向来好学的朱古力而言，还是相当愿意的。

教会学校办的语言班有十几个学生，主要是一些在这里工作的东欧人，加上几个来自韩国和日本的留学生。朱古力进去之后，感到自己仿佛又回到了曾经的大学课堂之上，虽然没有杭州大学那么浓郁的学习气氛，但终究是又可以开始上课了。

时间过得很快，语言班上了两个月，朱古力的意大利语便有了突飞猛进的进步。或许是由于同为亚裔的关系，连那几个韩国留学生也逐渐变得和朱古力颇为亲近起来，每次见到她总是一口一个“朱古力、朱古力”地叫着，更对她的语言天赋赞不绝口。

有了交流上的优势，朱古力在上海滩饭店工作起来也更加得心应手，变得信心十足。跑堂越做越熟练之外，和客人也越来越能说得上话了，一些老客人来过了之后，还会和她打招呼专门指定她来为自己服务。唯有领班朱迪一人，突然对朱古力有了一丝不明所以的敌意，朱古力搞不懂是为什么，不过也不想去搞懂。

这天，餐厅里突然来了两个熟人，他们是韩国留学生，来意大利学音乐的韩世勋和主修服装学设计的宋钟贤。他们这两人都是朱古力的语言班的同学。大家年龄相当，语言班里气氛又热闹，一来二去便熟悉起来。

韩世勋是个颇为热情的大男孩，当他们听说朱古力就在附近的餐厅工作时，就非要特地跑来看看。

对于这样的“惊喜”，朱古力自然是十分欢迎的，毕竟离开大学校园之后的她，所遇到的都是一些急功近利的“社会人”。唯有和这些留学生相处，朱古力才能感觉到与大学同学相处时的那份真诚。所以这些同龄人让她觉得非常亲切，特别是韩世勋，上课的时候总是刻意拉着宋钟贤，一起坐在朱古力的周围，她也挺喜欢和他们俩在一起的。对比粗犷的东欧人，亚裔男生让朱古力倍感安全。

- 02 -

韩世勋和宋钟贤点了餐厅的经典菜式，还要了一瓶红酒，一餐下来倒也消费了不少钱，虽然韩世勋一直想要朱古力坐下来和他们一起吃，但朱古力还是拒绝了，因为她知道虽然温老板貌似对她还和善，实则十分严厉，如果有服务员在饭店里和熟客一起吃饭，轻则会被他数落一顿，重则有卷铺盖走人的危险。

领班朱迪看到这两个年轻英俊的亚裔男孩点名要求朱古力服务，还一口一个“朱古力”叫得如此亲切，便把朱古力喊过去，直问是怎么认识的他们，朱古力没多想便如实说来。朱迪不动声色地听着一切，只冷冷地总结了一句：

“没想到，你还挺受欢迎的啊？”

还没等朱古力反应过来，韩世勋和宋钟贤已经用餐完毕，韩世勋特地跑来和朱古力打了个招呼，一个劲地直夸这里的菜品好吃，表示下次一定还要再来。

突然，朱迪抢在朱古力之前，热情地迎上前去，颇为夸张地表示欢迎他们常来。然而韩世勋只是对这位领班微微点了个头，又转头对朱古力把未说完的赞扬说完，便转身离去了。朱迪的笑容尴尬在脸上好一阵。但是扭过脸来时，她已恢复了常态，一如既往地开始指挥工作。

当下，朱古力还以为朱迪对这个韩国男孩一见倾心，于是，心里不禁嘀咕着，这个心地和善的小眼睛男孩确实讨人喜欢，人看上去清爽干净，尤其善于服饰的搭配，他的整个“LOOK”时尚而又艺术范儿，这种气质是她之前在国内的男生身上看不到的。

在语言学习班上，韩世勋甚至偶尔还会小露一手，用他那浑厚的男中音唱上一首意大利民歌，这份率真令语言班的老师和同学都很喜欢他，不过他也经常拿朱古力开玩笑，用很夸张的手法表演着莎士比亚话剧的“名场面”：

“啊，我亲爱的朱古力（朱丽叶的译音），我是你的罗密欧。”

这样的表演很快便成为语言班中的一个“梗”，很多同学后来一见到韩世勋就和他打趣道：

“罗密欧，你的朱古力在哪里啊？来了没啊？”

和热情洋溢的韩世勋一样，宋钟贤也很会打扮，不过，他虽然也很帅气，整体气质却偏阴柔了一点，有时候朱古力甚至觉得他的行为举止就像一个女生，这种感觉困扰了朱古力很长时间，直到后来她才从韩世勋那里了解到宋钟贤是个同性恋。

那个年代，人们谈及性取向还是很忌讳的，即便是意大利也一样，因此朱古力答应韩世勋要保守这个秘密，心照不宣的大家都装作不知道的样子。直到若干年后，朱古力进了时尚圈才发现其实这个世界上同性恋并不鲜见。

韩世勋从来不掩饰他对朱古力那份明显的喜爱，大概是同为东方面孔，朱古力圆圆的小脸让他感到可爱，他总喜欢找她说话，就算是朱古力找不到合适的词汇而拿手乱比画的时候，韩世勋也是笑得一脸宠溺。

当他知道朱古力以前在国内是大学生，现在居然能在这里打工也是非常的佩服，他还讲了很多韩国名人大学辍学之后，又依靠自身的努力获得成功的案例。每当这时，对自己中断了学业有些后悔的朱古力就觉得心灵得到了一点慰藉。

有些人就是这样，不管平时过得多么艰辛，却往往不会真觉得自己有多辛苦，但一旦有人看到了她的这份辛苦，特别在孤独的时刻，有人跟她说一些安慰的话，哪怕只是寥寥几句，哪怕说得词不达意，她也是挺欣慰的了，更何况韩世勋总是说得那么真心诚意。从他的话里朱古力也感受到了丝丝关心，就这样这个男生逐渐走入朱古力的心里。只是朱古力从来没有想过会和他发展成为恋人的关系。而这其中的原因，朱古力竟是在和韩世勋分手之后才真正明白的。

- 03 -

韩世勋是专门来意大利学音乐的，据他所说，韩国对意大利的音乐人才相当推崇，和他一起来的朋友因为成绩突出早就被韩国的音乐剧团预定了工作。只是韩世勋不喜欢那种事事都按部就班的模式，所以早早便脱离那个学音乐的留学生圈子，和宋钟贤他们混在一起。其实韩世勋的意大利语虽然说得不怎么熟练但发音很准，甚至连语言班上的意大利语老师都很喜欢他，直夸他“说话好听”。因此，他来上这个语言班，更多的只是为了好玩而已。

朱古力曾经玩笑般地问韩世勋，他是不是宋钟贤的男朋友。韩世勋听后连忙一个劲地摇头，说他喜欢的是像朱古力这样的女人。本想八卦一下的朱古力，反而被对方搞得面红耳赤。不过朱古力对于这样的“表白”也并不当真。毕竟她朱古力很珍惜这个学习语言的机会。

虽然每天都在“上班、学习、上班、回宿舍睡觉”中单调地度过，可是，朱古力觉得活得充实而幸福。这种感觉，朱古力自己也无法形容，可能就是越来越活出自己了。

这天，她刚结束了语言班的课程，正准备回餐馆上班，韩世勋却突然叫住了她，问：

“朱古力，我可以和你一起走吗？”

朱古力犹豫了片刻，最终点了点头，就在楼梯旁边等了一会儿，便和韩世勋一同走出了教堂。

两人并肩前行，韩世勋一会儿问朱古力最喜欢吃什么东西，一会儿又说起自己韩国的家乡如何寒冷，还给朱古力讲起几个韩国留学生闹的小笑话，逗得她十分开心。

朱古力觉得和韩世勋在一起非常轻松，虽然两个人语言不通，只能用半生不熟的意大利语交流，但看着韩世勋瞎比画的手势，她也能马上明白他在说什么，更何况韩世勋身上似乎有一种与众不同的气质，温暖如旭日初升，和他在一起总能让朱古力有一种被呵护的感觉。韩世勋一直把朱古力送到餐馆的大门口才挥手离开，相约下次上课再见。

朱古力感觉到打工的日子过得越来越快，她每天忙碌得几乎耗尽全身的力气，但却并不感到枯燥。语言慢慢熟练了之后，她优雅的谈吐让她在一众女侍者中越来越突出，接待的熟客也越来越多，因为她工作出色，温老板还给她加了薪水。

当朱古力的月薪达到相当于8000元人民币左右时，她手中逐渐宽裕起来，她用了一年多的时间终于把之前向舅公借的钱汇往了巴黎。还清了债务的朱古力一身轻松，连忙打电话回家，朱妈妈欣喜之余，更告诉女儿说，现在国内的经济环境也越来越好，她和朱爸爸都加了工资，单位还给分了新的大房子，让朱古力不要担心家里，在意大利不要苦了自己。朱古力虽然满口答应，却还是希望父母能看到自己的成长，便每个月从工资中拿出一部分来汇去家里。反正她吃住都在饭店，自己不用花钱。她觉得“寄钱回家”是能证明自己长大了的最好证据。

带着轻松愉悦的心情，朱古力拿着自己辛苦积攒的工资为自己买了几套当季的时装。她先天敏锐的时尚眼光，加上独具匠心的搭配，令并不名贵的服饰，在她身上竟穿出了别样的神韵。

这么会买衣服的朱古力，让女工友们都羡慕不已，毕竟女人都有爱美之心，谁不想穿得漂亮好看一点呢？阿珍就特别欣赏朱古力的眼光，每次发了薪水都要约上她一起逛街，用几个价格不菲的美味的意大利冰激凌，换来朱古力手把手的穿衣指引。

一切似乎都在往好的方向发展。

TWELVE

第十二章

八卦的气息

- 01 -

这是工作相对轻闲的一天，朱古力站在玻璃窗前欣赏着那些来往的米兰时尚女郎，渐渐入了神，仿佛整个街道变成了一个巨大的秀场，自己则是受邀的嘉宾，开始颇为专业地对模特们的服装品头论足起来：

“这套搭配很‘drama’，富有戏剧感。”

“这套呢有些先锋主义。”

“这套虽然是暗黑风，但意义深刻。”

这些脑海中不自觉蹦跶出的词语让朱古力自己也觉得很有意思，果然自己在时尚之都生活久了，连思维也变得具有时尚感起来。此时，门铃响了，打断了她的思绪，朱古力立即恢复到娴熟的工作状态，露出甜美的笑容。

客人是一名打扮和长相都普普通通的中年华裔妇女，正带着一个哭闹着的小男孩。朱古力立即用中文招呼起他们，但没想到，这个妇女一边给小男孩擦着眼泪，一边漫不经心地开口：

“老温呢？”

“老温？”朱古力一脸问号，但很快明白过来，“您是找温老板吗？”

妇女点着头，眼睛扫了一圈整个店内，突然定住不动了。朱古力顺着目光望去，只见朱迪正站在不远处，同样也看着这边，露着客气而美丽的笑容。妇女立即收起了目光，捋了捋头发。

“温老板他今天不在……”

“那算了。”

妇女拉着小男孩转身就走，但脸上露出的一丝忧伤被朱古力捕捉到，朱古力立即追上前了一步，低声问道：

“需要我帮什么忙吗？”

“没事，我就是正好路过而已。”那妇女犹豫了一下，最终还是黯然地摇了摇头。

朱古力看着妇女离开，心里隐隐有种奇怪的感觉，难过、怜悯还是担心？她也不是很清楚，只觉得有种同情感油然而生。

“做好你的工作，不要多管闲事！”

朱古力猛一回头，发现朱迪不知何时已经来在自己身后，正严厉地盯着她。

“我只是在想……她是不是遇到什么困难了？”

“温老板给你涨工资是让你好好工作，不是让你考虑这些没有意义的事，听懂了吗？”

朱古力对朱迪突然的变脸，很是莫名其妙，同时对她这冷漠的态度，心中也是一百个不服气，但此时却又没办法言明，只能闷闷地点头继续工作去了。这憋屈的心情持续了整整一个下午，直到休息时分，听闻阿珍和美香聊起的八卦，才瞬间豁然开朗。

- 02 -

原来，那名妇女正是温老板的妻子，据说，因为她的家族已经在意大利多年，跟温老板家也是世交，属于门当户对的联姻，温老板才娶了她。实际上，两人几乎是没有爱情的，这个妻子没有什么文化，外表也很一般，只能在家相夫教子，几乎是大门不出二门不迈，这也就是朱古力来店里这么久，都没有见过温太太的原因。

至于她今天为什么前来店里，谁也不知道真正的原因，阿珍觉得也许真的只是路过而已，但美香却表示她一定很在意朱迪的存在。朱迪既是“上海滩”优秀的领班，又是温老板的情人，实际上算是半个老板娘，这是大家都知道的“公开的秘密”。天晓得，只有单纯的朱古力完全不知情。

朱古力听着两人的八卦，有些震惊，不自觉多问了一句：

“所以，温老板会打算离婚吗？”

阿珍和美香扑哧一声笑了，说道：

“人在异乡，有种东西叫各取所需。”

是的，温老板是一个精明的商人，绝不是感情用事的人，也不可能为了所谓的感情就放弃了家族联姻。但开这么高级的中餐厅，自己是忙不过来的，他需要一个能充分信任的得力助手，漂亮能干的朱迪便是不二人选。这样，情人的关系就让一份高工资产生出两份价值，给稳定餐厅的工作带来了保障。

而对于朱迪，这种长相气质都不俗，英语、意大利语、中文、粤语样样精通，做事也利落干脆的女性，也定不会为了嫁给一个男人而委曲求全地做情人。她想要的是一片能充分发挥自己才干的战场，一个能有足够话语权的职位，因此，现在的这个地位刚刚好，不需要前进，也绝不后退。

朱古力突然明白了朱迪对自己的冰冷态度从何而来了！

一开始，朱迪只是有点看不起不会干活又不会意大利语的朱古力罢了，但眼见着她外语突飞猛进，接待工作上也显示出干练和聪明的能力后，便开始产生了一种危机感。很明显，温老板是欣赏朱古力的，对她的照顾并不完全是出于她舅公所托的关系，因为温老板一眼就看出朱古力不仅长得不错，而且非常机灵，稍微一调教，将来估计会比朱迪更有出息。这样，朱迪不得不重视起这个小姑娘来，潜意识中就把她视为了未来的竞争对手。再加上，温老板频频地给朱古力加工资，这使朱迪更加不爽了。

朱古力既想哭又想笑，想哭是因为自己的愚蠢，竟然在对店内人际关系一无所知的情况下，傻乎乎地工作了这么久，想笑则是因为朱迪太高看自己了，别说她对温老板不会产生兴趣，就连这份工作也只不过是她暂时维持生计的手段而已，她的志向怎么可能仅仅在这间餐厅里，她有更重要的事要做，虽然此时此刻还并不明确到底是什么事，但她坚定地认为很快就会知道了。

阿珍和美香的八卦还在继续，但朱古力的思绪已经飞远了，她的眼前开始浮现出一张张面孔：一脸愁容的温太太、妩媚动人的朱迪、不苟言笑的温老板……

“各取所需。”

这四个字在朱古力脑海间徘徊，她仿佛在哪里听到过，那个心底久久不能忘却的影子又开始涌动起来。难道，身处国外的人们，对于感情就真的只剩下“各取所需”了吗？

- 03 -

与此同时，后厨的一帮男人们正聚拢着看一本杂志，上面赫然是一页页性感女郎的照片。男人们瞪着眼睛，流着口水，却还不忘品头论足一番。

“这个带劲啊！”

“啥品位，这干瘪身材，柴死了！”

“这叫青春的魅力，你懂个屁啊！”

此时，满脸臭汗的阿源走了过来，一把抢过男人们手中的杂志，举在灯光底下一看，眯起了眼睛。

“这个正！我要了！”说话间，阿源就把这一页撕了下来。

“你个臭小子！要脸吗！这老贵了！还给我！”

男人们纷纷起来扭住了阿源，但阿源却直接将那页纸往裤子里一塞，然后两手一摊，“来拿呀！”

男人们只能骂骂咧咧了几句，继续回去翻着杂志。

阿源则往地上一坐，掏出那页纸，直接贴在了自己的脸上，一脸享受的模样。

“哎呀，爽！”

男人们瞥了他一眼，嘲讽起来：“切，你有种玩真的去啊！”

阿源一下子坐起身来，一脸不爽：“我咋没种了！”

此时，朱古力正巧从门口经过，男人们立即努嘴示意阿源，阿源吸了吸鼻子，立即吹了一声口哨。朱古力下意识回过头，见到男人们露着油腻的笑容，便立即拔腿走开了。瞬间，男人们对着阿源哄笑起来，阿源倒也不甘示弱，直接开始吹起牛来，扬言一定要把朱古力搞定。还举例论证说，前不久偷偷地摸了朱古力几下，她也没有叫，所以机会是绝对有的，只是要看准。旁边的那几个家伙一听，瞬间来了劲儿，几个男人的脑袋凑到一块儿，小声地密谋起来。

其实，也不能说这些男人们有多猥琐，这也是情有可原的。因为，一般情况下一个家庭都只能让一个人先来到海外，办好了居留后再办理家庭团聚，这个过程起码需要两到三年时间。血气方刚的年轻人哪里受得了，不管是男人还是女人，他们中间，只要长得周正、有点能耐的，大多都会在此地找一个短期的性伴侣。然而，像阿源这般模样的，一般女人都看不上他，就连阿珍和美香都无视他的存在。不过他自己倒是自信满满，癞蛤蟆想吃天鹅肉，竟不自量力地看上了朱古力。

THIRTEEN

第十三章

爱情使人进步

- 01 -

日子一天天过去，韩世勋送朱古力上班的次数越来越多，几乎成了每次语言课后的例行公事。他向朱古力讲述了自己很多的事情，他喜欢的音乐家有巴赫、莫扎特等，特别还有欧洲的三大男高音，其中他最喜欢的自然是意大利的帕瓦罗蒂。

有些时候韩世勋也会教朱古力唱他喜欢的韩国流行歌曲，甚至会说起自己家里的情况，以及小时候上学遇到的那些不讨人喜欢的老师们。当然更多的时候他会称赞朱古力的衣着款式漂亮，比如今天这套和某个大牌当季主打风格不谋而合，小清新十足。

尽管和韩世勋在一起时，朱古力的心情总是特别的放松。但不知道为什么，她不像在杭州大学时那般乐于表现，更多的时候，她只是笑意盈盈地看着对方，做一个沉默的倾听者。朱古力自己也说不清楚，她的改变源自何时，但她觉得这或许便是成熟吧！

一来二去，两人的话题逐渐转到了时尚服饰和衣着穿搭上。韩世勋告诉朱古力，他也会经常逛米兰的时装店和名品街，因为每次回国都要给亲戚朋友、同学带上满满一箱子的名牌服装和皮包鞋子。

从韩世勋这里，朱古力才知道原来韩国人对穿衣打扮非常注重。就像韩世勋和他的几个韩国同学，虽然都是男生，但每次出门前都要花上几十分钟，把自己从头到脚、从里到外都打理一遍。韩国男生与众不同的精致让朱古力有点惊讶，因为在她眼里即便是国内那些天资卓越的女孩，可能都还没有韩国男生这样注重自己的外表。

朱古力突然想起韩世勋每次上课时笔挺的衬衫和外套，精致的牛皮背包和柔顺的发型，原来这些让她感觉到舒服的打扮竟然是他们的共性。韩国人和意大利人一样注重穿衣打扮，注重服饰搭配，这也难怪后来韩流一度风靡全亚洲，因为那个时候很多地方的男人实在太不注重仪表了。

转眼已到七月底八月初，韩世勋的学校放了假，教会的语言班也结束了第一学期的课程。温老板计划趁着八月假期把上海滩饭店重新装修一下，便提前叫来了装修公司。而在饭店装修的日子里，除了领班朱迪之外，其他的员工们都获得了一个难得的假期，便各自走亲访友去了。

突然闲适下来的生活，令朱古力很不适应。她多想买张机票，飞回杭州去看爸妈。但一想到父母为自己担忧的脸孔，她便琢磨着不如节省点费用，攒些钱为自己将来的事业做准备。她知道，有了真正的事业才能让自己的父母真正的开心和安心，便决定干脆独自待在宿舍里看书，实在无聊了就一个人在米兰的街头闲逛，因为只有让自己筋疲力尽，才不会思乡。

好在，发现上海滩饭店闭门装修之后，韩世勋便主动找到了朱古力，得知她闲极无聊之后，更提议一起和朋友们办一次烧烤，朱古力欣然答应，忙碌了一年，她也确实累了，迫切需要放松一下。

在韩世勋和几个朋友合租的房子里有一个大大的院子，派对上朱古力第一次见到米兰的韩国留学生群体。一起来烧烤的除了早已熟悉的宋钟贤，还有在音乐学院、美术学院、时尚学院学习的其他韩国留学生，朱古力听着他们用夹杂着韩语的意大利语聊着彼此的课业和生活，倒也是颇为有趣。

而正是在那些韩国留学生的对话中，朱古力听到意大利大学中有关教授、论文的趣事，也是第一次听到了代购、买手、街拍、造型等名词，这些韩国留学生的生活和中国人在米兰的生活迥然不同，这让朱古力有些兴奋，她喜欢这扇大门背后那个扑面而来的新世界。

- 02 -

为了给韩世勋撑场面，朱古力跟韩世勋表现得十分亲密，她早已觉察到韩世勋对她的好感和关爱，她也喜欢这个有气质、讨人喜欢的韩国男孩。毕竟像她这样二十多岁的花样少女太需要爱，正是新鲜的爱情让她在枯燥的餐馆工作中干劲儿十足，让她对未来充满渴望。

在韩世勋的介绍之下，朱古力和那些韩国留学生也很快熟络了起来。她一直知道韩世勋有两个好朋友，宋钟贤是朱古力已经见过的，而她和另一个朋友李宪彬却是第一次见面。

朱古力对宋钟贤的印象很好，但对学舞美设计的李宪彬却并不熟悉。据韩世勋说，那是因为最近李宪彬经常在米兰著名的SCALA歌剧院实习帮忙，所以才鲜有露面。听到SCALA歌剧院，朱古力的眼睛一下子亮了起来。

毕竟朱古力来米兰快一年了，经常在大教堂附近转悠，埃马努埃莱二世长廊背后那家世界著名的SCALA歌剧院，早已成为她心目中的圣地，她无数次看到过西装笔挺的男士带着精心打扮的女伴一起走进剧院的大门，她也无数次幻想过自己像《茶花女》中的贵妇人那样，穿着美丽的晚礼服在剧院的包厢看上一场真正的演出。

李宪彬看到朱古力的眼睛闪闪发亮，便也来了兴致，他诚恳地说道："朱古力，我第一次去SCALA的时候也激动坏了！你既然这么感兴趣，这样，下次再轮到我实习，我带你们一起到后台看看！"听到有机会可以看到SCALA的后台，朱古力自然真心高兴，但她还是扭头看向旁边的韩世勋，征求他的意见，却发现韩世勋正望着她，一脸笑意盈盈地点了点头。

更令朱古力没有想到的是，在烧烤派对临近结束的时候，韩世勋突然把所有人都召集了起来，当众宣布从今天起朱古力便是自己的女朋友了。面对这突如其来的告白，朱古力虽然不免有些尴尬，但看着带头鼓掌的宋钟贤、李宪彬，以及那些眼神中带着真诚祝福的韩国朋友，她还是羞涩地点头默认了。

朱古力当然愿意和韩世勋谈恋爱，毕竟这个韩国大男孩喜欢她、对她很好，不仅每次下课后都送她回餐馆，还会在休息日带她去吃好吃的、玩好玩的。但是朱古力从未想过他们会如此之快地突破朋友关系，迈入恋人的阶段。当着韩世勋诸多朋友和老乡的面，朱古力虽然不好意思否认，但等到派对结束、人群散去之时，她的神情便顿时黯然了下来。

看着正在帮忙收拾餐具的朱古力，韩世勋像个做错了事情的孩子般凑了上来，温柔地请求着朱古力的原谅。朱古力有些无奈地笑了笑，对韩世勋说道："世勋，对不起，现在的我还配不上你。你可以等我找到了真正的自己，我们再开始吗？"看着韩世勋用力点头的模样，朱古力也在心中告诉自己"要好好加油了"。

从那天开始，朱古力觉得自己的生活突然变了模样，她终于有了新的生活目标。只是，在她的内心深处却依旧有一个模糊而又熟悉的身影不时闪过。

虽然朱古力知道自己尚未走出前一段失败感情的阴影，但恋爱的确可以改变一个人，日子一天天地过去，朱古力的精神状态越来越饱满，和客人相处也更加轻松得体，整个人都透着一股与众不同的气质。

上海滩饭店重新开业之后，领班朱迪看到神采焕发的朱古力，便不禁多问了几句，得知她谈起了恋爱，似乎大舒一口气，此后，她对朱古力的态度也转变了不少。朱迪看到朱古力的意大利语越来越好，深受客人喜欢，便对朱古力愈发的客气，以前经常需要朱古力干的杂活儿，也不再安排给朱古力，反而安排给了别的女跑堂。

和韩世勋及他的朋友们接触的时间长了，朱古力才知道原来这些韩国留学生在意大利并不只是单纯的留学，在这段生活在米兰的日子里，他们竟然搞起了“兼职”。

韩世勋和宋钟贤之所以可以经常吃美食、逛名品店，用的也是他们做“副业”挣的钱。虽然这些韩国留学生的家庭状况已经不错，但他们在米兰凭着当“买手”更是赚了不少钱，有的人一个月赚的钱竟然比朱古力餐馆打工赚的还多几倍。

- 03 -

20世纪90年代初期，正是韩国“买手”生意火爆的时期，经济的腾飞，令韩国的有钱人们越来越重视衣着打扮，走在时尚前列的古老的欧洲就成了他们向往和模仿的地方。

宋钟贤在米兰最牛的M时尚学院学习造型搭配，他的“副业”就是一名时尚买手。虽然朱古力起初并不明白为什么他们帮别人买衣服就能赚钱，但经过韩世勋和宋钟贤的耐心解释，以及观摩过几次他们的工作方式后，好奇又好学的朱古力终于明白了一个道理：原来眼光和品位也是可以赚钱的。

看到朱古力对“买手”感兴趣，韩世勋就对她说：“朱古力，你的身材气质那么好，可以做宋钟贤的缪斯女神啊，他买来的样衣经常需要找临时模特搭配服装展示册（LookBook），你帮他做模特，他付你点费用不成问题。”

起初，朱古力以为这只是韩世勋随意开的玩笑，没想到几个月后，宋钟贤的“买手”业务还真的有模有样地扩展开来。

一个休息日的下午，朱古力第一次跟着这些韩国留学生们一起工作。李宪彬负责拍摄，宋钟贤负责造型，她和韩世勋做模特。

那个下午，朱古力和韩世勋换了无数套衣服，摆出了无数种姿势造型，但一切的付出都是值得的。李宪彬的照片拍得非常成功，新品被拍得不错，宋钟贤将制作好的服装展示册快递寄到韩国，反响很好。

这批货也让宋钟贤小赚了一笔，而朱古力利用休息时间也赚了一点小钱。这是朱古力“买手”职业生涯的第一次尝试，她觉得很开心，相比餐馆跑堂，朱古力更喜欢当模特拍照片，不仅能穿各种款式的衣服，还能赚钱，这让从小爱美的她心里有一种满足感。

朱古力和韩世勋的恋爱也越来越甜蜜，两人在休息日经常一起闲逛散心，还会约上韩国朋友们一起喝酒聚会。和同龄人在一起嬉笑玩耍让朱古力仿佛回到了曾经的那些无忧无虑的大学生活，她终于走出了失恋的阴影，准备从内心开始一段新的恋情，她接受了韩世勋带来的新世界，并贪婪地呼吸和学习着这个新世界的一切。

几个月下来，朱古力已经了解了买手行业的整个产业链。作为买手职业的开始，她已经熟悉了从展示厅选货、买样到拍图片、发货一整套流程，也知道了当有客户直接要求某款名牌包时，只需要提供包的型号，买手跑一趟品牌店就可以赚好几十万里拉。

而随着亚洲经济的整体向好，人们的购买力不断提高，欧洲名牌不仅在日、韩卖得特别好，更逐渐进入中国香港和中国台湾的市场。此时，中国内地刚刚改革开放不久，人们对国外的服装品牌还没有太大的印象。但是看着经常在名牌店里遇到的台湾人和香港人，朱古力想到，有一天内地人的购买力也会越来越高，早晚也会和他们一样消费这些欧洲品牌。

可能是温州人经商的天性开始萌动，朱古力觉得自己看到了商机，她的内心开始蠢蠢欲动，觉得财富和成功在向她招手。

FOURTEEN

第十四章

两个男人一台戏

- 01 -

自己创业的念头犹如一颗种子，在朱古力内心扎根之后便很快萌发出了那生机勃勃的嫩芽。虽然在上海滩饭店每天的工作中，朱古力一如既往的表现得热情而专业。但只要一有闲暇的时间，她都不禁开始憧憬起自己未来的“买手”生涯。

终于在一个休息日，朱古力主动约了韩世勋、宋钟贤、李宪彬三人一同去酒吧聊聊。

相较于很多年之后朱古力去过一次便避之犹恐不及的所谓“酒吧”，意大利的酒吧不仅没有那么多乌烟瘴气、纸醉金迷，反而是处处透露着一股小清新的气息。以至于朱古力第一次被韩世勋带去酒吧之时，惊讶地表示这不是“咖啡馆”吗?

而韩世勋则微笑着告诉她，意大利的酒吧和咖啡馆没有明显的区分，都是白天主打咖啡，傍晚开始卖酒。

朱古力起初以为韩世勋是在“忽悠”自己。以前的自己是滴酒不沾的，但无奈韩国人实在太喜欢喝酒，不管是男孩还是女孩，每次聚会都免不了要喝酒。以至于自己每次听到那些韩国朋友要去酒吧，以为里面只能喝酒的，后来发现意大利人最喜欢的是在傍晚开始喝开胃酒（APERTIVO），橘红色加冰块的Spriz是米兰的特色，后来风靡全球，带点酒精，但又不那么淳烈醉人。

当朱古力鼓起勇气走进去，尝试着点了一杯Spriz后才真正地喜欢上了它，但对于爱喝酒的韩国人这个完全不够，他们喝了三杯Spriz后还要继续喝啤酒。在他们的不断影响下，朱古力偶尔也喝一点啤酒。

今天朱古力邀请这几位韩国男生去的酒吧，名为Zucca。这家位于埃马努埃莱二世长廊入口处的酒吧，据说1867年便已然存在。由于距离SCALA歌剧院也不远，所以李宪彬下班后便第一时间赶了过来。

眼见韩世勋和宋钟贤还没到，独自面对朱古力的李宪彬似乎有些拘束。为了缓和气氛，朱古力突然莫名涌起了女生做媒的本能，便主动搭话道：

“宪彬，你有女朋友吗？”

没想到平日里颇有男子气概的李宪彬，面对这样简单的问题竟窘得满脸通红。就在朱古力颇为疑惑不解之时，李宪彬却突然低声答道：

“有啊！你认识的！”

就在朱古力努力在那些韩世勋介绍自己认识的韩国女生中寻找答案之际，李宪彬突然站起身来，对着朱古力身后大门的方向用力挥了挥手，并小声对朱古力说道：

“你看，他来了！”

朱古力扭头望去，只见一身中性风格装扮的宋钟贤正带着灿烂笑容朝他们走来，朱古力瞬间明白了一切。在朱古力惊讶的眼神中，宋钟贤害羞地在李宪彬身边坐下，三人陷入一丝丝尴尬的沉寂。

“原来是这样！”

揭晓了谜底之后，朱古力才后知后觉地想起此前合作过程中，宋钟贤和李宪彬之间的那些不为人所留意的小亲密。更不禁懊恼起自己方才的唐突。不过李宪彬却似乎并不在意，在宋钟贤耳边低语了几句，两人便笑作了一团。

就在朱古力尴尬得恨不能找个地缝钻进去之际，韩世勋也恰好走进来，见两个好友笑得前仰后合，也是一头雾水。三人用韩语交流了一会儿，韩世勋这才恍然大悟，轻轻搂着身旁朱古力的肩膀，在她耳边低语道：

“李宪彬说，你记得要保密哦！”

李宪彬和宋钟贤一同做起了嘘声的手势，朱古力拼命地点头。

就在此时韩世勋突然用意大利语喊道：

“干杯！致我们的青春！”

- 02 -

酒到半醺，朱古力试探性地对身旁的三个帅气的韩国小伙开口询问道：

“我想辞去现在的工作，去做我自己喜欢的事情，把你们这一套用在中国，你们觉得可行吗？”

关于辞职创业这样的大事，即便心中已然有了一些方向，但朱古力还是想先听听这几个韩国“前辈”的意见。

首先表态的，自然是朱古力的“正牌男友”韩世勋了。他当即便开心地拍着手说道：

“那太可以啦！朱古力，赶快辞职吧，我们俩可以一起租一套房子，我早不想跟他们两个一起住啦！”

其实一起租房住的想法，韩世勋之前便和朱古力提过好几次了。只是当时的朱古力还不知道李宪彬和宋钟贤的关系，还以为韩世勋说什么不想和两个男人一起住的话，是在故意和自己撒娇。现在再想起来，朱古力倒是有些同情韩世勋了。毕竟和一对“恋人”共处一室，韩世勋平日里想必遭遇了诸多不便与尴尬吧！

不过同情归同情，朱古力可还没有决定要和韩世勋一起住。于是她轻轻拍了一下韩世勋的肩头，娇嗔道：

“你别闹啊，我是说真的。我觉得买手这个职业有前景，也挺有意思，但做之前也得有个职业规划啊。比如真的开始做之后，我得开始找客户，像你们那样把货发给中国……你们之前是怎么做到的？”

听到朱古力的问题，现场的三个男人顿时陷入了沉默。许久之后，还是性格最为活泼的宋钟贤笑着开口道：

“朱古力，如果你想要把货发往中国内地，国内得有人接货才行。比如我们家在首尔有家服装店，所以我姐姐会把客人的需求信息发给我，然后再由我在米兰这边组织货源。”

听了宋钟贤的答案，朱古力不禁有些迷惑。她有些为难地说道：

“那我也得在国内找个合作伙伴才行对吗？可是我们家在中国没有人做生意开店，我父母可都在机关里工作啊！”

李宪彬也跟着点头道：

“朱古力，还有一个问题是你要提前考虑的，那就是你们中国和意大利之间有没有畅通的航空邮政服务？”

见朱古力一脸迷茫，李宪彬跟着解释道：

“打个比方吧！我们备好了货后，就要直接空运回韩国。因为米兰每周都有飞首尔的航班，所以我们只要走邮政包裹便可以把货送到。而如果要从米兰到中国的话，似乎就没那么方便了啊！”

“是啊！米兰现在只有去香港的飞机，而且航班特别少。我倒是可以让我叔叔在香港帮我接货，可是要怎么寄到内地呢？即便能寄过去，高昂的报关费用也承担不起啊！”

因为之前上海滩饭店装修的时候，朱古力曾想过坐飞机回家探亲，所以她恰好对米兰飞中国的航班及出入境手续有所了解，此刻听到李宪彬的话，朱古力自然是一脸的失望。

眼见朱古力有些沮丧，三个男人纷纷上前安慰。他们给她出主意：可以先计划起来，中国那么大，改革开放后肯定有需求的，你做的话大家都会帮你的；可以先做做展会的翻译，再多留意客户里面有哪些值得发展的，从短期需求变成长期需求，认识的人多了机会自然也就多了。

眼见大家都在为她出谋划策，朱古力不禁有些感动，当即豪气地表示：自己一定会把中国内地的市场打开，成为一个真正的“买手”。

- 03 -

聚会结束后韩世勋挽着她的胳膊送她回家，他对朱古力的想法特别赞成，并有点迫不及待地开始规划起了两人未来的幸福生活：

“朱古力，你什么时候决定辞职搬出来啊？你现在工作太累，晚上老上班到那么晚结束，我好想和你在一起啊！比做跑堂好的工作肯定能找到的啊，再说不是还有我吗！”

朱古力看着一脸撒娇模样的韩世勋，觉得有点好笑又有点温馨，她想了一想迟疑地说：

“现在还不着急，我只是提出了一个想法。具体怎么做，我得好好计划一下。”

“别犹豫了好吗？你知道我有多喜欢你，爱你！现在的年代大家都很开放了啊，虽然我们东方人比较含蓄，但我们是两情相悦的啊！何况，我们住在一起，不仅可以相互照顾，也可以一起规划我们的未来不是吗？”

韩世勋温柔地把她拥入怀里，喃喃地说着情话，不停地抚摸着她的脸庞，亲吻着她的额头和脸颊。

朱古力有点慌乱了，这个时候的韩世勋太温柔可爱了，像一只摇尾巴的小狗在磨蹭着主人，她连忙用力地摇了摇头让自己清醒一点，并推开了韩世勋，有些腼腆地说道：

“现在还不行，这件事我要好好想一想。”

“好吧！我不勉强你！不过你也要答应我，等你想通了之后，一定要早点通知我，好让我第一时间跑去接你！”

韩世勋在处理“买手”事务时非常成熟而果决，但偏偏在朱古力面前总是一副长不大的孩子模样。朱古力有几次和他开玩笑说，他一定是从小缺乏母爱，才会那样黏着自己。但韩世勋却总是一本正经地回答说，自己只是在喜欢的人面前才会这样。

今晚两人走得格外缓慢，但最终不知不觉间还是来到了朱古力的宿舍楼下。虽然有些不舍，但朱古力还是率先打破了沉默，道了声“再见！”，便想要转身离去。可韩世勋却温柔地攥着她的手，始终不肯松开。

“怎么了？你不会想就这样拉着我一起看米兰的日出吧！”

朱古力看着韩世勋，试图用一个玩笑，去冲淡那此刻弥漫在空气中已然浓郁到化不开的情愫。

“是啊！我想和你一起看米兰的每一个黄昏、每一个日出。从今天、明天、后天，一直到永远。”

其实韩世勋平日里并不是一个善于言辞的男人，但是在朱古力的面前，他却总是能自然而然地说出那些令人肉麻的情话，一如他在舞台上咏唱的那些经典歌剧的桥段。

“好了，我真的要回去休息了。明天还要上班呢！”

可以清晰感觉到自己内心有什么东西正在融化的朱古力，轻轻甩了甩手，尝试着挣脱对方的牵引。但韩世勋不仅没有松手，反而猛地用力，将朱古力揽入了自己宽阔而又温暖的怀抱。

“你……你弄疼……”

朱古力想要挣扎，但仰起头的她刚说了半句话，韩世勋那温暖的双唇便吻住了她。那舌尖淡淡的酒精味道，令朱古力瞬间迷醉其中。本想要推开对方的手，也只是绵软地搭在了他的肩膀之上。

不知道这个吻持续了多久，朱古力只感觉此刻天地都在急速旋转着。那头晕目眩的感觉令她本能地闭上双眼，直至那急速的心跳令她感觉有些呼吸困难，才有些勉强地从那份缠绵中挣脱了出来。

“我……我真的要回去了……”

害怕再度遭到那甜蜜的“攻击”，朱古力小心翼翼地从男友的怀中抽身而出。而韩世勋似乎也仍沉浸于方才那肆意快感之中，竟没有来得及阻止，只能有些失落地看着朱古力快步跑上楼去，驻足良久之后，最终有些黯然地转身离去。

FIFTEEN

第十五章

新的生活

- 01 -

那晚，回到宿舍的朱古力失眠了。旧床垫本就不那么舒服，心事更让她翻来覆去地睡不着。脑海中始终萦绕着韩世勋那可爱的笑容，以及那个突如其来的吻，令她久久无法平静。

突然那个熟悉而又模糊的身影渐渐清晰起来，“杜宇熙”那个名字又再次映现在了她的脑子里。她想起了自己的初恋，想起那个时候自己的执着和痴狂。

相较于与杜宇熙在一起时，那些为了爱情的义无反顾。朱古力突然发觉，现在的她对韩世勋虽然也是真心喜欢，但那只是一种令自己身心愉悦的喜欢。而这种喜欢究竟是不是真正的爱呢？她不知道，但最起码这份感情没有让自己活得那么委屈、那么累。

一夜无眠，朱古力直到黎明时分才迷迷糊糊地睡着，醒来的时候宿舍里早已空无一人，同事们都已上班离开。朱古力顶着两个黑眼圈穿着睡衣慢慢地梳洗，她现在满脑子都是韩世勋的情话，她开始认真地思考，自己是不是真的应该像韩世勋说的那样马上辞职，和他搬到一起住。

此时宿舍的门突然被人轻轻地叩响。朱古力拖着疲倦的身躯打开门后，发现领班朱迪竟站在了自己的面前。此刻的她穿着合身得体的女式西装，头上挽着一个发髻，斜插着一枝短短的玉质簪子，显得颇具东方神韵。见到朱古力后，她颇为关心地问道：

“朱古力，你怎么了？脸色这么难看，是不舒服吗？”

其实这并不是朱古力第一次因为身体不适而缺勤，朱古力虽然愿意吃苦，但作为一个父母百般呵护的独生子女，刚来意大利的头几个月里，巨大的心理压力加上繁重的工作，令她几度发高烧而病倒了。

好在她体质不错，胡乱吃了退烧药，昏天黑地地睡上两天也就熬过去了。只是那几次，身为领班的朱迪都从没有来看望过她，甚至事后还将朱古力训斥了一番，直接扣了她的工资。

记起了这些并不愉快的往事，朱古力实在有些想不通，为什么这一次，朱迪会如此客气地上门来“探病”。心里有些忐忑的朱古力怯生生地点了点头，将朱迪让了进来。

朱迪大大方方地找了张椅子坐下，微笑着对朱古力说道：

“其实呢，我今天来是要告诉你一个好消息。温老板的连襟在科莫（Como）开了家新餐厅，我推荐你过去当领班。”

听到这个消息，朱古力不由得愣了一下。在刚来米兰的日子里，她的确曾经想象过自己成为像朱迪那样的领班，独力处理一个饭店的日常事务。但此刻她已经有了更加高远的目标，那些曾经天真的梦想自然也就不再具备吸引力了。

见朱古力久久没有回答，朱迪似乎有些不悦。但多年养成的良好职业素养，却让她依旧面带笑容，继续说道：

“我知道Como对你来说有些陌生，但你一定听说过的，那边风景秀丽可是米兰人的后花园啊。你可能也不想离开上海滩，但我们出国打工，不就是想多赚点钱嘛！你要知道，Como靠近瑞士，是个富人区，你过去之后的薪资也会提高很多，甚至，有可能比我要高……”

朱迪正想要滔滔不绝地说下去，朱古力却突然轻轻地抬手，做了请暂停的手势，随后低声地说道：

“朱迪姐，谢谢你的推荐！但我不想去Como！”

- 02 -

“为什么？这么好的机会……”

朱迪刚想搬出那些早已准备好的说辞，不想朱古力却抢先开口道：

“朱迪姐，如果是几个月前，我会很感谢你给我这个机会，并心甘情愿地收拾好行李前往Como。但是现在情况不一样了，我要留在米兰！”

朱迪的脸色顿时阴沉了下来：

“为什么非要留下来？”

朱古力颇为平静地起身倒了一杯水，递给了朱迪。

“朱迪姐，我要留下来，不是因为上海滩饭店，而是我要辞职了。”

听到“辞职”两字从朱古力的口中说出，朱迪眼中顿时闪过一抹不易察觉的光芒，她连忙追问道：

“真的吗？你打算什么时候走？”

话说出口后，朱迪似乎也意识到了自己的失态，连忙解释道：

“我的意思是说，马上就要到月底了。你如果真想要辞职的话，大可以先做完这个月！何况，你如果离开上海滩，就必须搬出这宿舍楼了。”

朱古力满脸微笑：“还记得上次来我们餐厅的韩国留学生吗？我其实正在和他交往，我们打算一起租房子，开始创业了。”

辞职的事并没有引起朱迪内心的多少波澜，反倒是这句话彻底打击到了她。她觉得这个女孩太厉害了，她没想到她的恋爱对象会是这么优秀的一个人，而且在短短时间内竟可以自己独立创业了，她想到自己的青春就这样不明不白地跟着温老板，三十出头也没有个好的归宿，以前交往过的也都是些不靠谱的外国男人，各种复杂的心态让她眼眶湿润了起来，声音变得哽咽：

“你怎么能这么幸福……”

“什么？”

朱古力面对朱迪突如其来的情绪有些不知所措。

“没什么。”

朱迪很快平静了下来，她捋了捋额头的碎发，几次深呼吸之后，终于再度挤出一丝笑意，她努力装出若无其事的样子，笑着说道：

“总之，朱古力，我还是挺羡慕你的！既然你已经决定要离开上海滩了，那我就先回去和温老板说一声，你也赶快穿上衣服来上班吧，中饭是赶不上了，等客人走后让后厨给你煮碗面条吃吧。”

餐厅员工的中饭必须在12点前结束，然后开始接待客人，晚饭必须在7点前结束，然后开始正式上班，真正的高潮都在晚上，尤其是周末，大家会忙得脚不着地，飞速地奔跑，而朱迪则镇定地指挥着各个环节，非常到位。朱古力也已经被训练出来了，以至于后来从事各种工作时都能眼观六路耳听八方。

朱古力从容地将她送到了门外，关上门后，长吁了一口气。她很清楚，从这一刻开始她便再无退路，只能勇敢前行。

- 03 -

第二天，朱古力又起迟了，因为在昨夜，她的脑海里一直忖度着今天该如何向温老板提出辞职、什么时候搬家等一系列复杂的问题，便久不能寐，导致天蒙蒙亮才睡去。一觉醒来发现已到中午时分，索性好好打扮一番，花点时间认真化个妆再去店里，以最美好的姿态告别这一时期的工作，也告别这一时期的自己。

另一边，阿源请假去ZONA CUMUNE（区政府）办理身份证登记手续，结束回来后想休息一下，因为做餐厅工作的人一般晚上都睡得晚，很少有早起的，今天为了办事才早起，想到现在宿舍里的人都去上班了，便打算趁机补一觉。哪知道进来就看见朱古力一个人在洗手间里洗漱化妆，他立即面露猥琐的笑容，真是机会难得！

水花正冲在脸庞上时，突然，朱古力被人从后面拦腰一抱，她回头一看，发现阿源竟不知何时悄无声息地出现在了自己身后，不禁吓得大叫起来。阿源本想试图厚着脸皮劝说，阻止朱古力的叫喊，但没想到朱古力反应极大，不停地挣扎着，两人不自觉扭打在了一起。

朱古力拼命地呼喊，阿源紧张得满头是汗，毕竟，大白天被隔壁邻居听到这呼喊就不好了，轻者丢了工作，重者会被送去警察局，阿源越想越害怕，慌乱中不觉放开了手。朱古力终于挣脱了阿源的魔掌，她尖叫着冲了出去，回到房间，一把锁上了门，一颗心怦怦怦地跳个不停。

平时从来不说粗话的朱古力用了她所有会的意大利语里的骂人脏话，一股脑儿全骂了出来，以解心头之恨。朱古力觉得自己不能再迟疑了，她没办法再待下去了，她要马上离开这个混乱的宿舍。

朱古力用颤抖的手拨通了温老板的电话，定下心神告诉他自己决定辞职。温老板十分意外，虽然他早就看出朱古力不会一直做女跑堂，但没想到会这么快这么突然。

温老板再三挽留也无济于事，只能同意了朱古力的请辞。结工资的时候，温老板还多给了她十几天的工资，并告诉她，餐馆随时欢迎她回来。温老板是聪明人，他很清楚，以现在的发展，这个姑娘总有一天能做成大事，所以，趁现在交个朋友，对他来说是一件好事。

几天后，朱古力刚整理好了行李，韩世勋便开着新买的小车来接她，一年多下来朱古力的行李居然从一只皮箱变成了两只皮箱，东西不多，但件件都是她的“心头好”。韩世勋动作很快，在朱古力打电话告诉他辞职的时候，他马上就租到了一套小房子，四楼的一室一厅，两个人住再合适不过了，除了没有电梯其他都好。

两人一起把东西搬进家里，韩世勋把房子布置得十分温馨，他还特意在客厅的桌子上摆上了鲜花、蜡烛和红酒，还在旁边放了个小信封，打开后，朱古力发现里面竟用中文写着六个字：“欢迎来到新家”。看到这些，朱古力的心顿时融化了，韩世勋的体贴和浪漫让她很感动，她感到自己被韩世勋像宝贝一样呵护在手心里，这种幸福感她第一次体会到。

SIXTEEN

第十六章

创业之路

- 01 -

韩世勋租下的房子，比邻着15世纪建成的米兰大运河。望着窗外落日下那波光粼粼的金色水面，朱古力的脑海中不由得闪过那句古代圣贤的感叹：“逝者如斯夫！”

在米兰生活的这段时间里，朱古力有意无意地了解了一些有关这座时尚之都的历史。早在中世纪，心灵手巧的意大利工匠便在大运河边建起了众多鞣革、面料加工和生产纸张的手工作坊。虽然随着工业革命的到来，那些古老的建筑已被钢筋水泥的大型工厂所取代，但在那些河道支流与背街小巷的交汇处，仍能看到一些古老的洗衣房。

“这个街区正在重新规划，所以房租很便宜！”

望着黄昏余晖映照下朱古力凭窗而立的俏丽背影，韩世勋不禁有些着迷。他打开了那瓶价格不菲的红酒，倒入早已准备好的玻璃高脚杯中，轻轻地走到了朱古力的身后，温柔地从背后搂住靠近了自己的爱人。

朱古力接过韩世勋递来的酒杯，娴熟地摇晃着，低头欣赏着那嫣红的酒液在晶莹的杯子壁上留下的淡淡痕迹。在上海滩饭店工作的日子里，开红酒曾一度是她的主要工作。

微抿了一小口红酒，用味蕾感受着那份略带酸涩的香醇之后，朱古力突然好奇地问道：

“世勋，你是说Zona Tortona街区要进行改造吗？”

“是的，米兰市政府好像打算把这里的工厂全部搬迁出去。”

终于可以和心爱的人共处一室的韩世勋，显然没有朱古力那么恬静淡然。他随口回答了一句，便心猿意马地将手中的酒杯放在了窗台上，以便空出双手搂住朱古力纤细的腰肢。

虽然答应韩世勋搬到一起住后，朱古力已经做过很长时间的心理建设了。但是真的孤男寡女共处一室时，她还是有一种莫名的紧张和不安。于是她那个本就喜欢天马行空的小脑瓜中，更是不停地思考着其他问题，以便可以分散自己的注意力。

“如果是那样的话，这里说不定会成为米兰未来全新的时尚集散地呢！”

望着沿着运河错落有致的那些充满着工业时代痕迹的建筑物，在晚霞下构成一幅壮观而又不失优雅的画面，一个肯定的答案突然在朱古力的心头升腾而起。她相信在米兰这座自古便以独特审美和手工服饰立足的城市里，早已有无数的人发现了这个街区所具备的独特美感。那些工厂的搬离，显然是为将这里打造成为新的时尚舞台而铺路。

“也许吧！不过我可不想那样！”

此刻一心只想着和朱古力好好独处的韩世勋，并不打算和她讨论什么街区的发展蓝图。毕竟他最初选择Zona Tortona，除了这里房租便宜之外，便是考虑到这个街区在米兰市的西南部，远离市中心的喧闹和烦躁，最适合热恋中小情侣开始只属于他们的两人世界。

“世勋，我想和你商量件事情……”

朱古力迟疑了片刻，终于握着韩世勋放在自己腰间的双手将自己的想法和盘托出：

“既然这里的房租那么便宜，我想在这里租一个办公室！正式开始创业！”

听到朱古力的话，韩世勋愣了一下，但随即便用力点头道：

“好啊！好啊！我们就一起去找房子。对了，你想好要从哪个方面打开突破口了吗？”

眼见朱古力似乎还没想好，韩世勋微微一笑，低头坏坏地咬了咬朱古力的耳垂，无限温柔地说道：

“明天的烦恼，留待明天再说！今天就让我们好好享受我们的两人世界吧！”

两个年轻人紧紧地相拥在一起，那一刻她不再孤独。韩世勋一整夜都在她的耳边呢喃：“朱古力……朱古力……你知道我有多么喜欢你啊……”

- 02 -

新的生活开始了，朱古力收拾好了一切开始她的自由职业生涯。在韩世勋的帮助之下，她很快便找到一处理想的办公地点。

其实Zona Tortona曾是米兰市的主要工厂区之一，但20世纪60年代的经济危机使这里的很多工厂和办公楼都人去楼空。朱古力看中的办公室，位于一栋老旧办公楼的一层，虽然有些简陋，但胜在面朝街道、阳光明媚。而物业开出的价格更令她颇为欣喜，当即便签下了半年的租约。

在接下来的几周里，朱古力几乎成了一个职业的装修设计师。只要有空，她必定会拉上韩世勋四处去买回一堆材料，然后一起装扮自己的小家以及属于她的办公室。在两人的不懈努力之下，那原本就颇为温馨的出租屋更是充斥着浪漫和幸福，而挂牌成立的“朱古力工作室”也初具规模，终于开门营业了。

然而，创业的热情很快便被现实的冷水当头浇了个透心凉。暂时还没有找到业务方向的“朱古力工作室”除了开业头一天，接待了包括李宪彬、宋钟贤在内的一干韩世勋的韩国朋友之外，接下来便始终处于门可罗雀、无人光顾的冷清状态。

眼见朱古力的笑容中逐渐多了几分落寞和消沉，韩世勋提议把“朱古力工作室”改成他们韩国“买手团”的仓库，如此一来，不仅可以帮着分担房租，朱古力还能通过参与“买手团”的分拣、包装、寄送等工作，赚一点手工费。

但是这一看起来颇为可行的建议，却被朱古力毫不犹豫地拒绝了。看着一脸疑惑不解的韩世勋，朱古力坚定地表示：既然韩国“买手团”的商业模式暂时在中国行不通，那自己就要闯出一条属于自己的道路。

韩世勋起初还以为朱古力只是在耍小孩子脾气，但当他发现这个倔强的中国女孩是真的想要靠自己开拓出一条自主创业的道路后，也只能选择无条件支持她。

其实朱古力也是很多年之后才发现韩世勋与大多数奉行大男子主义的韩国男人有着天壤之别。只可惜，当时的她并没有在意这份难能可贵的不同，而是一门心思地扑在自己的“朱古力工作室”上。

在还没有找到方向的日子里，每当韩世勋去上课时，朱古力便一个人在米兰的街头闲逛。她可以明确感觉到古老的Zona Tortona街区正在悄然地发生着变化，越来越多带着照相机、穿着时尚的靓男倩女会在街头与她擦肩而过，原本闲置的临街店铺也逐渐摘下了招租的牌子，几周之后已然成了一间装潢典雅的画室或服装店。

这些改变无一例外地都令朱古力相信，自己选择这里扎根的念头并没有错，但是面对那扇名为时尚的“天堂之门”，她委实还欠缺一把钥匙。

然而，机会总是在人们倍感绝望的时候突然降临。那天午后，朱古力正在自己的工作室内百无聊赖地翻看着一本旧报摊上淘来的时尚杂志，此时一阵轻柔的敲击声吸引了她的注意力。朱古力抬头望去，才发现那个每次都会准时送来水电费缴费单的意大利邮差，竟又一次出现在了“朱古力工作室”的大门。

“这个月的水电费，我已经缴清了！”

朱古力打开门后，有些生气地向对方声明道。但那个邮差却只是一脸无奈地赔了个笑脸，随即从腰间的挎包中取出一份信件，有些不好意思地用意大利语说道：

“这封信的投递地址是用中文写的。朱古力，你能帮我看看，是要送去哪里的吗？”

朱古力接过信件之后，大体看了两眼。随即便找来纸笔，将其翻译成意大利语，交还给了邮差。看着对方不断表示感谢的喜悦模样，朱古力的脑海中突然灵光一闪。她想她找到那把钥匙了。

- 03 -

当天晚上，朱古力便拉着韩世勋帮她一起设计自己工作室的宣传单。两人拿着买来的儿童蜡笔在一张张白纸上胡乱涂画，直到搞得满手满脸都是，才在嬉戏打闹中相拥入眠。

一周之后，朱古力拿着韩世勋在大学里为她印制的传单，开始一个街区、一个街区进行推销。虽然面对自称是意大利语—中文翻译，却拿不出相关专业资质证书的朱古力，很多意大利公司都无情地将她拒之门外，但也仍有一些公司抱着姑且一试的态度，让朱古力协助翻译一些往来邮件。毕竟她开出的价格，实在低到令人难以拒绝。

当时的米兰，正逐渐成为欧洲乃至世界的时尚中心，每年都会举办各种各样的展览会，其中一些在世界上十分知名，全球各地的商人都会来这里洽谈业务。

在得到了一些企业的信赖后，朱古力也会被安排去接一些临时翻译的小活儿，为一些从台湾或者香港过来的商人当意大利语翻译，或者去展会帮意大利商户站台，为他们介绍产品。米兰的很多国际化展会都是世界顶级的展览会，面料展、鞋包展、眼镜展及家具展……在展会浸泡了几个月的时间，朱古力委实大开了眼界。

意大利米兰国际鞋类展览会MICAM是朱古力看到亚洲人面孔最多的展会，不仅是中国香港人、中国台湾人和日韩人，中国内地来的人也不少。那时候，中国内地的鞋企还谈不上什么原创品牌，都是清一色的外贸加工厂。他们来到米兰展览会，就是为了了解行业信息。

朱古力在MICAM展会的时期正好接到了一个来自国内的旅游团，说是旅游团，其实团员由国内南方等地如广东、温州和成都等的鞋企老板组成。

朱古力带着这些小老板们走遍了展会的各个角落，偶尔还提出自己对熟悉的几个品牌的见解。虽然还不算真正进入时尚圈，但朱古力在韩世勋等人的熏陶下审美眼光早已可谓登堂入室，越来越好了，加上工作中日常需要留意和鞋包、装饰、服装相关的信息，她在介绍那些展会新款的时候也更加得心应手。

朱古力做事机灵，又有品位和见解，几个鞋企老板看到她这么能干，于是在跑意大利各地展会的时候，也喜欢找她当翻译。

那时候随行翻译一天能赚一百美金，朱古力有时候也懒得将这些兑换成里拉，就留着在手里。一来二去的，小半年过去了，翻译的活儿越来越多，她变得比在餐馆上班时还要忙碌。

韩世勋也没想到朱古力竟然是这样的一个工作狂。他本以为自己爱上的女孩朱古力是一个温柔娇弱的花朵般的女孩，只适合长在他给她搭建的温室里，时不时地晒晒太阳就可以。没想到辞去了餐馆的工作，反而让这个女孩露出了他从来没有见过的干练。

朱古力也觉得自己成长了，辞职后的这半年多，她接触到了很多时尚界里的新鲜信息和新鲜的人，这些都让她兴奋。她喜欢看到那些新款的单品，不管是服饰还是箱包家具，当她给客人介绍新品特色的时候，她喜欢看到客人脸上流露出的赞赏目光。

朱古力不断地积蓄力量，各种各样的知识像流水一样进入她脑海中的“蓄水池”，她懂得越来越多，对待各种商贸翻译便越来越游刃有余，工作也越来越忙碌，有时候甚至还需要跟着中国的客户跑到意大利的南部出差。

每当此时，韩世勋总是一脸不满和失落，朱古力觉得抱歉，却也只能亲亲他的脸颊，送上一个大大的拥抱，并在出差回来的时候给韩世勋带上一份意外的“惊喜”礼物。

SEVENTEEN

第十七章

何以为品牌?

- 01 -

1993年年底，经过一年多的磨炼，朱古力已经在展会翻译界小有名气。从中国来过米兰、参加过展会、听过朱古力翻译和讲解的各种企业老板们大多都认可这个机灵又能干的杭州女孩。所以此后每当他们有朋友或者亲戚来米兰的时候，就会把朱古力“朱古力工作室”的电话留给他们。

此时中国的经济开始飞速发展，来欧洲的企业家也日益增多。“朱古力工作室”的业务自然也风生水起。为了不错过商机，朱古力拿着自己的所有积蓄为自己买了一部当时市面上还不多见的手机。

朱古力摆弄着那台黑色的“摩托罗拉”翻盖式手机，爱不释手，一抬眼，注意到一旁的韩世勋有些复杂的表情。朱古力立即倒在韩世勋怀里，温柔地说道：

“亲爱的，我最近经常出差。你要是想我了，就可以靠它联系我呀！”

男人都是有自尊心的，虽然过去的一年间，他和李宪彬、宋钟贤等人的韩国“买手团”生意确实不错，但是发现朱古力担任翻译的收入已经慢慢逼近自己时，他内心还是油然升起一股说不清的自卑感。

“朱古力，这些日子你一直在忙，我一个人的时候想了很多。你说我是多愁善感也好，是杞人忧天也罢，但我是真的害怕有一天你会突然离开我。”

朱古力仰头看着韩世勋，安慰道：

“不会的，我们会一直好好的，一直相伴走下去！”

韩世勋低头吻了吻朱古力的额头，深情地说道：

“会的，我们一定会的。所以，我想等我结束了学业，便向你求婚，然后我们一起回韩国！”

韩世勋突然提出的远景规划，令朱古力多少有些意外。虽然在过去这一年的共同生活中，她和韩世勋相处得颇为融洽，但她却从来没有想过要和这个男人组建家庭。至于嫁往韩国，更是朱古力从来都不曾考虑过的人生方向。

但看着对未来无比憧憬的韩世勋，朱古力心中纵然有所不愿，此刻也无法直言相告，只能默然点了点头，任由对方用力地将自己拥入怀中。

- 02 -

自从韩世勋向朱古力阐述了自己对未来的规划之后，本来还有些吊儿郎当的他，开始奋发向上地努力学习。虽然知道他是迫切地想要以优异的成绩尽快完成学业，但朱古力却开始对未来再度忧心忡忡起来。

为了摆脱这份烦恼，朱古力选择了接受更多的翻译工作，以便让自己的生活更为充实，以挤掉那些无法解决的问题所带来的烦恼。但是随着工作越来越多，朱古力一个人便忙不过来了。无奈之下，她开始把那些来不及做的工作介绍给米兰的其他翻译。

其实在米兰长期定居和公派留学的华人并不少，但是熟悉时尚圈业态、进而成为展会翻译的却屈指可数。因此频繁出席米兰各类展会的朱古力很快便和他们都熟识起来。大家互留电话联系方式后，更是很快就热络了起来。

虽然起初只是拆借一点小活儿，但很快这些米兰的华人翻译们便组建了一个组。毕竟他们中绝大多数都是公派的留学生，在国外生活每个人都容易缺钱花。

很快，较早进入这个行业，又拥有自己工作室的朱古力便在其中脱颖而出。她组织大家互相帮衬，自己做不了的活就给组里有时间的朋友做，慢慢地朱古力成为米兰华人翻译里众所周知的角色。“朱古力工作室”更逐渐成为大家聚会和分享资源的绝佳平台。

就在“朱古力工作室”发展得顺风顺水之际，几个来自北京的留学生突然在米兰的各类展会中活跃起来，他们招摇着各种不可明说的背景和关系，迅速从以朱古力为首的翻译组手中瓜分了最有价值的那部分大客户。

面对横空出世的竞争对手，那些原本跟随着朱古力的翻译们开始慌乱起来，他们有的建议和对手正面对抗，以压低价格的方式，抢占市场；有的则认为这些北京来的留学生不太好惹，与其拼个鱼死网破，不如主动前去投靠；甚至有人直接就当起了“两面派”，白天还拍着胸脯说支持朱古力，晚上便将“朱古力工作室”工作室的客户倒卖给了那几个北京来的留学生。

看到自己手中的客户资源迅速减少，朱古力心里自然也颇为焦急。但此刻已然经历过商海洗礼的她头脑却比过去冷静多了。她很清楚如果和竞争对手打价格战，那么最终受损的只能是全体从事翻译的华人群体。至于什么主动投靠，更可能会被对方直接踩在脚下，永世不得翻身。

其实朱古力的心目中早已盘算好了反击的计划，只不过此时的她并不急于动作，因为她更想看看在突如其来的疾风骤雨之中，自己在展会上结识的那些朋友到底有多少能和自己一起走下去。

很快，曾经颇为热闹的“朱古力工作室”便再度冷清了下来。只有寥寥几个伙伴还不离不弃地跟随着朱古力。眼见时机差不多成熟，朱古力终于亮出了自己的底牌。

她整理了一份米兰乃至整个意大利自己接触过的当地服饰企业的名录，将每家企业的地理位置、产品优势乃至负责人的喜好都一一罗列其上。朱古力将这份资料取名为“朱古力的黄页书”，与那些和自己志同道合的伙伴一同在各类展会上免费发放。

起初，还有人不理解朱古力的这一举动，认为她这是在贱卖自己所掌握的资源。但很快纷至沓来的客户，便令所有人都佩服于朱古力的见识和勇气。毕竟中国企业来到意大利，需要的不仅仅只是翻译，他们更需要的是熟悉当地市场的引路人。

起初还有一些人对“朱古力的黄页书”的真实性产生过怀疑，但在和当地企业接触的过程中，他们很快便发现了这本小册子的价值。于是越来越多的中国企业家拨打了“朱古力的黄页书”上朱古力的手机号码，并指定她和她的团队为自己在意大利的商业活动担任翻译。那几个北京来的留学生则因为对意大利时尚圈的理解不够深入，而最终不得不退出了市场。

- 03 -

可是生意做大之后，问题也接踵而来。意大利的税务部门很快便盯上了“朱古力工作室”。他们认为朱古力的工作室已然是一个经营实体，理应按章纳税。朱古力起初觉得这不是什么大问题，便应允了下来。可很快她便发现自己还是太过天真了。

意大利的税收法律条文高达15万条之多，就连当地人阅读这些纷繁复杂的文字都会当场崩溃。还好朱古力找了个会计师朋友帮忙，对方提议马上注册个人税号（个体户），不然工作室就是属于非法经营。朱古力大致理解了这些条款，经过一番精细计算，她突然感到头昏脑胀得很——因为要交的税额不菲，几乎要盖过收益。

“我该怎么办？”

峰回路转！就在朱古力被税务问题搞得焦头烂额之际，一个来自温州的跨国电话为她解了燃眉之急。电话那头一个自称“王老板”的男人，说他想要聘请朱古力，并表示“薪资待遇什么的都好商量”。

这位在温州开设鞋厂的王老板，是在MICAM展会上认识的朱古力，他见朱古力这个小姑娘长期在米兰生活，又是温州老乡，因此对朱古力很是信任。

尤其是几次合作下来觉得她办事可靠，看货的眼光又好，于是就想把“买鞋版、买杂志、拍名牌专卖店橱窗照片”的任务都一股脑儿地交给朱古力，省了他自己米兰温州两头跑。

朱古力对待王老板交代的工作非常上心，一方面这个工作是朱古力接到的第一个系统的买手职业的工作；另一方面，通过咨询律师，她得知只要自己可以提供与王老板之间的雇佣关系的证明，那么便能免除一大笔的个人所得税。于是朱古力很快便答应了王老板，并与之签署了合同。

不过朱古力并没有向王老板开出过高的条件。因为在她看来此时王老板的鞋厂还处于起步阶段，而她更看重这个中国鞋厂驻意大利采购专员的身份。因此虽然工资不多，但朱古力干活却很是卖力，因为那些都是她平时喜欢干的事，她很满足，认为凭着“眼光和见识”能挣到钱，正是对自我价值的证明。

韩世勋在音乐学院已经读了两年多，不上课时就腻在家里，或者出门见见朋友，和宋钟贤几人一起做做买手挣点零花钱。他也是喜欢玩的大男孩，两人现在都有了一些收入，经济状况也不差，养活自己没有问题。

为了逗朱古力开心，韩世勋会开车带着她到处闲逛，喝点小酒、蹦蹦迪斯科舞厅，或者去爬山，或者去海边晒太阳，活得十分惬意。朱古力很享受和韩世勋在一起的时光，韩世勋虽然对她忙碌的工作很不满意，有时甚至也会给她板脸色，但他归根到底还是那个温柔的大男孩，还是那个始终把女朋友放在首位的大男孩。而对于朱古力来说，如果不是韩世勋，她也不会勇敢地跨出这一步。因此，两人总是“床头打床尾和”，每次争吵完后感情反而会更加亲密一些。

EIGHTEEN

第十八章

进击的朱古力

- 01 -

功夫不负有心人，慢慢地两年过去了，朱古力的人脉渐渐广了起来。“朱古力工作室”除了王老板这样的老客户，也有意大利人找上门来。

一次，朱古力帮意大利Ancona的一家鞋厂在展会做了几次销售和翻译后，鞋厂老板Giuseppe非常欣赏朱古力。工作结束时，Giuseppe对朱古力说道：“朱古力，您的事情做得很好，我很满意也很欣赏您，如果您有时间的话，是否可以陪我一起去一趟你们中国的广东？”

原来，Giuseppe的鞋厂新出了一套新的运动鞋系列，他们准备把这个系列放到中国的代工厂进行代加工，这就需要一位懂中意文、办事可靠的人，Giuseppe在展览会上一直观察朱古力，觉得这个年轻的中国女孩既可靠又合适，于是在合作结束的时候提出了第二次合作的邀请。

第一次受到意大利人的认可，去中国出差短短几天、吃住行全包，还能拿高额的薪水，这可把朱古力高兴坏了，一想到或许还能见到日思夜想的父母，朱古力马上答应了Giuseppe。

当她飞奔回家把这个好消息告诉韩世勋后，韩世勋也为她感到开心。此时他在意大利的学业即将结束，只要完成论文答辩，便能顺利毕业。因此韩世勋最近满脑子都在盘算着向朱古力求婚的事情，听说朱古力此次还要回家探亲，当即更是欣喜地说道：

“我好想跟着你一块儿去中国看看啊，我能去你家看看，见见你的父母吗？用你们中国人的说法，这个是不是叫‘毛脚女婿上门’啊？”

朱古力被他那半生不熟的中文发音逗笑了，但是一个劲摇头道：

“那肯定不行啊，以后有机会再说！你马上就要论文答辩了，这个时刻可千万不能掉链子，不然你什么时候才能毕业啊？”

此时韩世勋丝毫没有察觉到自己的爱人在结婚的问题上还没准备好。他还天真地以为对方关心自己的学业，是在期待自己的求婚，便扮可爱地噘起了嘴巴，故作为难地说道：

“你的话是没有错，可是我们这一次要分开那么久，我如果想你了可怎么办啊？”

看着自己的爱人那一副讨赏般的模样，朱古力笑着吻住了他，更趁势坐在了他的怀里。虽然相处的几年里，这对男女早已如胶似漆，但彼此之间热情却始终没有消退。韩世勋一边热烈地回应着朱古力，一边有些急不可耐地脱下自己的上衣，露出了那在健身房练就的完美体型。

“好了，好了，回来再说！我明天一早还要去罗马赶飞机呢！”

感觉到了韩世勋的冲动，朱古力连忙挣脱了对方，有些抱歉地说道。

“等你回来？你忍心要我等半个月吗？”

韩世勋虽然有些懊恼，但脸上却还是带着灿烂的笑容。朱古力知道他的委屈，便笑着答道：

“哪有半个月啊？总共也就十天左右就回来了。好了，乖，等我回来之后，我们一起去海边度假好不好？或者我们去那个你一直念叨的女妖岛？”

听到朱古力终于同意和自己一起去那美轮美奂的蜜月胜地“女妖岛”，韩世勋顿时来了精神。两人又亲昵温存了一阵之后，韩世勋便又像小狗一样乖乖地跑去复习了。

看着他的背影，朱古力突然感到了一阵惆怅，虽然她和韩世勋年纪相仿，但不知道为什么，她总感觉有时候韩世勋就像个没有长大的孩子。而这种感觉也是令她始终无法下定决心答应韩世勋的求婚的原因之一。

- 02 -

Giuseppe的中国行程安排得很紧凑，第二天中午两人在罗马菲乌米奇诺机场会合之后，草草地吃过了午饭，便要搭乘国泰航空直飞香港。

虽然不是第一次坐飞机，但是那份近乡情怯的复杂心情，还是令朱古力在飞行途中始终难以入眠。

终于在抵达前草草地睡了两个小时。随着飞机徐徐下降高度，睡眼惺忪的朱古力透过舷窗俯瞰着这座被誉为“东方之珠”的城市，她的心中不禁百感交集。虽然当时的香港还没有正式回归，但对她而言来到这里却已然是回到了中国。

由于地处赤鱲角的香港国际机场此时仍在建设之中，因此Giuseppe和朱古力所乘坐的航班依旧降落在了位于九龙城区的“启德机场”。

走下舷梯，朱古力望了一眼远处那些犹如水泥森林般密集的建筑物，不禁有些心里发堵。好在跟随着Giuseppe走出机场大厅，便远远地看到了有人在出口处举着的用意大利语写着“Giuseppe - 朱古力”的牌子。

Giuseppe上前和那人亲切地打着招呼。朱古力有些好奇地询问了两句，才知道来到机场迎接的竟然就是广州鞋厂的香港代理罗先生。

罗先生三四十岁的模样，瘦瘦高高，看着十分精明能干。他在机场接上Giuseppe和朱古力，直接把车向太平山顶方向开去。

一路上Giuseppe在后排打盹，罗先生便用意大利语和坐在副驾驶位置上的朱古力攀谈了起来：

“朱古力小姐是长期定居意大利的华侨吗？”

朱古力不想刻意隐瞒自己的身份，便将自己的情况和盘托出。罗先生当即有些惊讶地表示：

“朱小姐，你的经历也未免太传奇了吧？一个杭州大学的中文系学生，竟然独自去意大利打拼，还成了米兰小有名气的……”

见罗先生似乎一时找不到合适的词来形容自己的职业，朱古力便干脆大大方方地替他说道：

“是小有名气的掮客，对吗？”

罗先生没有想到眼前这个小姑娘竟然如此善解人意，当即有些尴尬地说道：

“不、不、不，掮客这个词太粗俗，也不符合朱古力小姐你所做的工作。其实像你这样的人，现在在国内被叫作‘公关’，也就是那些专门负责为企业寻找上下游供应商的人！”

见朱古力只是笑了笑，并没有表示异议，罗先生更是奉承道：

“朱小姐，你恐怕还不知道你自己现在在国内有多出名吧？”

他一边说着，一边腾出一只手来从自己身旁的公文包里取出一本被翻到卷边的小册子递了过来，朱古力接到手中一看，才发现竟然是自己当年整理的“朱古力的黄页书”。

“这本小册子现在在国内可抢手了，被誉为是中国企业去米兰必读的‘商业圣经’，很多人都在猜这个朱古力到底是何方神圣？有人说是意大利某位顶级策划师，也有人说是熟悉米兰各行各业的古老华侨家族的千金小姐。我也是想一睹您的真容，这次才特地从广州赶过来的！”

罗先生的这些奉承在此刻的朱古力听来，不仅肉麻甚至有些刺耳。她意识到此次回国的自己，似乎有一段更漫长的路要走。

- 03 -

“朱小姐是第一次来香港吗？晚上吃完饭我带你们观光一下山顶的夜景哦。”

朱古力看向老板Giuseppe，长途跋涉显然让他有些疲惫，罗先生问道：

“很累了吧？晚上带你们吃粤菜可以吗？”

Giuseppe点头同意。山脚下的餐厅装潢十分高档，菜品也十分美味，看得出来罗先生为了接待两人很是费了一番心思。虽然意大利也有好的中餐厅，虽然朱古力打工的上海滩餐厅也很高档，但从事了翻译这份工作之后，朱古力的工作午餐便经常都是冰凉的面包。

好久没有吃到原汁原味的正宗中国菜了，又是她最喜欢的粤菜，朱古力一时没控制住，竟然一下子就吃撑了。

晚饭过后，罗先生又带着两人乘坐缆车观赏了维多利亚港的夜景。夜晚太平山顶凉风习习，维多利亚港更是夜色迷人，中环的车水马龙让朱古力想起香港的老电影，之前只在明信片上看到的香港，没想到现在竟然就在眼前。

下了缆车，爬了好几层楼梯，到了凌霄阁，旁边有拍纪念照的摊贩，朱古力觉得很有纪念意义，也排队去拍了一张。罗先生带他们游览了一圈，就把他们送到了预定好的酒店。

朱古力和Giuseppe开始了忙碌的行程。他们先去了罗先生的代理点，看了香港代理点里销路比较好的款式，Giuseppe看得相当仔细，拿起鞋子从头看到尾，一点点做工的瑕疵都不放过。

朱古力却对这里的爆款不感兴趣，看着那粗犷浮夸的恨天高设计，朱古力感觉和自己的审美格格不入。

一天很快就过去了，罗先生下午带他们过境深圳罗湖海关，驱车前往广州。在去往广州的路上朱古力不禁好奇地问罗先生：

“广州代工的这个鞋子在香港有专门的店吗？”

罗先生摇头道：

“没有专卖店，我这里只做代理，批发做得不错，路边有一些小店也会进货。那个牌子比较符合俄罗斯人的口味，现在广东的鞋厂大部分都在为俄罗斯做代加工。”

朱古力马上明白了，原来如此浮夸设计的鞋子竟然是俄罗斯人的最爱。

一行三人深夜来到了广州，和香港的灯红酒绿相比，广州则更像是一片杂乱无章正在开发中的沃土。

次日清晨醒来，朱古力陪着Giuseppe开始了他们的广州鞋厂之旅。广州的鞋厂很多，当地的鞋料市场也确实规模庞大，摊位一个接着一个，鞋厂老板笑盈盈地接待着客户。

罗先生已经提前找好了几家鞋厂供Giuseppe挑选，鞋厂老板们一个个热情似火，又是要请他们吃喝玩乐，又是要把他们带去东莞的不夜城洗桑拿按摩，都希望Giuseppe能把单子下给他们家。

这么耽搁了几天，几家鞋厂都看了个遍，Giuseppe仍然拿不定主意。他对朱古力说，这些鞋厂的技术不是特别适合做休闲运动鞋，鞋厂的设备也都比较适合生产跟鞋。几天下来看了七八家工厂，Giuseppe最后才勉强下了两千双鞋子的订单试试看。

眼看归期将近，中国之行就有点无功而返的感觉，离开广州的前一天晚上罗先生突然对Giuseppe说：

“其实做运动鞋，浙江温州才是最厉害的！”

Giuseppe有些不满道：“这话你怎么不早说呢？现在没有时间了，明天下午我就要坐飞机回罗马了。”

旁边的朱古力马上接口道：

“我可以去趟温州，我订的机票迟几天才飞的。本来我是准备回杭州家里待几天，现在我回家见一见父母，然后就马上去趟温州怎么样？”

Giuseppe高兴地说：

“那太好了！朱古力，你可真是个聪明的孩子！”

得到老板的夸奖，朱古力更有动力了。

NINETEEN

第十九章

啊！故乡！

- 01 -

出国三年后第一次回家，在刚刚完成了翻修的杭州笕桥机场的出口见到父母的那一刻，朱古力真的是激动万分。

爸爸妈妈都老了，三年过得很快，也过得很慢，快得在朱古力心里只有一瞬间，慢得是爸妈的白头发都已经清晰可见。

妈妈牵着朱古力的手恨不得马上就回到家，爸爸帮女儿拉着行李默默地走在前面。

“你看看你真的长大了，越来越像一个大姑娘了，快回家，我这几天前就买好了菜，就等着你回家来一起吃。”

朱妈妈显然有着太多的话想说，但话到嘴边却是激动得有点语无伦次了。

一家三口坐上了从机场开往市区的大巴。看着眼前旧貌换新颜的城市风光，朱古力可谓亲身感受到了祖国发展的日新月异。她甚至有一种预感，未来的杭州肯定会成为国际化大都市，让所有来到这里的人们都流连忘返。

想起自己之前的任性不知道让父母操了多少心，朱古力真是对他们愧疚万分。回到熟悉的家里，吃着可口美味的家乡菜，听着爸妈的一言一语，所有一切都那么熟悉那么亲切。

吃完饭后朱古力本想帮忙洗碗，却不想朱爸爸抢先接过这一“重任”，捧着一大堆碗筷便钻进了厨房。朱古力转身刚想收拾桌子，却被朱妈妈赶去她的卧室，还美其名曰是让她看看新房间的新大床是否还睡得习惯。

其实哪里会睡不习惯，新房间比以前大了很多，布置的风格是粉色的，让朱古力有点无语，当想起爸妈一直把自己当公主的心也就知足了，躺在新床垫上面感觉真柔软，朱古力真想就这么一直躺下去，但她突然想起答应了Giuseppe去温州的事，连忙一骨碌坐起来，跑到自己的卧室门外，对朱妈妈焦急地问道：

“妈，我想去趟温州老家，大姨家还在老地方吗？”

朱妈妈正在盘算着明天给女儿做什么好吃的，听到这话，当即便有些不高兴了，拉长着脸回答道：

“古力，你怎么刚回来就走啊？”

朱古力看出了妈妈的小情绪，连忙上前抱着妈妈的胳膊撒起娇来。在朱古力详细解释了要去温州的理由后，朱妈妈虽然还是忍不住抱怨了几句，但最后还是颇为认真地说道：

“你大姨早搬了，现在温州人有钱，到处在盖新房子呢！你要想自己去，恐怕要迷路了！要不我跟你一块儿去吧。”

听说女儿要回温州，朱爸爸也赞成让朱妈妈跟着一块儿去。朱古力起初还以为爸爸是在支持自己创业，却不想朱妈妈瞪了朱爸爸一眼，没好气地对着朱古力说道：

“你爸爸现在迷上钓鱼了，他恨不得我天天不在家，好让他乐得逍遥！”

见朱爸爸有些不好意思地挠了挠头，仿佛是一个被戳穿了谎言的孩子，母女两人相视一笑，朱爸爸也跟着笑了起来。三年多来一直盘踞在这个家中的阴云，就在这样的笑声中烟消云散了。

- 02 -

当时去温州还没有火车，但有飞机，温州这个特殊的地方是先有机场然后才有火车，机场据说是民营企业家出资建造的。坐飞机从杭州到温州也太近了，还是选择坐长途汽车。而朱古力已经有很多年没有回过故乡了，所以朱妈妈才要跟着她一起走，以便路上能有个照应。儿行千里母担忧，现在女儿好不容易从千里以外回来了，朱爸爸和朱妈妈自然是想要尽全力去呵护和照顾。

娘俩第二天就启程，辗转了大半天终于到了温州。据朱妈妈说，朱古力小时候的玩伴表姐丽芬嫁的老公就是开制鞋工厂的。改革开放前，温州当地有几千个家庭小作坊，随着改革开放，这些家庭小作坊都摇身一变成了工厂。

找到丽芬的时候，丽芬正在厂里帮着做饭，说是工厂，在朱古力看来也不过是大一点的民房隔开的车间，但她见识过巴黎舅公家更小的制衣厂，再加上广州看到的几家鞋厂，它们虽然规模稍大点，但也没有好到哪里去。

丽芬表姐为她们娘俩接风吃饭，十几年不见，以前小巧玲珑的表姐都快变成中年妇女了。丽芬得知朱古力的来意，就告诉表妹：

“古力，不瞒你说，我倒是想接个大单。但你也看见了，我们家是小厂，都是大工厂接来的外贸订单让我们帮忙做一点。但你表姐夫家的大表哥可是开大厂，他可以打个电话帮你问问看。”

天底下竟然有这么巧的事儿，要不然都说无巧不成书呢！表姐夫打电话叫来的大表哥竟然是朱古力在米兰展会上认识的老客户温州王老板，温州是小，转个圈都能遇到亲戚。

突然见到朱古力的王老板也很高兴，两人虽然一直有合作，但也很久没见。听闻朱古力的来意，王老板一拍即合，马上约定了第二天一起到厂里看看，王老板高兴地说：

“没想到我们竟然还是远亲！太好了，之前你帮我做事，现在又给我单子，说明我们很有缘分啊！”

朱古力笑着回答：

“单子还不能百分百确定，咱们先看看工厂，质量没问题的话，你们直接给我个报价，我给老板汇报，如果各方面符合条件，我肯定推荐咱们自己人。”

丽芬表姐在旁边不禁笑了起来，拉着朱妈妈说道：

“这还是我的古力妹妹吗！什么时候古力也变得会做生意了，我记得她一直是个不食人间烟火的林妹妹啊！”

听到表姐调侃的朱古力歪着头笑了起来，有点撒娇地说道：

“表姐，我哪里会谈什么生意，还不是被生活磨炼出来的，好在温州人的基因还有那么一丁点！”

说完，朱古力调皮地笑起来。酒足饭饱，本来是丽芬表姐为她们接风，可王老板非要买单，还说以后要请她们在温州酒家吃地道的温州菜。

晚饭结束之后王老板把朱古力送到门口说：

“朱小姐，还有一件事拜托你回米兰打听一下，据说米兰旁边有个小城是专门做鞋机设备的基地，现在订单越来越多，我们也不能只靠工人的双手了，需要进些设备，至于鞋子下单和帮忙进设备的跑路费一定按规矩办，一分不少你的！”

说着，王老板从车的后备厢里拿出装着高级茶叶的礼品袋递给朱古力，紧紧地握着朱古力的双手连声说道：

“拜托啦，拜托啦！”

随后给丽芬夫妻俩打了个招呼，开着车扬长而去。

回来的路上丽芬表姐告诉朱古力，这个大表哥可是温州城里的名人，他的厂子养了几千号人，钱赚得更是多得不得了，不久前刚刚买了新地皮要盖新厂房。

- 03 -

第二天朱古力如约来到了王老板的工厂。但是王老板却正好有事出去。负责接待的秘书已经从老板那里知道了情况，听说这位朱小姐竟然就是经常通过国际长途和传真联系的那位朱古力，起初还有些盛气凌人的秘书，竟当即便投来了崇拜的目光，亲自带着朱古力一行人参观工厂。

跟着王老板的秘书在厂子里仔仔细细地转了一圈，朱古力拿着相机拍了好多照片，特别留意了好多细节上的工艺处理。参观结束之后，朱古力更向那位秘书小姐姐询问了一下有关王老板工厂生产能力的细节问题，这才起身踏上了归途。

温州之行很紧张，朱古力转了一圈后和朱妈妈一起回了杭州。回杭州后她收到了王老板传真来的报价单，价格竟然比广州的那几家鞋厂报价都低，要不说温州人会做生意呢！没在杭州待几天，朱古力就匆匆地返回香港，坐飞机返回了罗马。

这次回国行程虽然短暂，但朱古力忙并快乐着，马不停蹄的工作让她觉得很开心，忙碌让她觉得自己越来越有价值。Giuseppe也很满意朱古力的温州之行，拿着王老板厂里的照片和报价单研究个不停，并答应帮朱古力介绍意大利的鞋机设备工厂。

从罗马回到米兰后，朱古力马上联系了Giuseppe介绍的鞋机设备工厂。原来，这个鞋机设备基地坐落在米兰边上的古城VIGEVANO，当地有一个古老的中世纪广场十分有名，韩世勋曾经开车带她来玩过。上次是来观光游览，想不到这次来是帮王老板下订单买机器的。因为是Giuseppe介绍的，鞋机设备厂的老板对朱古力也十分欢迎。

这个厂生产的设备在亚洲只有中国台湾的工厂来买过，想不到现在有中国大陆的工厂感兴趣，大陆这个大市场一旦打开，那还不是财源滚滚嘛！设备厂老板详细地给朱古力介绍了他们的设备，并且一直对朱古力承诺：

“如果这次合作成功，我们会按规矩给您返佣金的，希望您以后多多介绍客户啊。”

后来，朱古力成功做成这单机器买卖后，这位老板还一直打电话问朱古力是否有意向做他们的中国代理，到广州参加鞋机设备展。那时的朱古力当然没有答应，因为最初是为了生活奔波，后来她有了更多富有吸引力的选择。

回到米兰的朱古力继续做展会翻译，几个月后，曾经在香港代理点的罗先生找上了她。原来，罗先生有一个开服装店的朋友要到米兰进货，希望找个当地的帮手负责选货和发货。

朱古力一听就来了兴趣，这不就是做像宋钟贤一样的“买手”嘛！

等了很久，终于可以有个机会做自己喜欢的事情了，朱古力觉得信心十足。

她一直在等待这样的机会，也一直关注各个时尚品牌的发布会，每个月必买的各种时尚杂志也早就积累了厚厚一摞。她在等待一个舞台大展拳脚，证明自己的眼光和品位。

朱古力很爽快地答应了罗先生的请求，接待了这位香港老板。但此时的朱古力并不知道，这次见面竟然会为她带来一场全新的机遇和巨大的挑战。

TWENTY

第二十章

拍档？合伙人！

- 01 -

朱古力初见林James的那天，四十来岁年纪的他戴着一副金丝边的眼镜，穿着粤语电影里一样的西装革履，举止潇洒而洋气。听朱古力自我介绍说来自杭州，林James更是表现得非常和善和亲近，用他自己的话说，因为他的母亲是新中国成立前从上海去的香港，而杭州话和上海话非常接近，所以他和朱古力也算得上是半个老乡了。

林James 能说一口流利的上海话，还会说英语和粤语，唯一不熟练的反而是普通话。朱古力上海话虽然说得不流利，但听是没有问题的，小时候母亲每年都会带她去上海姨妈家过暑假。而且朱古力会说一些英语，两个人就这么上海话夹杂着英语交流，聊得倒也投机。

林James 第一眼看到朱古力，只觉得她可爱大方，衣服穿着搭配又时尚，心里对她已经有了几分认同。

见面之前，他虽然听罗先生介绍了朱古力如何能干漂亮又有品位，James还是带着几分疑问的，但当朱古力和他如数家珍地谈起各种意大利和欧洲时尚品牌和新出的款式，这个圆脸的年轻女孩不仅能一一说出这些品牌和新款的上市时间，还能介绍出优劣，提出自己的意见，对时尚相当有见地，林James便已经不敢小觑她了。

随着交流的深入，朱古力得知林James 在香港经营着一家服装公司，并且已经在香港的繁华地带上开办了两家买手店，生意一直稳定。但是不满足现状的他一直在寻求突破，近些年一枝独秀的意大利品牌成了他关注的目标。

林James还告诉朱古力说，以前品牌只针对专卖店，现在品牌集合买手店慢慢在升温。为了参加意大利新兴时尚品牌的发布会，他已经来过米兰三四次，每次发布会后他都会订上一批货发回香港，市场反响相当好。林James一边说着，一边把自己此前几次的订单和样品照片递给了朱古力。

正所谓“外行看热闹，内行看门道”，朱古力虽然还没有正式从事过“买手”业务，但是在此前担任过展会翻译，在编撰“朱古力的黄页书”的过程中也积累了丰富的采购经验，磨练出了对时尚产品的敏锐嗅觉。她简单翻阅了一下手中的这些资料，便发现这位林James是个眼光不俗、经验老到的行家。

朱古力将手中的资料递给林James，笑意盈盈地问道：

“那么，林先生，我能帮你什么呢？”

林James点了点头，便开门见山地说道：

“朱小姐，虽然我的生意做得还算不错，但一个人的精力毕竟是有限的啊！我每次来米兰参加发布会和订货都至少要待上一周甚至更久，除了长途跋涉的疲累之外，这段时间里香港的生意我也都顾不上了，所以，我想为自己找一个有时尚品位、懂得穿搭的Partner，在意大利解决我的进货和发货问题。怎么样，朱小姐有兴趣吗？”

如果是几年前，朱古力听到这样的邀请，恐怕二话不说便会立刻答应下来。但此时的她却表现得从容而淡定，思虑了几秒之后，她突然提出了一个似乎有些不着边际的问题：

“林先生，在回答你的问题之前，我想先确认一下你说的Partner是不是我所理解的那个意思？”

- 02 -

林James没有想到眼前的女孩子竟然会提出如此幼稚的一个问题。虽然竭力掩饰，他的眼神中却还是不免流露出一丝轻蔑的笑意。但出于对朱古力的尊重，他还是一本正经地答道：

“Partner，粤语中叫‘拍档’，用普通话来说，就是‘搭档’、‘伙伴’，不知道这么解释朱小姐是否清楚？”

朱古力听得出林James语气中的冷嘲热讽，但她并不太介意。毕竟对于一个纵横商海多年的老狐狸来说，自己还显得太过稚嫩。但是朱古力相信自己接下来的话，足以让他彻底改变对自己的看法：

“林先生，在我看来，Partner指的应该是‘合伙人’，也就是共担风险、分享利益的平等合作伙伴。不知道，我的理解对不对啊？”

林James似乎没有想到，眼前这位看似单纯可爱的女孩，竟然会有如此缜密的心思，一时间竟有些语塞。在商言商，他当然想要竭力去回避合作中所必然涉及的利益问题。毕竟在他看来，所谓“拍档”，更多谈的只是兄弟义气或朋友感情，而这些自然都是不需要花钱的。

用欣赏的眼光看了一眼朱古力之后，林James缓缓地点了点头，一字一句地说道：

“朱小姐，你的理解没有错。只是，在正式成为Partner之前，我想我们还应该要更多地了解一下彼此。这样吧，这几天我要出席几场新品发布会，你方便一起来吗？”

在和朱古力一起参加了几场品牌发布会，一起进了几单货之后，林James 意识到了朱古力的专业，作为未来的合作伙伴，这位年轻的搭档看货非常专业，做事情也很果断。漂亮而有品位，能做事能吃苦，又不矫揉造作，拿得起放得下的朱古力，正是他要找的得力帮手。

信任是一件很玄妙的事情，它与相识的时间长短、彼此的身份地位，甚至血缘血统统统无关。它会莫名其妙地出现，令两个人一拍即合、亲密无间。

在与林James一起进货的过程之中，朱古力也发现了这个男人在商业上的高超手腕。除了拥有卓然独到的审美和敏锐的市场嗅觉之外，林James真正高明的地方，还在于他能在当季诸多西方服装设计师的作品之中找到最为适合香港市场的那一部分。

其实这一点，朱古力在之前担任展会翻译时，便已隐约有些感悟。当时她便发现一线米兰大牌服装设计师在欧洲市场热卖的当季产品，却很难得到中国买家的认可。即便勉强拿回去一些样品，也往往是石沉大海，无法产生更多的订单。反而是一些二线品牌的过时设计，竟然被中国买家大力追捧。

朱古力对于这一现象也认真地进行过分析，并最终得出一个有趣的结论：一个国家时尚产品市场的发展程度，与国民经济息息相关。中国经济虽然已然逐步进入了高速发展的快车道，但与欧洲发达国家仍存在着十年到二十年的距离，这也使得中国市场更能接受米兰当地一些保守、过时的设计。

这个想法虽然在此后的工作中不断得到现实的印证，但是朱古力却深知自己即使发现了这一规律，也能在米兰当地找到合适的货源，但她自己却并不真正了解中国的市场现状。如果贸然铤而走险，那么很可能血本无归。正是基于这样的担忧，朱古力才迟迟没有选择进入“买手”这一领域。

而林James的出现，却恰恰为她补上了这块短板。经过了数十年的历练，林James显然对于中国香港市场的需求无比熟悉，更能准确地找到欧洲服装设计师的作品与东方美学的完美契合点。而这些经验正是朱古力所缺失的。

- 03 -

定好了合作模式，签好了合作协议，林James 放心地离开了米兰。虽然接触只有短短几天，但他对这位年轻的搭档已经相当肯定，他觉得朱古力不会让他失望。

朱古力的买手生涯正式开始了，她终于可以用自己喜欢的方式做喜欢的事情。她的确没有让James失望，她非常珍惜这份工作，在这上面投入了十二万分的心血和时间，她的生活里终于出现了非常明确的目标，明确到已经无暇顾及身边那个已然通过了毕业答辩，一心想要向朱古力求婚的韩世勋。

韩世勋的不满越来越多，在他看来现在的朱古力已经太疯狂了。他看着朱古力每天匆匆忙忙地跑东跑西，订货发货，电话传真每天响个不停，觉得自己离朱古力的生活越来越远。

韩世勋向宋钟贤抱怨朱古力繁忙的工作，抱怨两人交流的时间越来越少，抱怨她参加的各种各样的品牌发布会和订货会，而宋钟贤的脸上却是一脸的羡慕和肯定。

宋钟贤是M时尚学院的学生，在他的眼里，朱古力参加的那些品牌发布会正是他努力的目标。宋钟贤不止一次地对韩世勋赞叹道：

“没想到朱古力会做得这么出色！而且超越得那么快。”

日子一天天地过去，按照林James的需求，朱古力不断参加各种品牌的新品发布会、订货会，然后帮客户选货、拍照片下单，并把订好的货按时发往香港。

流程并不复杂，但耗费了巨大的精力。虽然朱古力对整个工作流程已经相当熟练，但琐碎的工作仍然让朱古力有点体力不支。不过总的来说，朱古力的这份新工作仍然算是顺利，从服装展示厅的浏览到选货时间的把控，从将LOOKBOOK拍照后快递寄给客户，到下单后的付款，直到最后的发货，她都做得十分出色。

仿佛是天生的“买手”一样，朱古力在新行业里如鱼得水。她的眼光果然不错，选出来的好多款式都非常畅销，这让远在香港的林James十分中意。几季下来，James的公司业务得到拓展，在香港又开了两家分店，林James自然对朱古力也更加肯定了。

很快，一年就这样忙忙碌碌地过去了。

朱古力和林James签订的合作协议即将到期，林James觉得他有必要把朱古力长期留在自己的公司，生意人敏锐的直觉告诉他，这样能干肯拼的女孩很容易被人挖走。

于是，林James 正式提出要跟朱古力签订新的合作协议，把朱古力当作是他香港公司在米兰的固定买手，不仅要订最新季的产品，也要不断找工厂订上季的STOCK。

当时的香港人还没有像现在这样如此注重品牌，也分不太清楚当季货还是过季货，再说香港是国际化的旅游都市，各色人流对国际名牌的认识并不是那么到位，即便是前几季的款，只要好看上档次，也能卖个好价钱。

朱古力眼光的确不错，她往往能在过季货里挑出来亮眼的精品，正是这些便宜又亮眼的STOCK让林James狠狠地赚了一把，才能这么快就拓展公司业务。为了留住朱古力，林James很舍得分钱给朱古力，在他看来，只有让朱古力收入可观，这个女孩才会一心一意帮他打理一切。

TWENTY-ONE

第二十一章

一个像夏天，一个像冬天

- 01 -

对于林James开出的合作模式和分成比例，朱古力很爽快地答应了下来。毕竟几季合作下来，她已经知道林James 要货的点在哪里，也更加摸得准香港人的审美爱好。因此朱古力觉得当他们公司的固定买手对自己来说并非什么难事。

虽然在和林James的公司正式展开合作之后，朱古力便无暇再去从事展会翻译之类的工作了。但是生活之中总会有些得失取舍，而所谓“成功”，往往也不过是终于不用为了生活而逼迫自己去做那些不喜欢的事情而已。

朱古力把自己即将与林James的公司正式展开合作的消息告诉了韩世勋，本以为对方会为她高兴，没想到韩世勋却第一次和她唱起了反调。

其实朱古力拼命工作的样子，韩世勋早就看在眼里，他觉得现在的朱古力已经不再是那个柔弱甜美的女孩，反而离自己越来越远了。朱古力甚至还对他说，家里的空间太小，等和林James 签约拿到定金之后，租一个更大更宽敞的房子，以便有一个房间可以作为她的单独工作室，用来拍照，分类产品等；她还可以和韩世勋分房来睡，免得因为工作而影响到韩世勋的休息。

韩世勋支持朱古力的工作，但他觉得朱古力现在已经把生活全部分给了工作，却没有留下一点时间给他。这让他很不爽，他和朱古力大吵了一架，这也是两人认识之后第一次真正的吵架。韩世勋让朱古力放弃签约，不要做固定买手，只用像以前一样，零散地为香港的公司工作。

朱古力看着韩世勋的眼睛，果断地拒绝了：

“世勋，你知道我有多喜欢做这份工作吗？”

最终韩世勋还是没能扭过固执的朱古力，只能看着自己心爱的这个女孩仿佛上满了发条一样，每天拿着样品不断地奔走在米兰的大街小巷。

只有朱古力自己明白，现在的她距离自己梦想的生活已经越来越近了，曾经憧憬的生活也不再是遥不可及。她现在拥有各种品牌最新季的衣服和配饰，家里塞满的很多大牌的鞋子和包包，它们甚至都来不及被使用。

因为林James的公司，她还认识了米兰服装行业的各类领军人物，SHOEROOM的负责人、品牌的运营总监及设计师们，她在订货时还经常遇到D&G的两位年轻拍档，还有Roberto Cavalli……朱古力不会想到，这些年轻人趁着意大利20世纪90年代后期服装设计行业的东风，后来都发展成了时尚界的大明星。

韩世勋没有同意她换房子，她每天就不辞辛苦地气喘吁吁地拎着大包小包上下楼梯，然后把样品资料堆满整个客厅。一次，韩世勋下楼正好看见朱古力一脸狼狈地背着样品上楼，看着朱古力通红的小脸，韩世勋的气一下子消了，生活把这个娇柔的女孩子磨成了女汉子，她这么努力地工作，他都开始心疼她了：

“朱古力，你何必这样辛苦呢？赚点小钱活得潇洒点不好嘛？那样就可以了啊！”

听到他这样说的时候，朱古力神秘地笑起来：

“世勋，你哪里知道！我看到的米兰时尚界女性都是很努力的，不然她们怎么能做到那么高的位置，拥有话语权？意大利的女性地位之前也不高，也就是这二十年来通过不断争取得来的。”

韩世勋对朱古力的回答嗤之以鼻，他反驳道：

“我可不想你成为那么强势的女人，就像原来一样温柔、小鸟依人，不好吗？”

朱古力随口答道：

“我只是想趁年轻努力一下，并不想成为什么强势的女人！你知道吗？意大利《VOGUE》杂志的主编Franca Sozzani是买手店CORSO COMO老板Carla Sozzani的妹妹呢！”

- 02 -

《VOGUE》意大利版是朱古力每期必买的杂志，从里面可以了解到最新的时尚信息，朱古力非常喜欢看。而对买手来说，CORSO COMO买手店则是米兰的时尚地标，这里原来是一家破旧的老厂房，90年代初被改造后，成了年轻时尚人士聚会的场所。

朱古力和韩世勋经常约朋友们在这里喝咖啡，院子里布满的绿植显得特别有情调，虽然米兰后来陆续开了不少类似的店，但他们最喜欢的还是这家的氛围。

其实，韩世勋有一些不能为外人道的私心。作为留学生，韩世勋的家庭其实并不差，甚至可以算得上是出类拔萃，他的父母都来自韩国的音乐世家，父亲还是首尔大学的音乐系主任，他和朱古力在一起两三年，却从来没有敢和父母提及。

因为韩世勋的父亲是个非常传统的韩国男人，不会愿意儿子娶一个外国女人，哪怕这个外国女人也是一个黄皮肤黑眼睛的东方佳丽。现在，眼见着朱古力越来越醉心工作，可见她到时候未必愿意放弃工作，相夫教子。而且朱古力成长得太快了，原先依人的小鸟没过多久就不需要哺食了，这都让韩世勋心里越来越没底。

朱古力逐渐地不再需要他了，会不会以后也看不上他了呢？毕竟现在朱古力见到的男人非富即贵，要不然就是才华横溢。但这是韩世勋心里的隐忧，他自然不会明白地告诉朱古力，只不过对女朋友接触的男性逐渐留意起来，其中让他最不舒服的就是那个香港老板林James。

韩世勋一直觉得林James是看上了朱古力，也正因为如此，他才会一定要朱古力做他们公司的合作伙伴。

而且，韩世勋注意到以前林James只在春秋两季米兰时装周的时候来米兰参加一下订货会，但这次米兰最著名的SALONE MOBILE家具展他居然也来了，他在电话里跟朱古力说：

“朱小姐，到时候跟我去家具展看一下，我要进军家具行业，意大利的家具很有前途。”

韩世勋想起来就生气，恨不得把林James拽出来揍一顿。但想归想，韩世勋还是同意朱古力租下了一套三室一厅的公寓。朱古力抽了个时间搬家，两人在家用了两天时间打包，光朱古力的衣服包包就装了四五个箱子。最后他们叫了一家搬家公司，塞满了整整一车才拉走。

日子一天天过去，转眼就是SALONE MOBILE家具展的日子了，林James早就提前来到了米兰，就是为了见朱古力一面。

- 03 -

这一年，随着香港公司订单的增加，现在朱古力和林James的关系的确已经变得非常密切，而经常跑订货会和时装周的朱古力也必须扮演好林James的得力助手。

特别是米兰时装周期间，林James的香港公司经常会收到一些品牌的发布会邀请和派对邀请，这个时候，朱古力就必须盛装出席，陪着老板林James周旋在各大品牌商之间，和那些订货过程中经常见到的熟面孔寒暄致意。

其实，米兰时装周也大有来历。最早只有英国伦敦和法国巴黎能够举办时装周，连纽约也是后来才开始举办的，米兰更是只有成衣展。最初，PITTI男装只在一些贵族别墅里举办私人定制，女装则是在罗马、米兰等大城市的贵太太沙龙里看样、定制的。随着经济的不断发展，到了20世纪80年代后期慢慢地形成了以米兰为中心的高级成衣展PRETA PORTE。

从90年代开始才有了米兰时装周一说，后来更是不断发展，成了世界四大时装周之一。不得不说，90年代真是意大利时装界开疆扩土的年代，而朱古力恰好幸运地赶上了。

林James想要开拓家具市场的想法也并不是空穴来风，他的自信来源于当时香港的富豪们都在购买意大利产的家具，其中尤其畅销的是Versace和Fendi等奢华品牌。

林James来米兰参加家具展之前做了大量的调查，也给朱古力打了不少电话，让她安排自己的吃住行。可是由于每年的家具展堪称是米兰的年度盛会，住宿的酒店和餐厅都是人满为患。朱古力费尽心思才为林James订到了酒店。

此后陪着林James 东奔西走的几天里，朱古力可是被狠狠地折腾了一番，路上打不到出租车，连吃饭都要排队，晚上还有各种设计展和活动，所以每天结束的时候朱古力都是精疲力尽的……

总算熬到最后一天了，林James叫了一辆出租车顺路送朱古力回家，下车前朱古力在车里对林James说：

“林老板，你如果真的要做家具的话，希望您再让别人专门负责这一块项目，我实在是精力有限、不能胜任。”

林James斜着头看了一眼朱古力，跟着一起下了车：“朱古力，我们聊几句。”

两人一起下了车，林James 示意司机停靠在路边等着他。他和朱古力一起站在人行道上，路灯晕黄的灯光打在朱古力圆圆的小脸上，映着她的疲态累都有几分可爱。

林James悠然开口说道：

“朱古力，我们这两年合作下来，我对你怎么样你应该也很清楚，钱我可是从来没有少给你，当然那都是你应该得的！”

他停顿了一下，看了一眼朱古力的反应。

朱古力低下了头，倒不是被林James说中了心事，而是跟着林James跑了这几天的行程，实在让她累得已经有点虚脱。

林James 继续说道：

“我和你一起合作也快两年了吧！这两年里我们的合作非常愉快。坦白说，我很喜欢你的个性和处事方式，做生意就是要能赚钱的，你挑的货卖得好证明你有看货的眼光。你在米兰这边打理的一切都十分妥当，这次我也都看到了，你很有能力，我也相信你未来会有很好的发展前景。不然，我也不会想要你做我公司的固定买手，毕竟我们在香港也有点名气。大名气谈不上，但以我们的资金和实力，你和我合作，我们是强强联手，未来你只会发展得更好！”

疲惫的朱古力静静地听着，实在没有什么力气去给出什么反应。但林James显然以为朱古力被他给说服了。

也许是情之所至，也许是晚餐的几杯香槟起了作用，林James突然开口说道：

“朱古力，你知不知道，其实你是个可爱又有魅力的女人！我希望和你一起合作，可能也是因为我一直都很喜欢你！”

TWENTY-TWO

第二十二章

十字路口

- 01 -

林James毫无预兆的“表白”，令朱古力多少有些无所适从。

从女性角度来说，朱古力并不否认成熟稳重、事业有成的林James的确富有吸引异性的魅力。更何况，相近的审美取向和思维模式，令两人在日常的工作中也产生了一种无法用言语描述的默契。

“可是……可是林先生，你不是已经成家了嘛？我还听到你在电话里和你太太说……”

为了压抑内心深处那份莫名的悸动，朱古力连忙提醒对方、更提醒着自己林James已然结婚的事实。但她的抵抗却注定是徒劳无功的。

林James微微暧昧地一笑，他缓缓走到朱古力的眼前，低声说：

“朱古力，大家都是成年人，彼此喜欢并不一定要影响家庭啊！何况，你在欧洲生活这么久，不会思想那么保守吧？男欢女爱，只要你情我愿，又有何妨呢？”

说着，林James突然抬起一只手轻轻抚摸着朱古力的头发，温柔地在她脸颊旁轻轻吻了一下。

朱古力自己也说不清楚为什么没有立即阻止他，是因为顾虑到双方目前的合作关系，还是因为自己的确对这样的成熟男性没有抵抗力，抑或只是因为喝得有点多而反应迟钝？总之朱古力只是呆呆地愣在那里，直到林James拉起她的手，带着醉意在她耳边低声说道：

“朱古力，今晚别回家了！跟我回酒店吧！”

林James的话语如一道闪电，顷刻便击碎了朱古力心中那团绯色的梦境。她可以接受林James的表白和爱意，甚至不反对一些无伤大雅的亲昵举动。但这不代表她能接受和眼前的这个男人越过男女关系中那条至关重要的界限。

朱古力用力推开了对方，微醺之下的林James踉跄地后退了好几步才站稳了身形。他有些错愕地看着朱古力，见她没有大声呼喊或采取其他过激的行动之后，才再度开口，柔声问道：

“朱古力，难道你对我一点好感都没有吗？”

面对此刻彬彬有礼、依旧保持着绅士风度的林James，朱古力抬起右手轻轻捋了捋额头的碎发，刚想开口，林James却已然再度走上前来，温柔地拉起她左手。

朱古力感到脸颊阵阵滚烫，她抓着林James的手臂再度把他推了出去，同时有些无奈地说道：

“林老板，我想你喝醉了吧！”

见林James似乎还想再说什么，朱古力选择了进一步把话挑明：

“刚才你的所作所为，我可以当成醉话不和你计较。但如果你要再这样公私不分地纠缠下去，我想我们也没有必要再合作下去了，您另请高明吧！”

林James似乎没有想到这个平日里精明能干却又恬静如水的女子，此刻竟然会变得如此义正词严。他想要开口辩解什么，但看着对方那充满着怨愤和坚毅的眼神，却终究不知该说些什么。

林James低头沉思了许久，才艰难地凑出了“对不起”这三个字。但不等他把话说完，朱古力便已头也不回向楼里走去。

- 02 -

刚才掷地有声的话说得虽然漂亮，但是独自离去之后，朱古力还是不禁扪心自问起来。自己真的愿意就此放弃和林James的合作，以及自己辛苦打拼出的事业吗？

虽然此刻在酒精和情绪的冲击之下，朱古力感到一阵阵头晕目眩，但她的脑海之中还是飞快地开始盘算起自己和林James分道扬镳的得失：

虽然意大利的供货方和主要的进货渠道都在我的手上。但是没有了香港的市场，这些资源其实都毫无价值。林James可以替换掉我，或许就像我们没有开始合作之前那样继续自己往返于米兰和香港之间。而对于我来说，除非能在香港找到新的合作伙伴或者打开内地的市场，否则我的“买手”生涯便只能在此中断了！

就在朱古力权衡得失之际，她面前的电梯门已经缓缓打开。她怔怔地走进狭窄的电梯，伴随着有些刺耳的轰鸣声，那台老旧的电梯犹如她的人生一般，刚刚起步，便在三层戛然而止了。

就在她有些无力地推开电梯门，刚刚踏上走廊的那一刹那，自己租住的那间房间的门却突然打开。一脸怒容的韩世勋气鼓鼓地站在门口，冲着走廊里的朱古力大声嚷道：

“我在阳台上都看见了！”

看着韩世勋那犹如受了委屈的孩子般的表情，朱古力非但没有生气或懊恼，反而发出了会心一笑。方才那所有的算计和苦恼，似乎都在这刻烟消云散了。

朱古力对着韩世勋比了一个“噤声”的手势，随即便快步上前拉着自己的男朋友韩世勋走回到他们共同租住的家里。

毕竟，此刻已经接近午夜12点了，而他们隔壁的意大利邻居是一位八十多岁的独居老太，既刁钻又喜欢找碴。有几次他们动作稍微剧烈一点，第二天便会有物业上门来提醒，而如果韩世勋真的深更半夜在走廊里扯着嗓子吆喝，那老太太估计会恼怒地当场把警察叫来。

走进了房间之后，韩世勋狠狠地瞪了朱古力一眼，便要甩手拿门撒气，但见朱古力抬手指了指隔壁，他又连忙抓住自己甩出去的门把手，轻轻地将门合上。看着韩世勋那有些可爱的模样，朱古力抿嘴一笑，这才拉着自己的小男友宛如郊游般慢慢踱进了自己的家门。

朱古力拉着韩世勋走到客厅，在那两人曾经无数次亲密地腻在一起的沙发上坐下，韩世勋却故意躲得远远的。看着他气鼓鼓的模样，朱古力也只能拖着疲累的身子靠了上去，抱着韩世勋的脖子撒娇道：

“欧巴，事情不是你想象的那个样子，林James只是送我回来聊了几句工作，他喝醉了，刚才发生的事情纯属意外。”

在一同生活的几年时间里，朱古力早已摸透了韩世勋的脾气。她知道韩世勋如此生气，一定是在临街的阳台上看到了刚才林James吻她侧脸的那一幕。因为如果韩世勋看到林James和自己纠缠不休，那他怕不是早就冲下楼来打人了。所以朱古力觉得自己还是可以把事情解释清楚的。

刚才韩世勋的确是在临街的小阳台上焦急地等待朱古力回来，也的确只看到James吻上朱古力的那一幕就生气地回客厅了，但对韩世勋来说，这个吻已经足够了，不仅令人愤怒，更足够他借题发挥了。

虽然此刻看着自己撒娇的女友，感受着她怀抱的温柔，韩世勋的气已经消了七八分了，但为了达到自己的目的，他还是轻轻拉开朱古力搂着自己脖子的胳膊，装出一副依旧很生气的模样说道：

“朱古力，我早就告诉过你不要再做这份工作，但你一直都不听！我也告诉过你要小心这个林James！看吧，事实证明我是对的，这个家伙就是没安好心！我看你还是和他终止合作吧！”

- 03 -

“终止合作？”

虽然刚才朱古力在上楼前已经反复思量过，但当这四个字从韩世勋口中说出时，朱古力还是突然感觉到一阵莫名的委屈和不舍。

她是真的很喜欢买手这个工作，这一两年她的所有心血都在这里。多少个日子，她在外面没日没夜地奔波拿货的时候，支持她撑下去的，除了挣钱，还有一份真真切切的喜欢。

一想到自己的这些艰辛和付出，朱古力突然有一点儿憎恨林James了，因为如果不是他举止轻浮鲁莽，她应该还可以继续和这个大客户愉快地合作下去。

想到这里，朱古力有些郁闷地低声嘀咕道：

“这个该死的林James，今后我还要怎么工作？！”

听到她的话，韩世勋马上跳了起来：

“什么？你还想继续工作？我告诉你，不可能的！我无论如何都不能答应！你必须马上辞职！马上辞职！”

看着韩世勋激动的模样，朱古力倍感无助。显然此刻的她更需要爱人的理解和支持，而不是他一味地意气用事。可偏偏此刻的她没有办法和韩世勋坦诚自己的真实想法，只能顺着他的口吻说道：

“好吧！我明天就和他说，我不干了。以后我把所有的时间都拿来陪我的世勋！”

韩世勋似乎也没有想到朱古力竟然会这么听自己的话，有些不敢相信地问道：

“真的吗？朱古力，你真的愿意和那个林James终止合作，放弃你现在‘买手’的工作？”

看着这个可以瞬间“多云转晴”的大男孩，朱古力真是又气又想笑，便故意逗他道：

“怎么可能呢？当然都是骗你的！”

韩世勋听到这话，刚想发脾气，却注意到了朱古力脸上那掩饰不住的笑意，便顿时明白了。他故作凶狠地说道：

“好啊！你竟然敢骗我，看我怎么惩罚你！”

韩世勋一边说着，一边跳到沙发上，和装出一副害怕模样的朱古力纠缠在了一起……

许久之后，两个人才气喘吁吁地分开。趴在韩世勋身上，朱古力抚摸着男友结实的胸肌，轻笑道：

“明天物业估计又要上门来警告我们了！”

韩世勋低头轻吻着朱古力略带汗水的额头，学着那些物业工作人员的腔调，用意大利语说道：

“哦！上帝啊！你们知道吗？你们隔壁住着的可是一位八十多岁的老妇人，她的丈夫已经走了快二十年了。年轻人，你们不能只为自己考虑，也要顾及一下别人的感受！”

朱古力被韩世勋的话语逗得哈哈大笑，但韩世勋接下来说的话，却令两人之间瞬间陷入了沉默。

“朱古力，我的论文答辩终于通过了，再有几周我就可以毕业了。我想和你去女妖岛度假，然后我们一起回韩国。”

“韩国？”

朱古力有些惊讶的声音，令韩世勋颇为不解地看着她，眼神里仿佛在说：“你不会不知道我是韩国人吧？”

朱古力也意识到了自己的失态，连忙把头埋进了韩世勋的怀里。虽然两颗心脏此刻相隔得很近，甚至可以清晰地感觉到对方律动的节奏，但朱古力却突然发现自己拥有的一切竟是那么不真实。

她并非不知道他们来自不同的国度，也隐约感觉到他们的人生轨迹交叉却并不完全重合，但是他们还是愿意此刻紧紧相拥，不是因为心存侥幸，而是因为爱情实在太过美丽……

TWENTY-THREE

第二十三章

当火星撞上金星

- 01 -

第二天一大早，韩世勋便元气满满地出门去了。毕竟即将毕业的他，也有一大堆的事情需要处理，而那份即将挥别校园的忧虑和不安，也是促成他最近情绪经常失控的一大诱因。

因为昨晚的醉酒和一番“折腾”，朱古力一直睡到日上三竿才倦怠地起身。拉开窗帘，屋外那和煦的阳光令她心情大好。她为自己煮了一大杯咖啡，便懒散地走进了那许久没有踏足的厨房，准备做一份美美的早餐。

取下韩世勋贴在冰箱上画着爱心的记事贴，朱古力会心一笑，拿出韩世勋昨天买好的羊角包，放在烤箱中，又点火煎了一个鸡蛋。已经不知道多少天没有好好吃个早餐的朱古力，决定从今天开始要对自己好一点。

端起香气扑鼻的早餐，朱古力回到卧室。这才想起自己昨晚将手机调成了静音的状态，打开一看竟然有十几个未接电话，而且无一例外都是林James打来的。

朱古力并不急于回拨过去，她一边吃着早餐，一边依旧在盘算着自己是否应该如韩世勋所说的那样和林James终止合作。就在她依旧举棋不定之际，手机却再度响起。

朱古力打开电话，那边立即传来了林James有些不安的声音：

“朱古力，谢天谢地，你终于肯接我的电话了！”

相较于林James的焦急，朱古力反倒平静了许多。她并没有急于回答，只是轻轻地“嗯”了一声。

“我是专程给你打电话道歉的。昨晚我多喝了几杯，唐突了，实在是对不起！希望你能原谅我，我们的合作计划一切照旧……”

林James在电话里滔滔不绝地说着，仿佛是急于得到朱古力的回答，说到最后他竟然补了一句：

“新合同我已经拟好了，又给你增加了5%的提成，希望你不要介意我的擅作主张。”

面对林James急于展现的诚意，朱古力却并没有太多的心动。因为在她看来，她与林James的合作一开始是为了挣钱，但能坚持下来是因为自己喜欢这份适合她的工作。于是她从容地答道：

“林先生，我想我昨天已经和你说得很清楚了。我们之间所出现的问题，并不是发展理念或者分成比例。而是我不想你在我们的合作中掺杂太多的个人感情。我想我说得很清楚了吧？”

城府深沉的林James当然听出了朱古力的弦外之音。他连忙给出了自己的态度：

“朱古力，昨天的事情请你一定要原谅我，这种事情绝不可能再发生！我看好的是你的工作能力，两年来我们的合作一直很愉快，我希望能继续合作下去！”

朱古力沉默了，在与林James合作的两年中，她的确收益颇多，也收获了很多前所未有的快乐。在她看来“买手”已然成为她未来规划的职业。即便不和林James合作，她也会沿着这条路继续走下去，既然是这样，那就像粤语中说的一样，就“做生不如做熟”咯！

听着手机里林James安静等待自己的回复时那刻意屏住的呼吸声，朱古力终于开口说道：

“林先生，如果你能遵守自己刚才的承诺，我不介意我们的合作继续下去。你也不用急着给我增加提成……”

听到朱古力的回答后，林James如蒙特赦，连忙说道：

“不、不、不，朱古力，那5%就是我看重我们合作关系所表示的诚意！我不会再公私不分，我明天就回香港了，新的合同我已经发到你的邮箱了。”

朱古力想了一下也就不再坚持什么了，既然林James 已经这样保证了，她没有理由不继续做下去。

- 02 -

处理完与林James合作的事情后，朱古力心情大好。吃完早餐之后，她便动手打扫起了房间。前段时间的忙碌令她几乎没有时间照顾家，韩世勋虽然颇为勤勉，但男生做家务总是不免有些粗枝大叶。因此在朱古力一番收拾之后，整个房间可谓是焕然一新。

下午，朱古力又去了一趟超市，买回了新鲜的牛排和娇艳的红玫瑰。计算着韩世勋回家的时间，朱古力开好了一瓶红酒，精心准备了浪漫的烛光晚餐。

傍晚时分，从学校回来的韩世勋一进门便被眼前的景象惊呆了。有些感动的他，一把抱住朱古力，故作诧异地说道：

“朱古力，我今天才知道你原来还是一个魔法师啊！”

听着男友的奉承，朱古力心情大好。如果不是担心自己小心翼翼控制火候才煎成五分熟的牛排变凉，朱古力就要任由韩世勋继续胡闹和缠绵下去了。

喝着醒得恰到好处的红酒，吃着柔嫩多汁的牛肉，烛光下相对而坐的男女，自然是你侬我侬。但就在朱古力以为韩世勋此刻心情大好，进而告诉他，林James与自己上午电话沟通了合作事宜之后，韩世勋竟然脸色一变，当即便站起身来，狠狠踢了一下桌子，眼神冷酷地瞪了朱古力一眼，然后便转身走进了卧室，还“砰”的一声关上门。

其实，在韩世勋回家之前，朱古力便设想对方听到这个消息后可能会有的种种反应。无论是对方欢呼雀跃地为自己举杯相庆，还是无奈地接受并小声抱怨，甚至于韩世勋怒不可遏地再度和自己争执、吵闹，朱古力都做了相应的预案。只是她万万没有想到韩世勋竟会像个孩子一样负气而走。

但韩世勋也有自己的理由，他本来以为昨天晚上朱古力已经答应了他将和林James终止合作，谁想到自己今天去了一趟学校回来，竟然听说朱古力不仅不和林James分开，还多了5%的分红，他简直怒不可遏，他觉得朱古力和林James 之间一定发生了什么他不知道的事情，不只是一个街边的吻那么简单，所以他才越想越生气。

时间一分一秒地过去，韩世勋的愤怒也在不断积累。他终于还是忍不住从卧室里冲了出去，对着朱古力大声说道：

“朱古力，你是不是和那个姓林的早就搞在一起了？好啊！我早就看出他不怀好意。他现在来米兰的时间越来越多，总是要给你打电话。你更是每天忙得连家都不回，我一直觉得不对劲，现在我才明白，原来你早就已经移情别恋了！”

正对着那早已凉透的牛排发呆的朱古力，显然没有想到自己深爱的韩世勋此刻会突然冲出来指责自己。但是令朱古力自己也感到奇怪的是，此刻的她竟然没有感到委屈，也没有太多的愤怒，反而觉得眼前的这一幕有些滑稽可笑。于是，她淡然地答道：

“世勋，那个林先生的确说过他喜欢我，可他喜欢我是他的事儿，我又不喜欢他，而且我们什么都没有做！所以请你不要瞎猜了，好吗？”

本以为朱古力会像昨天一样哄自己的韩世勋，似乎也没有想到自己的女朋友此刻竟会如此从容，一时找不到突破口，他便只能胡搅蛮缠道：

“我……我不管，反正、反正那个林老板肯定有问题！我……我不准你再和他合作了……”

- 03 -

其实，韩世勋孩子气般的胡闹早已不是一次两次了，以前只要不是原则性的问题，朱古力总是选择先顺从他的意思，再慢慢扭转他的想法。但这一次涉及自己的工作和未来的职业规划，朱古力不得不认真了起来。她双手交叉在胸前，目光炯炯地看着韩世勋，一字一句地问道：

“好啊！我可以不和林先生合作，那么请你告诉我，我接下来该怎么办？”

看着眼前一脸严肃的朱古力，韩世勋似乎也有些心虚，沉默了很久，才低声答道：

“工作不止这么一家，你这么聪明，做别的工作一样可以的！”

朱古力这次是真的被韩世勋的话语逗笑了，虽然只是苦笑，但她还是嘴角上扬地答道：

“可是，世勋，我真的很喜欢现在这份工作。也许我的表达不太妥当，但你知道吗？我有多喜欢做买手……我觉得这才是我……”

韩世勋看着朱古力一个劲地摇着头：

“不、不、不，现在的你不是你，你为了工作太疯狂了！我早就想告诉你，你太拼命了！以前那个温柔可爱的朱古力才是你！和我一起散步聊天的朱古力才是你！和我一起串烤肉串的朱古力才是你！和我一起玩儿、一起兜风逛街的朱古力才是你！”

是的！韩世勋说得对，两年前的自己，的确就是韩世勋口里的样子，而现在的自己改变得实在太多了。但朱古力却并不觉得自己的改变是错的，反倒是韩世勋此刻对自己的否定，其实更像是一个孩子不能接受自己喜欢的漫画突然停止连载，或者是某位超级英雄失去了超能力一般。

想到这里，朱古力仿佛突然看到她和韩世勋之间存在着一条巨大的鸿沟。

就在朱古力陷入了沉思之际，韩世勋却误以为朱古力听进去了他的劝说，走上前来，双手按在朱古力的肩膀上说道：

“而且，那个什么林James 在我们家楼下都敢抱你亲你，你以后和他独自相处不是很危险吗！为什么非要做这份工作呢，相信我，和他终止合作是最好的选择！为了我，你就不能放弃这份工作吗？你说你想做买手，你和宋钟贤、李宪彬他们合作不也可以吗？”

朱古力还真的顺着韩世勋的话想了一想，但最终还是不能说服自己。倒不是因为她和宋钟贤、李宪彬的审美或者商业模式上有什么冲突，而是因为宋钟贤、李宪彬和韩世勋一样都是留学生，他们从事“买手”的工作，不过是利用课余时间赚点外快，而不是如朱古力那般将其视为安身立命之本。

她这么想的，也这么说了。

韩世勋不相信地瞪大了双眼，有些气急败坏地说道：

“朱古力，你还爱我吗？为了我连放弃一份工作都不行吗？世界上的工作有很多，但爱你的我只有一个。为了我，放弃这份工作不行吗？”

朱古力绷紧了嘴唇，轻轻摇了摇头。

韩世勋被彻底激怒了，他歇斯底里地吼道：

“还说什么都没有做！你们私下一定是做了什么！你这边不愿意终止合作，他那边又给你分红，难道你是在戏弄我吗？你们俩绝不是一般关系，别把我当傻子！”

韩世勋的口不择言让朱古力如坠冰窟，虽然不愿意解释，但她还是决定把话说清楚：

“世勋，我告诉过你了，我什么都没有做！原来我在你的眼里是那么不堪……我想要继续做这份工作，林James 已经保证不会再发生类似的事情了，我不愿意就这么离开。你也看到了，我有多喜欢做这个工作，这一年我付出了那么多……”

可是没听她把话说完，韩世勋已然拿上外套摔门而出了。

男人来自火星，女人来自金星，他们之间总似鸡同鸭讲。

TWENTY-FOUR

第二十四章

求婚与分手

- 01 -

韩世勋走后，独自面对着那摇曳的烛火，朱古力感觉到周围死一般的静寂，她可以清晰地听到韩世勋乘电梯下楼的声音，听到韩世勋出电梯关门的声音，甚至听到了韩世勋从底楼大厅出去的拉门声……

她苦笑着扪心自问，这是怎么了？韩世勋为何就不能理解她对这份工作的喜爱呢？她喜欢这份工作，就像韩世勋喜欢唱歌一样，她做这份工作拥有的幸福感，就像韩世勋谈起那些音乐大师的幸福感是一样的！为什么，为什么韩世勋就是理解不了这一点呢？

当天晚上韩世勋没有回家，好在宋钟贤特意打电话给朱古力，说韩世勋住到了他和李宪彬家中。朱古力一颗悬着的心才放了下来。不过宋钟贤在电话中也暗示朱古力韩世勋的心情非常不好，可能要在他们家多待几天。当然宋钟贤也表示他会好好照顾韩世勋的，还开玩笑和朱古力说，不要担心，他和韩世勋是好哥们，绝不会对他有什么“非分之想”的。

宋钟贤的幽默虽然让朱古力轻松了不少，但是独自一个人时，朱古力还是忍不住开始仔细审视起她和韩世勋之间的这段感情。其实，此刻的朱古力也很迷茫，她不知道自己是否能够和韩世勋继续走下去，更不知道他们的感情之路将会通往何方。

第二天一大早，宋钟贤就敲响了朱古力家的房门。他嘴上说着是来拿韩世勋的行李，但进屋之后却自然地和朱古力攀谈了起来。其实在过去几年的相处中，朱古力和宋钟贤之间已经形成了类似闺蜜的关系。两人经常相约逛街，也会聊一些情感方面的问题。

宋钟贤已从韩世勋口中大致听说了他们两人争吵的原因，因此一上来便开门见山地问朱古力是否还爱着韩世勋。

如果是在一周之前，朱古力相信自己将会脱口而出肯定的回答，但此刻的她却选择了沉默。

宋钟贤看着朱古力，无奈地叹了口气。

朱古力沉默了许久，才开始自言自语道：

“其实，我也不知道喜欢和爱怎么区别呢？这几年如果没有他的支持，也许我没法这么勇敢地走到现在，如果需要面临再一次的残酷选择，我也会很难接受的，但人生不就是在相聚和分离中不断成长的过程吗？”

看到宋钟贤难过的表情，朱古力也感受到了他此刻同样的凄苦，便不禁开口问道：

“钟贤，怎么了？是你和宪彬的爱情也出现了问题吗？”

宋钟贤微微苦笑道：

“我们的爱情没有问题，但是我们之间存在爱情，在很多人眼里本身便是一个问题啊！”

宋钟贤接着告诉朱古力，作为韩世勋同届的留学生，他和李宪彬也即将毕业。接下来，按照他们父母的意愿，两人都将返回首尔。可是当时的韩国社会，同性之爱并不能为世俗所认可，一旦被人发现，不仅当事人将身败名裂，甚至也会令整个家族蒙羞。

所以这段时间里，宋钟贤和李宪彬也颇为痛苦。因为他们知道，一旦回国便意味着分手，即便他们还可以继续保持着地下情侣的关系，却也永远无法光明正大地走在一起。所以宋钟贤很想留在米兰，但那也意味着他们将承受巨大的生活压力。

“那……不如我们一起来做‘买手’吧？”

朱古力突发奇想地说道，宋钟贤竟也跟着眼睛一亮。虽然曾经的他是朱古力踏足“买手”行业的领路人，但自从朱古力和林James展开合作以来，宋钟贤他们的韩国“买手团”所做的一切便显得有点小打小闹了。

一聊起生意，朱古力便变得滔滔不绝起来，宋钟贤似乎也被她所规划出的美好蓝图所吸引，当即表示自己回去之后，会把朱古力的想法和李宪彬商量一下，如果可以的话，他们便留在米兰，和朱古力一起创业。

- 02 -

第三天早上，韩世勋拖着那个宋钟贤拉走的行李箱又气呼呼地跑了回来。不用他开口，朱古力也能猜到，昨天宋钟贤回去之后，一定是替自己的“买手”工作说了很多好话。虽然韩世勋打心眼里不认可这一点，但是他既架不住两个死党的苦劝，又受不了宋钟贤和李宪彬彻夜畅谈与朱古力展开商业合作的袭扰，只能跑回家来咯！

朱古力知道此刻自己男朋友的心情欠佳，便处处安排得妥妥当当，令韩世勋找不出一点毛病。

这场风波之后，这对情侣似乎又回到了从前的生活状态。而关于朱古力是否要继续从事“买手”的工作，以及是否要继续与林James合作，两人都颇有默契地不再提及。

但有些事情就算不再提及，伤痕也已经存在，这两人的心里似乎有了一个结，再也不能像以前那样坦然相处了。

为了打破这一僵局，也为了释放一下自己此前积累下来的巨大的压力，朱古力决定给自己放个假，以便自己能够真正静下心来好好地梳理一下她和韩世勋的关系。

那天的傍晚，在阳台前欣赏着落日的朱古力和韩世勋，几乎同时提出要出去走走。两个人相视一笑之后，都选择让对方来选择散心的目的地。在一阵谦让之后，两人又心有灵犀地同时说出了“女妖岛”。

“女妖岛”又叫卡普里岛、卡布利岛，意大利语写作Isola di Capri，这个位于那不勒斯湾南部入海口的小岛，除了拥有中世纪的城堡和教堂之外，当地的自然风光更是秀丽无比。

在宛如蓝色墨水泼染的海洋中，由白色岩石构成的女妖岛宛如一座世外桃源。这里光彩炫耀，晚霞动人，在悠闲雅致中，足以让恋人的浓情蜜意，油然从心底升起。是以，这里又是意大利最负盛名的蜜月圣地。

韩世勋早就想带朱古力前往女妖岛，只是苦于一直没有机会。而这一次朱古力竟然主动提出要同自己一起去那里，这份欣喜自然令韩世勋高兴得几乎要跳起来。他一边打电话通知了宋钟贤和李宪彬，一边手忙脚乱地收拾着行李。

看着韩世勋欣喜的样子，朱古力又怎么忍心告诉对方，自己选择去女妖岛，是为了给这段感情画上一个句号。

在朱古力看来韩世勋是个温柔简单的男孩，他的出身和经历决定了他可以追求那种轻松而有品质的生活。确实不是每一个人都喜欢像她那样拼命去工作的，但朱古力却知道自己就是那种一工作就闲不下来的人。

她跑得太快反而把韩世勋的生活搞乱了。有些人可以陪你一辈子，有些人却只能陪你度过一段时光，这三年的相处韩世勋的确带给她很多快乐，让她体会到了家的温馨。

两人一起走过了那段最艰难的日子，现在的朱古力成长了，她觉得自己知道未来想要的是什么。未来的路有很多种选择，但她选择的路肯定不会那么平坦，她不能自私地要求韩世勋按她的方式生活，她觉得两个人可能已经走到了不得不分手的分岔路口了。

- 03 -

然而韩世勋却在为自己的口不择言而深深懊悔。在宋钟贤家住了三天，天知道他有多想念朱古力的小脸。虽然女朋友经常忙到顾不上自己，但想起她纯真的笑容他一下子就泄气了。韩世勋知道朱古力是不可能会欺骗自己的，她说没发生过任何事就是没发生过任何事，但是韩世勋又不甘心，工作在朱古力心中很明显比他更重要。他想来想去也想不明白为什么朱古力非要这么拼命地工作，可能一切的问题都是源于经济？因为没钱才要努力工作，因为没钱才缺乏安全感，韩世勋觉得他必须负起一个男人的责任，给朱古力一份安全感。

韩世勋突然想到了一个好主意。

他要给朱古力一个惊喜，他不能失去这么个可爱的女朋友，一想到没有她的日子韩世勋就感到心痛，他决定向朱古力求婚，他觉得自己需要负起责任，要给她更多的安全感，告诉她自己有多爱她，他想让朱古力没有后顾无忧，不用拼命工作也可以好好生活。至于将来如何面对父母和家庭，那都是以后的问题。

一个在想分手，一个却在想求婚。

韩世勋买好了戒指准备等待合适的机会向朱古力求婚，然而还没有等到他的求婚，朱古力已经提出了分手宣言。朱古力已经想得很清楚了，她是深思熟虑之后提出的分手。

那个傍晚，两人在女妖岛度假村的阳台上拿着红酒杯一边看月亮，一边喝酒，朱古力很平静地说了出来：

“世勋，我们分手吧，我觉得大家做朋友比做恋人更适合。这些天我想了很多，你说得很对，世界上只有一个爱我的你，但我却不能为了你放弃工作，我也不知道自己为什么会这样，但我就是不想放弃这份工作。”

“我这几天反复在想你说的话，可能或许真的我爱工作更甚于爱你，这样对你不公平。我不想让你因为这些事情再生气发脾气，那样你也不是我认识的你了。我认识的你，应该一直那么阳光、那么开朗，而不是为了我的工作和我大吵大闹。我已经和林James 签订了新合同，我以后就是他们公司最大的买手，不仅负责服饰，还包括家具采购，我可能会更忙，我可能会跑得更远，我可能会更没办法陪你，这对你不公平。你那么年轻，不应该因为我而放弃你自己的生活，但我也一样，我也没办法放弃自己的工作，再变回曾经的朱古力。”

韩世勋顿时像被打了一记闷棍，委屈又难过，他慢慢地抽噎起来，这个瞬间他满脑子都是“失去朱古力之后我该怎么办？”

朱古力也很伤心，在她眼里，韩世勋是个温柔阳光的大男孩，他是那么可爱，她永远也不想再看到韩世勋发疯和歇斯底里吵架的样子。那才是她最不愿意看到的场面，让这么一个年轻的男孩去承担痛苦的改变没有必要，他不需要改变，他的阳光和温柔是她最喜欢的东西，只要自己优雅体面地离开，以后韩世勋会找到更加适合他的女孩。

朱古力继续对韩世勋说道：“你以后是要做艺术家的，你的音乐生涯才刚开始，我虽然爱你，但也没办法和你继续相处下去。爱情是不可以用来赌气的，我不想违背我的心，走到这里我已经没办法继续了。”

TWENTY-FIVE

第二十五章

友谊万岁

- 01 -

朱古力说完之后，韩世勋陷入了许久的沉默之中，他不是不清楚朱古力此刻所说的都是事实，但他仍然不能接受相恋多年的女友竟然会在自己求婚的时候提出分手。

韩世勋很想和之前那样大闹一场，然后等着朱古力来哄他，但此刻的他却发现自己竟然提不起半点精神。他颓然地靠在阳台的栏杆上，仰头看着女妖岛那清澈如水的夜空。望着那点点繁星，他悠然地引吭高歌，唱起了歌剧《图兰朵》中那首脍炙人口的《今夜无人入眠》。

朱古力不知道自己该再说什么才能安抚一个失恋的男人。就在场面一时陷入尴尬之际，宋钟贤和李宪彬敲响了他俩的房门，他们本来是按照韩世勋的安排，前来庆祝他求婚成功的，却不想见证了一段感情的收场。

朱古力依旧热情地接待了他俩，但见到韩世勋此刻委顿的神情，宋钟贤和李宪彬当即便猜到了情况不妙。朱古力不想这样的气氛再延续下去，便主动开口道：

“我和世勋分手了，你们既然来了，就好好劝劝世勋，我真的不想看见他这样伤心下去。”

看着冷静的朱古力和一脸颓丧的韩世勋，宋钟贤和李宪彬相视一眼便了然于心，宋钟贤觉得自己明白了一切。

宋钟贤和韩世勋相识的时间比较长，对他的家庭背景一清二楚。他来帮韩世勋拿行李的那天，便有意地给朱古力详细地讲述了韩世勋的家庭。

韩世勋出生于韩国的音乐世家，对韩世勋来说，音乐学院毕业留在意大利深造一段时间，和剧团合作演出几场音乐会，自由地度过意大利时光后再回韩国当个大学音乐老师，或者加入某个音乐剧团，都是轻松可以办到的。

不过，宋钟贤当时和朱古力说这些，并不是要提醒这个中国姑娘“齐大非偶”的道理。而是想劝她放弃自己的事业，用宋钟贤的话说便是：

“韩世勋的家庭在我们韩国虽然比不上什么财阀豪门，却也算是殷实富足。朱古力，你如果和世勋结婚的话，肯定可以过上无忧无虑的幸福生活的。”

但说完之后他自己也笑了，他跟朱古力认识这么久，作为她的男闺蜜，宋钟贤如何不知道这是一个把事业看得比自己生命还重要的女孩，天生有经商头脑，独立意识又那么强。何况宋钟贤还知道韩世勋根本还没有计划好他们俩以后的生活，只是打算先求婚成功再说。只是同时作为韩世勋的死党，他总得要劝说几句吧。

- 02 -

朱古力自幼便生活在颇为自由的家庭氛围之中，父母对她的一切行为都是支持的，虽然当她做出不完成学业就离开学校前往欧洲的选择时，朱爸爸差点气晕过去，一直在责怪朱妈妈对女儿太宠爱了，培养出这么一朵奇葩来，但朱妈妈因为从小生活在大家族中，深知那种对个体自由的抹杀，所以很希望自己的女儿可以活得自由自在，有更多的生活选择。而这也是朱古力最终决定和韩世勋分手的理由，她不想嫁入一个专制的大家族之中。

此刻既然已经做出了选择，朱古力便趁着李宪彬拉着韩世勋在房间里坐下的时候，把宋钟贤单独叫到阳台，轻轻地对他说道：

“钟贤，那天你走后我真的想了好久好久。一段美好的感情不一定是占有，拥有过的其实才最美好！韩世勋可以好好地学音乐，好好地当艺术家，好好走他自己的路。我们未来也不可能会结婚，因为这对他来说不可能，对我来说也不可能。”

看着眼神坚决的朱古力，宋钟贤默然地点了点头。站在一个旁观者的立场来说，他欣赏朱古力的决绝，但作为朋友，他是多么希望韩世勋和朱古力可以走到最后。毕竟，对于同样相爱的他和李宪彬而言，不要说是一同走向婚姻的殿堂，连公开关系都是一种奢望。所以他是多么想看到韩世勋和朱古力能够永远幸福美好。

不过，他毕竟不是朱古力，也更无法替朱古力做决定。既然这个中国女孩已然选择了放手，那么大家也就只能尊重她的决定。无奈之下，他只能将目光投向了房间中自己的爱人——李宪彬。

相较于感性的宋钟贤，李宪彬要理性和冷静很多。他首先阻止了韩世勋打电话回家向父母诉苦的冲动。因为他知道肯定会反对儿子和朱古力在一起的韩世勋父母，如果知道了儿子求婚失败这件事，肯定会马上来意大利把韩世勋打包带回家。

其实，相较于家境殷实的韩世勋和宋钟贤，出身寒门的李宪彬从小便了解这个社会的世态炎凉。在他看来如果有朝一日朱古力真的嫁到韩国，未来的日子也不会如宋钟贤所说的那般顺利。毕竟年轻人的爱情十分甜蜜，但如果谈到婚姻，那就没那么简单了。

- 03 -

更何况，朱古力嫁到韩国之后，还要面对语言不通、生活习惯不同等种种问题。而韩世勋如果只是一个普通的富家子弟还好，偏偏他是要成为韩国歌剧表演艺术家或某音乐学院教授的，那样一来，一位中国太太对他的事业来说便毫无加分可言。久而久之，两人之间的感情必定会出现各种各样的问题。

所以即便现在朱古力同意了韩世勋的求婚，两人的未来也是一片惨云愁雾，甚至可以说是没有未来。韩世勋身在其中不能明白，但身处局外的李宪彬却是看得十分清楚。也正因如此，他非但没有埋怨朱古力的绝情，反倒是觉得这个中国女孩高瞻远瞩，看待问题透彻而深远。

朱古力想得也不错，甚至可以说是十分正确，无懈可击。学音乐的韩世勋就像很多艺术家一样，他们的一生中会遇到各种不同的女性，太早走进婚姻可能就是个悲剧。

想通了这一层关系之后，李宪彬不禁露出了一丝笑意。他率先站起身来，拍了拍手说道：

“好了，我不管你们俩是求婚还是分手，我们既然来到了这个美丽的女妖岛，难道就要一直待在度假村里吗？走走走，我们出去走走，看看美丽的大海吧！还有，你们饿不饿，反正我是饿了。今晚我做东，请大家吃海鲜去……”

虽然不知道李宪彬这么做的用意是什么，但在场的所有人显然都被他的乐观所打动了。三男一女就这样走出了度假村，走向那座闻名的靠近海边的餐厅，因为这个岛屿就在悬崖上面，很多餐厅都面对大海。

享受着迎面而来的微咸海风，朱古力在做出决定后，方才阴郁的心情也舒缓了不少。很快便将那三个韩国男人甩在了身后。

李宪彬让宋钟贤陪着韩世勋，自己则慢慢赶上了朱古力，他低声笑道：

“朱古力，如果我没有猜错的话，你还是很喜欢世勋的，对不对？”

朱古力对李宪彬其实一直都比较疏远，倒不是因为对他有什么成见，而是觉得这个男人太过精于人情世故，令自己在他面前总有一种无所遁形的压抑感。此刻见他问起，朱古力也只能坦然地道：

“几年的朝夕相处，怎么可能说放下就放下呢？只是我们之间的问题不是爱情可以解决的。在我看来，如果真是爱他的话，才该更勇敢地选择分开，否则只会让彼此更辛苦，不是吗？”

李宪彬微微点了点头，淡然笑道：

“朱古力，你真伟大，作为世勋的朋友，我很佩服你，也支持你的决定。”

宋钟贤选择了现实，李宪彬表示了认同，韩世勋本来是请他俩来祝贺他求婚成功的，他俩现在反而成了去劝他“放手”的同盟，几面夹击之下，韩世勋终于放弃了最后的挣扎。

他最终屈服了，愿意和朱古力分手，两人退回到朋友关系。最后，他们四个在悬崖上喝着啤酒、吃着烧烤，最后一起对着波光粼粼的海面击掌欢呼：

“我们永远是好朋友，米兰的铁四角！”

一切都显得那么淡然和圆满，但谁又知道那个晚上笑得最开心的朱古力，其实早已在内心深处泣不成声。

TWENTY-SIX

第二十六章

重新出发

- 01 -

从女妖岛回来之后，韩世勋便搬出了他和朱古力一起租住的公寓。

朱古力要把当初付的押金退还部分给他，但韩世勋没有接受，选择了默默离开。

偌大的三室一厅就剩下自己一个人后，朱古力心里有点发怵，虽然不停告诫自己“做得很对！”，但来意大利近五年的时间里，差不多三年都是跟韩世勋一起度过的，现在突然要一个人生活，她还是有点不适应。

把自己重新归零，这是一个新的开始，不管怎样，她已经做出了选择，至于这个选择正确与否，只能交给时间来证明。

接下来的几周时间里，朱古力继续看货发货，帮助林James的公司参加各种品牌的发布会和订货会，还要去一些大牌的工厂扫尾货，日子过得仍然忙碌。慢慢地，朱古力就无暇多想，脑子里只剩下工作了。

然而有一天，朱古力突然接到了李宪彬的电话，说韩世勋和宋钟贤要回韩国了。她犹豫了许久，还是打车前往米兰马尔奔萨国际机场，为两位挚友送行。

在人来人往的出发大厅里，当韩世勋看到一路小跑、气喘吁吁的朱古力时，他几乎本能地想冲上去抱住她。但向前走出几步之后，他终于还是停了下来，眼神中充满着不舍地问道：

“你……你怎么来了？”

看着这个自己曾经深爱过、今后却只能天各一方的韩国男孩，朱古力也感到伤感。但她还是努力挤出一丝笑容，大方地走过去抱了抱韩世勋，又抱了抱宋钟贤，竭力克制着自己的眼泪，大声地回答道：

“我来送送你们啊！毕竟……毕竟……以后可能就不那么容易再见面了！”

宋钟贤第一个忍不住哭出声来，他拉着朱古力的手，竟一时哽咽得说不出话来。

朱古力拍着他耸动的肩膀，小声说道：

“钟贤，别哭啦！再这样，别人要误会我是你女朋友啦！”

被朱古力这句话逗笑了的宋钟贤，擦了擦眼泪，诚恳地说道：

“朱古力，我走之后，宪彬还会留在米兰，他就拜托你了！还有我们韩国‘买手团’的生意也要你多多费心了！”

朱古力拉着宋钟贤的手，把他牵到了李宪彬的身旁，大方地说道：

“你们俩有什么话就直接说吧！”

看着面前那个自己深爱的男人，刚刚还破涕为笑的宋钟贤又再一次忍不住抹起眼泪来。其实朱古力和韩世勋的问题，他和李宪彬也同样必须面对，也正是为了让宋钟贤可以走得从容，李宪彬也和朱古力一样，选择了与宋钟贤分手。

就在朱古力有些感伤地看着李宪彬和宋钟贤紧紧相拥的背影时，韩世勋站到了她的身边，轻轻地将手搭在了朱古力的肩头，温柔地说了一句：

“感谢你过去的陪伴。我要走了，从今往后，你也要照顾好你自己！”

走到海关进口门边时他突然回头对着朱古力喊了一句：“TI AMO！”

这句用意大利语喊出的“我爱你”，让朱古力顿时泪奔……久久不能平静。

那天，在从米兰飞往首尔的飞机上，有一个韩国男孩，一路都在吟唱着那首那不勒斯的著名爱情歌曲——《重归苏莲托》。

- 02 -

韩世勋走后，朱古力的生活便彻底只剩下了工作。终日的奔波劳碌，虽然可以令她暂时忘却孤独，但午夜梦回时那犹如梦魇的寂寥，却总是在朱古力最为无助时扑面而来，令她无处可躲。而那与韩世勋曾经共同生活过的公寓，更在每个角落都埋藏着无法抹去的甜蜜回忆，令她避之犹恐不及。

为了与过去彻底告别，更为了能够填补内心中失去了韩世勋的空洞，朱古力开始考虑投资买套小房子，这几年辛苦工作使她有了一点小积蓄，她决定用这笔钱作为首付。那样自己就不用每月付房租了，十年后更能在米兰拥有一套属于自己的小房子。如此一来，自己也算是在意大利站住脚了，再也不需要经常提着行李到处漂泊了。

有了这个目标之后，朱古力又重新燃起了斗志，除了每天继续着“买手”的工作之外，只要一有闲暇，她便到处看房子了解行情，终于在米兰的Piazza Susan附近买下了她中意的一室一厅的小房子。

在完成了买房的相关手续和简单装修之后，朱古力终于住进了新家。但是她的那点积蓄也迅速地见了底。而生活的压力，却恰恰是此时的朱古力最需要的动力。躺在自己新买的大床上，朱古力觉得她接下来的日子必须更好地计划未来的工作目标了。

她打开了自己的名片夹，一张张细数着自己这么多年在米兰时尚圈积累的人脉和关系。突然一张装饰有典雅纹路的卡片出现在了她的眼前，上面用秀气的花体字写着“Rosa”的字样。朱古力想起那是在订货会上认识的一个设计师，她曾经是Maxmara的一个主设，后来自己开了工作室。

米兰很多时装设计师其实都是自由职业者，会从不同的品牌企业接活来做，而朱古力之所以对这个Rosa如此在意，是因为自己前不久遇到她时，对方还问朱古力是否有空到她那里坐坐，只是当时的朱古力因为太忙了而无暇顾及。现在急需要开辟新业务模式的朱古力，觉得自己有必要马上和这位时装设计师取得联系。

第二天下午，朱古力便特意带上礼物，前往了那个位于Cadorna火车站附近的服装设计工作室。Rosa热情地招待了她。但是朱古力目测了一下，这个工作室只有一个房间，二十来平方米大，仅够放置一张桌子和两把椅子，后面还立着一块大大的KD板，贴满了各种图片和手稿及面料，整个空间连转个身都非常困难。

略微有些发胖但有着慈祥面容的Rosa，似乎意识到了自己工作室的局狭，便有些抱歉地对着朱古力说道：

“朱古力小姐，米兰你知道的，市中心这个地方寸土寸金，只能找到这么个地方，而且还需要和别人合租。”

朱古力莞尔一笑，并没有太在意地答道：

“明白的！大家都不容易呢！”

接着Rosa宛如一个魔术师，不知道从哪个隐藏的角落里，取出了烧好的咖啡，一边饶有情趣倒在小杯子里，一边对着朱古力说道：

“朱古力，恕我直言，我其实很看好你，见过几次面后就知道你是个不同凡响的女孩，说话很有见地，做事又特别努力。”

意大利人一般都是很直接的，所以朱古力觉得自己一开始就需要坦诚相对，给Rosa留下非常好的印象。于是她一边接过对方递来的咖啡杯，一边直言不讳地说道：

“Rosa女士，其实我今天来是想和您聊聊有关我们之间如何开展合作的事情。”

- 03 -

Rosa似乎没有想到面前这个东方女孩竟会如此开门见山。其实她虽然在米兰的时尚圈摸爬滚打了多年，却始终没有打开一方属于自己的天地。在那场订货会上认识朱古力后，她便有种莫名的直觉，这个女孩将会给自己的事业带来全新的发展。

Rosa是一个很相信直觉的人，而朱古力此次的来访和直截了当的谈话风格，更令她颇为欣赏。这为以后Rosa对她在业务上倾囊相授打下了基础，她俩建立了很深的友谊，Rosa在朱古力此后的职业生涯中也始终担当着亦师亦友的角色。

Rosa虽然也很欣赏朱古力，但经验老到的她却并没有直接给出答复，而是询问朱古力对自己的未来职业生涯有什么规划。朱古力则将自己这段时间的思考告诉了Rosa，她虽然觉得当买手不错，但希望自己不仅仅是止步于此，而是可以更上一层楼，成为专业的时尚设计师经纪人。

说到时尚经纪人这个职业，也是最近几年刚刚流行起来的，朱古力也是了解了一点点，觉得很有挑战性，但又不知道怎么入门，所以来拜访Rosa，并向她讨教来了。

朱古力的回答令Rosa更加坚信自己没有看错人，她品了一口自己调制的清咖，悠然地说道：

“朱古力，你是中国人，你觉得未来中国内地品牌会不会像香港和台湾服装企业那样，需要欧洲的设计师来担任顾问工作呢？其实几年前我也与日本企业合作过，他们聘请我做过时尚顾问，而这方面的职业这几年在中国香港和中国台湾地区似乎有着更辽阔的发展前景。”

其实Rosa这么说也并非全是她自己的预测和判断。她此前为一家意大利品牌所做的设计，主要的生产便放在中国内地。虽然当时许多原材料都需要通过香港这个中转站才能进入内地厂家，但也足以令她看到中国内地在未来世界时尚产业链中的重要枢纽作用。

朱古力完全同意Rosa的判断，便也笑着回答道：

“Rosa老师，其实我也有过这样的想法。虽然目前中国内地的市场好像还没有到这个阶段，不过我相信那一天并不会太遥远。”

听到朱古力的这一回答，Rosa虽然有些遗憾，但转念一想却也觉得眼前的这个女孩比较实在，毕竟直言相告要好过凭空画饼。而就在她无奈地点头称是之际，朱古力却接着说道：

“在这段等待的时间里，我倒是很想到你这里来学习设计，因为来到意大利之后，我便一直没有时间再去读书学习，所以对服装设计的很多基础理念，我其实都只是一知半解。我想有您这位老师在，我在您的工作室会比在学校里上课更容易学到东西。何况，真的有一天做经纪人的话，我也不能完全不懂这个专业啊。”

朱古力的话令Rosa颇为感动，其实才华横溢的她之所以没有能够跻身米兰一流时尚设计大师的行列，并非是功力不够，而是过于执着于自己的审美理念，不愿意向市场妥协。她很希望能够遇到一个真正懂自己的经纪人，更希望自己能有一位衣钵传人。只是没想到慷慨的上帝，竟让她的两个愿望同时得到了满足。

Rosa惊喜地拉着朱古力的手说道：

“朱古力，你是个聪明的女孩子。其实我一直邀请你来我的工作室，就是希望你愿意来我这儿学习，以便将来我们能够更好地展开合作。”

朱古力很珍惜这样的学习机会，一是她特别喜欢这个时尚行业，二是真有一天需要她担任经纪人这个角色，总是需要起码的专业知识。机会总是留给有准备的人，不是吗？

TWENTY-SEVEN

第二十七章

名师出高徒

- 01 -

几天之后，朱古力便正式来到了Rosa的工作室开始了她的“学徒”生涯。虽然她在时尚界的买手圈里已经小有名气了，她每次下单的数目都让品牌商惊喜不已，然而朱古力到了Rosa工作室里就是一名虚心学习设计方面的小助理，她的主要工作，就是经常帮Rosa在各类杂志上剪下需要的图片，贴在灵感源的Mood Board上面，还有就是找对应不同设计手稿的合适面料。

这些工作看似简单，却是一个时尚设计师的入门功课。有趣的是，朱古力发现这项工作其实和自己小时候将那些画报上的摩登女郎剪下来，贴在自己小本子上的动作很像。只是当时的自己纯粹只是好玩，除了拓宽一些眼界之外，并不能真正地激发灵感。

在选择面料的过程中，朱古力看了Rosa的许多手稿。Rosa画的款式手稿非常美，总是一气呵成，没有一笔多余。甚至很多年后朱古力见识过无数设计师的手稿，依旧认为他们之中没有一个可以超过Rosa的水平。为此她还不无遗憾地对Rosa说：可惜自己没有画画的基础，也没有这方面的天赋，否则真想跟着老师学上几招呢。

Rosa则笑着回答她说：

“会不会画画，其实和设计本身没有什么太大的关系。有品位就可以了啊，还有你对色彩和面料的感觉很到位，这也不是一般人都可以有的，这其实也是一种天赋啊。”

听Rosa这么一说，朱古力不禁想起了自己在餐厅打工的时候，看到各种不同材质、面料的外套都很有感觉，总想伸手触摸一下，现在看到特别好的面料还是会激动，马上会浮想联翩，仿佛看到一件件衣服在眼前闪动。

此外，走在大街之上，朱古力也不自觉地为走过的路人的服饰所吸引，她特别钦佩意大利人在用色方面的大胆，而Rosa则让她对色彩理解和运用有了颠覆的认识：看似不能搭配的颜色，搭配在一起效果反而出奇的好。

对于自己以上的种种举动，朱古力曾经认为这是自己孩子般的心性，甚至是一种爱慕虚荣。此刻才知道，这些竟然是自己内在审美天赋的自然反应。

除了跟随Rosa学习时尚设计的基本原理之外，朱古力也开始尝试将Rosa的设计在亚洲市场打开渠道。她通过林James香港公司的亚洲部“买手”Joyce了解了一些内地的情况。

由于工作方面经常需要进行邮件联络，所以朱古力和Joyce慢慢成了很谈得来的朋友。但朱古力通过她了解这方面的情况时，Joyce还是有些为难地回复说：

“目前只有香港和台湾的大品牌才有可能请设计顾问。而在内地市场之上，即便是走在前沿的深圳和广州的服装品牌，大都也还处于来自港货的批发阶段。批发市场倒是异常热闹，但是大家都在卖相似的爆款，各种抄袭占据了主流，还远远没有考虑到设计和系列化等方面。”

听到Joyce的这番答复，朱古力自然有些失望。不过Joyce很快又提到自己和朱古力共同的老板林James有位堂姐，是香港一家很出名的服装品牌公司老总，他们正在向内地市场扩大。为了提升品牌的格调，更好地占领市场，她们公司有请欧洲设计师的意向，朱古力听到这个消息，便马上请Joyce帮忙联系这位香港的林小姐。

- 02 -

林小姐的父亲是香港有名的富商，1949年前全家从上海迁往香港，在上海的时候他们就是有名的资本家，据说上海淮海路上一所很有名的电影院都曾是他们家的产业。

她们家在做品牌之前是做奢侈品代理的，20世纪80年代末开始经营起来的，如Saluatore Ferragamo、Gucci等；也比较了解和认可意大利品牌的设计能力，她手上也有不少这方面的资源，正好在考虑几个设计师。

Joyce向林小姐汇报了相关情况之后，她便同意朱古力把Rosa老师的资料先发给她们参考。看完资料后，林小姐方面就把Rosa列入了拜访名单，并特意安排了时间，在秋季的时装周来米兰洽谈业务时，见面详谈。

朱古力于是抓紧时间和Rosa一起对香港乃至内地的市场进行了一番调研。在她们做好了充足的准备之后，林小姐带着她的合伙人郑先生，于两个月后一起来到Rosa的工作室。

林小姐四十出头的年纪，是个优雅而知性的女性，她的穿着风格就是Maxmara和Giorgio Armani现实版的真人秀。

朱古力看了她的搭配风格就知道她会认可Rosa的设计，在很谨慎地货比三家后，林小姐她们最后还是敲定了跟Rosa的合作，除了认可Rosa的设计能力外，她们也很认可朱古力在团队中所起的沟通作用。

最后林小姐对朱古力说了句意味深长的话：

“朱古力，你真是能干，难怪我那个一般不夸人的堂弟，都能对你那么赞赏有加。看来再难搞的一个人，你都能信手拈来啊！”

朱古力没有想到林James在人后竟然会给予她那么高的评价。但是她同时也想到自己既然成了Rosa的经纪人，又兼任Rosa的助理工作，那么势必会少些精力投入到林James公司的“买手”工作上。

虽然朱古力事先和林James有过交流，对方对朱古力出任Rosa的经纪人不大开心，但想到是堂姐这边的生意也不好太反对。为了能够更好地完成林James交办的工作，朱古力还是自掏腰包，聘请了一位生活在米兰的上海男孩子Roberto杨。

Roberto杨比朱古力小三岁，长得风度翩翩，颇具书卷气。但是在工作中却是手脚麻利、非常能干。朱古力起初让他负责为林James在米兰采购家具方面的工作。虽然开始朱古力还需要手把手地带着他，但很快Roberto杨便可以独当一面了。

经历了一些事后，Roberto杨在朱古力身上学到了大气果断的处理事情的方式。

有一次Roberto杨为了赶上一班价格颇具优势的货轮舱位，便跑去米兰家具供应商的仓库监督发货。这样的事情朱古力本不用参与，却意外接到了Roberto杨的求助电话：

“朱古力，我们的船期要赶不上了！那个家具公司的老板Giulio一直拖到现在终于可以交货了，但下面的工人又说要下班了，让货运公司明天来提货怎么办？”

意大利人做事慢是出名的，交货期拖延也是常有的事。

电话那头Roberto杨的声音焦急得似乎都快哭出来了。

“你在哪？我马上过来！”

朱古力知道一旦错过了船期，那么整条供应链都会受到影响。除了经济损失之外，更会大大地折损商业信誉，所以她挂了电话，当即便打车赶往了那间仓库。

一下车，朱古力便看到Roberto杨无助地蹲在地上，神情颇为沮丧。而远处几个意大利工人则正闲散地收拾着东西准备下班。

“朱古力姐，我实在没办法了，这帮意大利工人就是不肯加班……” Roberto杨有些绝望地抬头看向朱古力，却见那位他眼中的大姐姐给了他一个充满温暖的笑容。

“没事，我去试试！”

朱古力从容地说着，迈步走向那些意大利工人。Roberto杨看到朱古力只和他们说了几句话，不一会儿那些意大利工人竟然转身返回了工位，斗志昂扬地开始装货。Roberto杨不敢相信地问道：

“朱古力姐，你……你这是什么魔法？”

朱古力则微笑着答道：

“没什么，掏腰包付他们加班费啊，只要钱能解决的问题都不是问题，当然我也给Giulio发了狠话，如果以后还想接订单的话，马上请他的工人配合我们，双管齐下就奏效了。”

从那天开始，Roberto便成了朱古力的铁杆粉丝。眼见这个小伙子成了自己的左膀右臂，朱古力一边在Rosa工作室里当助理，一边也没有就此舍弃与林James的合作，她决定让Roberto杨也参与到服装买手的工作里来。

在朱古力看来，Roberto杨的能力绝不在她之下，只需一点时间便可以成长为一个和自己一样的合格“买手”。此外，在朱古力看来，Roberto杨终究是男生，体力和精力都比她要好，而这点林James也是认可的。

- 03 -

朱古力根据林小姐她们的要求做了一份分析报告，林小姐看过之后非常认可，当即发回了一份为期三年的顾问合同。其他条款，朱古力都基本认同，唯一的问题是每年必须有五次去香港和深圳工作。

朱古力略一思索，便明白了个中的奥妙。她分析林小姐的香港服装公司采用的是一种典型的两地合作模式：

由香港总公司主要负责开发营销方面的业务，而品牌的加工厂则设在深圳，负责打版和生产，品牌在中国内地也开设有多家门店。

这种模式下，朱古力跟着Rosa在香港和深圳两地之间频繁往来，有时为了了解市场，还必须到全国各地商场的门店进行调研。

每次去的时间是10天左右，朱古力身兼数职，是设计师的助理和翻译，同时又是Rosa的经纪人。这个合同的收入相当不错，Rosa对朱古力满意极了，直夸她能干，朱古力也因此有了可观的进账。

香港这个品牌赶上了好时机，内地改革开放后购买力爆发，本土好的品牌当时又很少，林小姐企业的品牌有了国外设计师的加入，风格已经有了明显的定位，在面料和色彩上面的运用都有了自己鲜明的标志。

两年合作下来，公司决定投入形象方面的提升，从LOGO到包装及店铺的设计；跨出最大的一步是准备在欧洲请国外摄影师拍摄广告大片，这季的主题是“巴黎的花园”，于是准备在巴黎20区的PARC DE BELLEVILLE里面拍，因为这里有巴黎天际线最美丽的景色，远处甚至还能看到埃菲尔铁塔。

客户要求Rosa做了拍摄风格要求的提案，并且在拍摄那天也希望顾问Rosa能去巴黎到现场和摄影团队沟通，更好地呈现服装和景色的和谐，展现出品牌的内涵。

去巴黎对于Rosa来说是熟门熟路的，所以并没有安排朱古力同行，现在公司的活实在太多了，最近又招了名年轻设计师Anna。

可是出发那天Rosa病了，得了重感冒。和亚洲人不同，欧洲人的感冒反应特别强烈，而且出行跟大家一起工作容易传染，老外是比较忌讳的。无奈之下，Rosa只能打电话给朱古力说：

“朱古力，麻烦你替我去一下巴黎吧。你也正好可以趁这个机会历练一下，反正也就三天的时间。”

虽然在这两年的时间里已然在设计领域略有心得，但真要自己独当一面，朱古力还是有点担心地说：

“Rosa，你觉得我行吗？他们选的模特和化妆师什么的我也可以提意见吗？”

听到朱古力没有直接推脱，而是提出一些专业的问题，Rosa便心里有底，当即为朱古力打气道：

“当然可以的，第一天CASTING你帮着看，并对摄影师提你想要的模特和妆容建议，拍摄方面不需要给太多的意见，基本按我们的提案走就可以了，人家都是很专业的。”

朱古力就这样被赶鸭子上阵了，临时抱佛脚，什么准备都没有，但想起以前跟着宋钟贤玩过几次产品拍摄，后来做买手的时候买了相机也拍过产品（但那都不是专业的大片），现在只能硬着头皮上了，希望客户请的摄影师不会太难搞，不然就麻烦啦！

TWENTY-EIGHT

第二十八章 重返巴黎

- 01 -

朱古力抵达巴黎的时候已经是傍晚，住进Rosa预先订好的、靠近香榭丽舍大街的酒店之后，朱古力的心情多少有些复杂。虽然在过去的两年里，她也曾两次跟随Rosa到巴黎来参加面料展，但每次都是来去匆匆，根本没有机会到巴黎市中心走走逛逛，而欣赏塞纳河的夜景什么的更是无从谈起。

这次虽然同样是身负使命，但因为是孑然一身，所以朱古力的心绪反而平静了不少。9月的巴黎凉风习习，走在街头的她不由自主地想起8年前一个人在巴黎的情景，那段迷失的感情让她受伤好久都走不出来，只是不知道她的那位初恋情人杜宇熙现在还在巴黎吗？

一个似乎已经忘记了的人，现在又在脑海里浮现了出来，只是那时候的朱古力怎么也没有想到自己会跨入时尚行业，更不会想到自己会以时尚设计师经纪人的身份重返巴黎。她悠然长叹，不禁陷入了深深的惆怅之中。

第二天一早，朱古力根据Rosa所给的地址，径直找到了那家与她们有着合作关系的模特经纪公司。经纪公司的前台似乎早已得到了朱古力今天要来的消息，见到她后便径直将她带领到了公司的会议室。

朱古力本以为少不了会有一些寒暄和客套，孰料会议室的门一打开，她便惊讶地发现里面早已坐满了一大堆的帅哥靓女，竟然都是化妆师、搭配师及前来试镜的模特等。

经纪公司的老板是一个神采奕奕的中年法国男人。他第一时间走上前来，热情地将朱古力迎进了会议室，那些模特见到朱古力走了进来，都纷纷站起来打招呼。

此前Rosa便电话通知了这家经纪公司的老板，自己的经纪人朱古力会替代自己前来，并全权处理本次“巴黎的花园”项目。因此这位法国老板对朱古力颇为殷勤，在自夸“米兰或许有欧洲最好的设计师，但最棒的模特和摄影团队一定在巴黎”之后，他更神秘兮兮地和朱古力说自己还有一件“秘密武器”。

在吊足了朱古力的胃口后，这位法国老板转头用法语对着会议室另一侧的办公区域喊道：

“DU，快来，来认识一下从米兰来的中国客户代表朱古力。”

在朱古力好奇的注视之下，一个身材高大、打扮很有范的华裔男人彬彬有礼地推开了会议室的大门，信步走上前来。朱古力起初还以为这个男人是这家公司的某位模特，但很快她便从来人的装扮和手上的单反相机确认了他是一位摄影师。

就在朱古力暗自发出“这家模特经纪公司合作的摄影师也未免太帅了吧！”的惊叹之时，对方走到了她的面前。朱古力有些羞涩地抬起头来。但当朱古力和对方同时看清彼此的容貌之后，两个人便都一下子僵在了那里。

突如其来的精神冲击，令朱古力惊讶得连手中的墨镜都掉落在地。因为站在她面前的，就是8年来没有再见的杜宇熙，虽然在梦里他也曾无数次地出现过……

- 02 -

愣在了当场的朱古力，好不容易才在法国老板的招呼声中回过神来。但接下来对方对杜宇熙的介绍，她却一个字都没有听进去。朱古力虽然也一度怀疑今天两人的见面，是这家模特经纪公司有意的安排。但见杜宇熙也怔在那里，她便打消了这样的疑虑。但是一个新的想法却随即萦绕在了她的心头：

“难道我和杜宇熙真的是前世有缘吗？”

凝视了许久，两人终于在法国老板介绍完整个屋子里模特的掌声中醒悟过来，眼见杜宇熙有些无所适从，朱古力倒是大方地主动上前和他握手致意。杜宇熙有些吃惊地看了朱古力一眼，也迅速地调整好情绪，进入工作状态，而会议室里的其他人又怎么会想到这两个相隔千里的男女，竟然会是曾经的旧相识，甚至还是一对情侣。

接下来的工作便是为“巴黎的花园”项目挑选模特。那位法国老板说了一句“他信任自己首席摄影师”的眼光，便跑到隔壁抽雪茄去了。朱古力有些不敢相信地看了一眼接替那位老板坐下的杜宇熙，露出了一个难以置信的表情。杜宇熙则用眼神回了一个“走着瞧”，便开始娴熟地指挥着模特开始试镜。

经过大半天的试镜和样衣的搭配后，最后朱古力和杜宇熙才选出了两位大家一致看好的模特。其中一位是亚洲模特，虽然当时在巴黎亚洲面孔的模特还不是很多，许多中国客户又特别喜欢用外模，以彰显自己品牌的高大上。然而朱古力坚持要用亚洲面孔，因为她觉得很多大牌都应该打破这种种族的界限，更何况如果对自己的品牌有自信的话，中、外模特一起穿会更出效果。

而另一个则是杜宇熙挑中的波兰模特。虽然朱古力一度有些赌气地想要否决他的选择，但看过那位模特的试镜之后，她还是不得不承认，杜宇熙选中的这位模特无论身材还是气质都非常符合“巴黎的花园”项目的要求。

除了在这位波兰模特的选择上，杜宇熙有所坚持之外，其他时间里他还是很配合地听从了朱古力的相关要求的。试镜的效果不错。然后朱古力就妆容和配饰的运用等都跟化妆师和搭配师们进行了沟通，大家都看不出来她这是第一次独挑大梁，对她的专业意见也都表示出了应有的尊重。

只是第一天的工作快结束时，杜宇熙却突然对她说：

“古力，啊！不，朱古力，等一下我们一起走走好吗？”

朱古力犹豫了一下，最终还是点了点头。

晚霞中的塞纳河非常的美，八年前他们俩就曾经在这里漫步，现在的他还是那么帅，轮廓分明的他只是比之前更成熟了。

沉默了许久的杜宇熙终于开口说话了：

“想不到我们又见面了，你越来越漂亮了，不，是更有气质了，而且还那么能干。”

杜宇熙有点语无伦次，但朱古力明白他的表达，她现在的形象已经形成了自己鲜明的个性。

- 03 -

“国外的生活磨炼人，以前动不动就哭鼻子的女孩不见了，对吗？”

朱古力笑着回答道。但这看似简单的一句话，却包含了太多的辛酸和苦楚。

“这些年你过得很不容易吧？我一直以为你回国了，想不到你坚持了下来，真的让人佩服。”

因为他太知道国外生存不易，何况是在纸醉金迷的时尚圈里混，需要付出的不是一般人可以感受到的，他自己也是这样一路走过来的。

说着他们来到8年前一起吃过饭的左岸小餐馆坐了下来，那时候他们就很喜欢这个拉丁区的文化艺术氛围，要了两杯红酒后，杜宇熙继续说道：

“我在巴黎读了艺术专业，后来去了纽约实习，在实习中认识了时尚摄影大师Filippo，觉得自己还蛮有摄影潜力的，跟着他工作了两年后，去年我独立完成了纽约一个年轻华裔设计师的品牌大片，也许是这个大片引起了小轰动，今年经纪公司给我的片约一下子多了起来。”

“我可没有机会再去深造，打工、当买手，现在当了我老师的经纪人，赚点小钱养活自己。”

朱古力轻描淡写地回应着，并没有诉说自己的各种不易，怕被他误会好像当年为了他才吃了多少苦似的，因为她不想让他觉得自己在欠着她，既然一切都过去了，就当老朋友见面吃个饭就好了。刚才在路上她一直暗暗对自己说，一定要表现出大气、淡定。

“当摄影师可是天天有机会跟模特美女在一起工作的啊！这可是时尚界的潜规则哦！”

朱古力想要制造轻松的话题，但杜宇熙却瞄了她一眼说：

“你知道的，我是那种免疫力特别强的人，只有面对自己喜欢的类型时才会情不自禁……”

她的心中有股暖流流过，也明白他想要表达的意思，但她马上清醒过来，转移了敏感话题，说道：

“明天应该是个好天气吧，希望我们的拍摄顺利。”

杜宇熙看到朱古力没有往下聊的意思，他也就住口看起了菜单，问她想吃什么。晚餐中他们有一搭没一搭聊纽约、巴黎、伦敦及米兰，朱古力说自己唯独没有去过纽约。

杜宇熙马上说：

“下次你来吧，我带你玩，纽约有很多值得看的博物馆。”

朱古力不敢接话了，又转了一个话题，这顿饭吃得有点辛苦，两个明明有很多话要说的人，偏偏都开不了口。毕竟那么多年不见了，生疏了，那些任性的欢快时光就像风一样吹过去了，这就是成长的代价。

TWENTY-NINE

第二十九章

往事并不如烟

- 01 -

等两人吃完饭时，天已然完全暗了下来，杜宇熙便配合朱古力一路散着步往酒店方向走去。与曾经的初恋并肩而行，一整个晚上都不免心猿意马的朱古力，此刻更有些小鹿乱撞、局促不安。为了避免出现不可控的局面，朱古力突然停下了脚步，看着杜宇熙有些诧异的眼神，朱古力有些词不达意地说道：

"明天……明天还有大片要拍，杜宇熙你……你你还是早点回去休息吧！"

杜宇熙微笑着摇了摇头道：

"没关系，相关的工作都已经安排好了。我送你到酒店就回去，没有几步就到了！"

如果换成是平日里那个说一不二的朱古力，此刻恐怕会坚持让对方就此止步转身。但是不知道为什么，今天晚上在面对杜宇熙时，朱古力感觉自己竟有些舍不得他离开。在对方的坚持之下，朱古力低下头算是默许了他的陪伴。

去酒店的路的确很短，短到朱古力还没想好该怎么打破两人之间的尴尬，一抬头她便已然站在了大堂的门外。朱古力不知道此刻的自己究竟是该欣喜还是遗憾，她转身对着杜宇熙张开双臂，想要按照西方礼节轻轻地拥抱一下。

杜宇熙虽然很是配合地抱了她一下，但在整个过程中朱古力却可以明显感觉到对方刹那间的犹豫。或许杜宇熙是想紧紧抱住她的，但又怕太唐突。总之，他只是象征性地抱了一下，在她耳边轻声说了句"晚安"便转身离开了。

朱古力傻傻地站在原地，她一路都在盘算着找一个时机，大气地跟杜宇熙说一句：

“过去的都过去了，我们以后还可以是朋友。”

但是朱古力越是想要显得自己风轻云淡“拿得起、放得下”，便越是患得患失、拖泥带水，以至于最后连一句“再见”都没说，便眼睁睁地看着杜宇熙渐行渐远了。

好在第二天的拍摄极为顺利，棚里和外景都很好，朱古力第一次有幸观摩了整个拍摄过程，觉得做摄影师也挺辛苦的，扛机器、跑前跑后的绝对是个体力活，没有一副好身体估计干不了，看着杜宇熙挺拔矫健的身影，朱古力的心中不禁猜测他应该也是一个经常在健身房里锻炼的人。

两位模特的表现更是无可挑剔，特别是杜宇熙所挑选的那位波兰美女，镜头感和配合度都非常高。只是每一次看到她拍完一组镜头之后，与杜宇熙亲密交流的模样，朱古力的心中都不免有些微酸。想要刻意地转移视线，自己的目光却偏偏不由自主地转到他们两个身上。

好不容易，为期一天的拍摄终于结束了。拍了一天照的杜宇熙欣喜地拿着相机，坐到了朱古力的边上，两人头挨着头细细翻看每一张照片。

杜宇熙让朱古力先大致地挑选出那些她第一感觉还不错的照片，回去后他会把这些照片再进行全面地精修。

- 02 -

杀青后的当天晚上十来个人去了巴黎出名的Budda Bar，又吃又喝地闹腾到深夜。朱古力一人被灌了很多酒，最后还是杜宇熙叫了出租车陪朱古力回酒店。

此时的朱古力已然没有了与杜宇熙重逢第一天时的拘谨，她一路拉着杜宇熙走进了酒店，一直跌跌撞撞地来到了她的房间门外。

今天的杜宇熙也喝了很多酒，呼吸中都充满了魅惑的味道，在车里一直搂着她的腰，朱古力觉得她太高估自己了，以为可以抵挡得住杜宇熙的魅力，可当杜宇熙进了房间的刹那间她就知道完了。

他们为了这一刻等待得太久了，在大学恋爱时他们只敢拥抱和亲吻，而且他给人的感觉一直是很高冷的，一个克制力特别强的帅哥，这次的重逢他却借着酒劲突然不再克制了，着实吓了她一跳。

他第一次强吻了她，而且他还霸道地脱去她的连衣裙，然后快速地把自己衣服也脱了扔在地上，他抚摸着她细腻而又精致的每一寸肌肤，一边亲吻着，一边呢喃地说着：

“我真的对不起你，我想你太久了，无法自拔……让我好好地爱你一次。”

这话让朱古力心中一软，此刻她还怎么能抗拒得了他？一个曾经让她不惜一切代价，放弃学业寻找到巴黎的初恋，为了他自己曾经活得低到尘埃里……头还在摇着说不，其实身体早就出卖了她，彼此都知道是没有后续的，但还是阻挡不了感情的燃烧。那就把自己彻底燃烧干净吧……

黑夜里大汗淋漓的杜宇熙平静下来后告诉她，第二次她来律师楼找他的时候，他也一直在窗帘后看着她，看看她跟他的姑姑去了酒吧，他很想追出来，但没有办法。

那时候姑姑正受到移民局的调查，她有非法办理移民的嫌疑，这个案子一旦成立，那么他的姑姑就会被监禁判刑，没收财产等，他们一大家子人里面没有居留的都会被遣返回去，为此姑姑求他无论如何必须答应这门亲事，只有这个律师才能救他们全家，姑姑说当年她为了全家牺牲了自己，这次轮到他也像当年的她那样牺牲自己一次，姑姑说这就是命，过了这关后他可以去读书，去做自己喜欢的事，不用参与家族里的任何生意。

不管朱古力是否原谅他当年的不辞而别，他说出来了，多年压在心里的石头就放下来了，他说自己当年就像是电影《教父》里黑手党家族里的一员，想不陷入都难，直到后来他选择去了美国，总算跟这个家族断了关系。那么到底后来发生了什么？他跟那位律师的女儿结婚后又是怎样的情景……这一切始终是个谜。

朱古力听了后心中有千言万语却说不出一句话，就这样他一直抱着她直到她沉沉地睡去。但他始终没有说到他的妻子，朱古力也不问，既然没有后续又何必问呢。

朱古力醒来后发现天已亮了，只见他低头俯身看着她，他温柔中有点不好意思地开口说：

“昨晚我有点太激动了，实在是多年不见太想你了，你变得越来越好看了。丫头，以后也不知道还能不能再相见？你有我的联系方式，邮件和电话都已发到邮箱，如果你想来纽约或有事找我的话就联系我，我以后会去意大利找你的，但还不是现在……给我一点时间吧。”

他那一句“丫头”瞬间让她想到了校园的情景，她忽然感觉两人不再陌生了，她轻轻地点了点头。

朱古力看得出来杜宇熙对她是恋恋不舍的，也想更多地跟她缠绵在一起，但是他为什么不直接说清楚自己的事，还是什么也没有说明白，就像当年一样，永远需要人来猜，这让她特别郁闷，她心想那就是他的婚姻还存在，或者有不便说出口的理由。她沉默了一会儿说：

“你赶飞机先走吧，我是明天上午的飞机。”

此刻他是多么想改签机票，和朱古力多相处一天，但是后面的拍摄任务让他不得不离开。于是他起身穿好衣服，在她身边坐下来低头深情地吻了吻她的脸，到了门口他又转身看了她一眼，似乎想说什么但又什么也没有说地走了。

- 03 -

看着这个自己曾经深爱过的男人推门而出，朱古力多么希望自己能更加勇敢一点。但她又有些痛恨自己昨夜的荒唐，毕竟她曾经告诉过自己，要用平常心来面对杜宇熙。可此刻自己的愤怒却恰恰说明她的在乎。

不过既然已经无法挽回，她便选择坦然承受。朱古力穿好衣服走出酒店，在路边拦停了一辆出租车，便径直朝着自己舅公家的方向开去。

看着车窗外巴黎三区那熟悉的街景，朱古力不禁有些唏嘘。其实相较于米兰，她在这里生活的时间并不算太长。但不知道为什么，这里的一草一木却在朱古力脑海中格外印象深刻。以至于此刻故地重游，竟然有了一种穿梭时空的错觉。

很快，出租车在舅公家的制衣厂门前停了下来。这里和她记忆中的场景几乎没什么变化。只是似乎随着时间的推移，比之前更加破败、萧瑟了几分。朱古力怯生生地走了进去，竟迎面就遇到了阔别多年的舅婆。

看着朱古力一身时尚的装扮，舅婆起初还以为是厂子里来了贵客，连忙上前热情地招呼起来。直到朱古力笑着取下墨镜、自报家门，舅婆才又惊又喜地拉着她往厂子后面的私宅走去。

舅公见到阔别多年的侄孙女，自然也是万分欣喜，当即便让舅婆出去买菜，说晚上要在家里为朱古力接风洗尘。朱古力本不想劳烦两位老人家，但盛情难却之下，也只能恭敬不如从命了。

舅公虽然比之前苍老了些，但还算手脚强健，在舅婆的帮衬之下，很快便做了四五样家乡小菜。配上温州米酒，大家围坐在一起，倒是另有一番其乐融融。

THIRTY

第三十章

涟漪

- 01 -

几杯甜糯的米酒下肚，舅公的话便多了起来。他先是问起了朱古力这次来巴黎的缘由，继而又聊起了侄孙女最近的事业发展。当得知朱古力已然成了米兰著名时尚设计师的经纪人时，舅公不禁用手指轻敲着桌面说道：

“古力，咱们的家族曾经开瓯绣作坊，到后来定制旗袍很有名，我继承了这门手艺，在温州也是生意很好的，到了巴黎后居然没有发挥的地方，看来以后看你的啦，你做时尚真算是对路咯！”

舅公正说得兴起，一旁的舅婆却故意和自己的老公打趣道：

“你呀，就知道扯这些陈芝麻烂谷子的老皇历。你们家那么厉害，怎么你的制衣厂越开越艰难，都快倒闭了啊？”

朱古力没有想到舅公厂子的境遇竟如此艰难，便连忙开口询问。不想舅公却只是摇了摇头道：

“别听这个老婆子胡说八道。这两年整个欧洲的成衣行业都在向中国大陆转移，舅公的厂子难免会受到一点影响。但那些老主顾们还在，暂时还饿不死的！”

朱古力听舅公这么一说，她连忙拉着舅公说道：

“舅公，你有没有想过退休后回国养老啊？”

谁知舅公听了后直摆手说：

“舅公在巴黎住习惯了，不想回去了。再过两年就可以拿退休金啦，便安心养老咯。当然会回老家看看亲朋好友的！”

朱古力笑着说道：

“舅公，你如果哪天退休了，记得要打电话给我，我带你去意大利转转，那边的风景很好，我记得你从来都没有好好地度过假，我刚到巴黎的时候，没少麻烦过舅公的！”

朱古力的话逗得舅公开怀大笑，他端起手边的酒杯，对舅婆说道：

“我早和你说过朱古力是个懂事的好孩子，还记得感恩呢！当年她离开的时候我真有点舍不得呢。”

舅婆似乎不愿意替舅公背下当年送走朱古力的锅，当即有些不客气地反唇相讥道：

“你既然那么看好朱古力，当年为什么同意让廖大卫把她送到意大利去啊？”

舅公似乎没想到自己的老伴竟会如此不给面子，愣了一会儿才跺着脚骂道：

“全怪那个廖大卫，整天跟我说什么法国不知道什么时候才能大赦，不如把朱古力送去意大利碰碰运气。”

朱古力见舅公和舅婆有相互埋怨的苗头，便连忙岔开话题，主动问道：

“对了，舅公，那个廖大卫现在怎么样了？说起来，我还欠他一个大牌包呢？”

见朱古力没有深究当年的过往，舅公似乎也松了一口气，连忙回答道：

“廖大卫那小子在你去米兰的一年后出事了，还是关于蛇头偷渡的事件呢，被法国警方给盯上了，他被逮捕后倒很硬气，独自扛下了罪名，没有牵连其他人，最后被判了六年啊！这不前段时间刚被放出来呢，据说还住在三区。”

想起那年廖大卫和自己分开时说的那些话语，朱古力不禁对他有些同情。同时她也想知道一个深藏在心中的答案。

- 02 -

三区里的混乱跟之前的景象似乎没有多大的改变，朱古力根据舅公提供的线索，找人打听了一下，很快就在一家中国超市门口看见了廖大卫，他正在低头搬货，朱古力远远地看着他，有点心酸。

等他搬完一车的货后，她走上前去轻轻地喊了声："大卫哥！"

廖大卫显然没有想到多年不见的朱古力披着件大地色风衣、戴着墨镜非常时尚地出现在了他的面前，他一下子怔住了，这个小姑娘完全不是八年前见过的样子了，他有点尴尬地看着自己一副苦力的样子，对着朱古力说：

"看到我今天这个样子觉得吃惊吗？"

然而朱古力笑着岔开话题道：

"想跟你在隔壁的点心店吃顿糯米饭。当年你请我吃早餐，我当然要还你一份人情啊！你还和我说温州人早上吃一份'咸饭甜浆'，保你一天事事顺心。"

听到朱古力的这些话，廖大卫有些惭愧地低下了头。于是他们走到隔壁的点心店坐了下来，点了几样温州特色菜后，朱古力显然并不准备就此罢休，她接着问道：

"大卫哥，其实当年你'帮助'过我的事情，我都记在心上。只是我当时比较单纯，很多事情没有想透。这几年念念不忘，倒是生出了许多回想。我今天就有几个问题，想要当面问问清楚！"

想不到非常害羞胆怯的朱古力已经变得这么厉害了，但脸上的表情又是那么恬静，并不咄咄逼人。

廖大卫已经依稀猜到了朱古力的问题内容，但还是抱着一丝侥幸说道：

"小妹妹，你……你问吧！"

朱古力点了点头，便毫不留情地问道：

“大卫哥，巴黎那么大，你是怎么那么快找到杜宇熙的啊？对于杜姑姑的事情，你又是怎么知道得那么详细的？为什么我和杜宇熙分手之后，你会那么起劲地和我舅公说意大利即将大赦，甚至还故意找人在我面前演了一场戏？”

眼见朱古力似乎已经知道了真相，廖大卫也无从隐瞒，只能据实相告道：

“其实，我一直都是杜姑姑的马仔。那个什么杜宇熙就是我接到巴黎的。所以你舅公来找我时，我才一口答应了下来。不过当时的我并没有想那么多，也不知道杜姑姑是有意把自己的侄子介绍给启泰律师的女儿……

直到后来，杜姑姑发现你和杜宇熙见了面，才把我找了去，问了你和你舅公的情况。杜姑姑当时好像正在和杜宇熙因为什么事情争执不下，便干脆拿你和你舅公的安全要挟杜宇熙。要知道以她巴黎一姐的手段，就是找人烧了你舅公的厂子，也没有人敢报警的。

杜宇熙为了保护你，也为了让你死心，就跑去和你分了手。那几天我天天盯在你舅公的厂子外面，见你跑出来，便马上打电话通知了杜姑姑，好让她稳住杜宇熙，然后单独和你聊聊……

虽然你和杜宇熙分了手，但杜姑姑觉得你在巴黎始终是个威胁，这才让我把你骗到米兰去。不过小妹妹，我对你的照顾和喜欢，可全部都是真的啊！唉，你……你别走啊……”

- 03 -

朱古力一路泪眼婆娑，心情错综复杂，改签了当天傍晚的航班，就飞回米兰了。

一夜情后回到米兰的她，心情还是难以平静，如果这只是一场普通的艳遇，反倒好接受，过去了就过去了，但这个杜宇熙曾经让她遍体鳞伤，然而一见到他，她居然会把所有的怨恨都抛之脑后，她的防线居然这么轻易就被摧毁了，她开始有点鄙视自己。原来她的心里一直没有忘记他，只是封闭了内心深处的某一角，现在忽然被打开了，重新关闭不知道要花多少力气，她的生活一下子乱了，她的思念还是那样刻骨铭心。

唯一让如觉得欣慰的是杜宇熙对自己还是有感情的，当年的分手确实有那么多的无奈，昨天那些话语让她觉得他还是在乎他们那段感情的。女人在爱情上永远是幻想多于现实，连冰雪聪明的朱古力也不例外。

她坚信他一定会来米兰找她的。

然而他没有联系她，只是在邮件里发来了修好的照片和平常的问候！

后来再有人在朱古力面前提及杜宇熙，也不过是Rosa对她说：

“客户对这次的拍摄很满意，听说摄影师还是个华裔帅哥。”

工作继续有条不紊地进行着，现在设计基本由Rosa和Anna来完成，而朱古力则专职于跟国内的沟通工作、面料的订单、打版的进度等。林小姐又给了她一个新任务，就是在米兰注册一家SRL公司，需要寻找新的场地，以及跟进装修采办等事宜。因为林小姐的公司准备明年开一条高级线，而这条高级线将把所有的开发都放在米兰。

这样以后她们也不用一直两地来回跑，去浪费那么多时间，目前的品牌在国内卖得很好，设计团队和意大利几年合作下来也趋向稳定，现在准备开高级线可谓正是时候。等国内的品牌追上来的时候她的品牌永远在前面领跑，林小姐太有经济头脑了，不愧是经商家庭出身，美国名校毕业的人才。朱古力觉得自己又学了一招，林小姐简直就是她时尚商业道路上的一盏明灯，虽然有些方面她的做派不是朱古力所欣赏的，她们也没有成为好朋友。

就像她和林James一样，可以是生意上的合作伙伴，但成不了可以交心的朋友，更别说有什么其他情感发展的可能。这一点当时的韩世勋不懂，朱古力自己也不懂，因为二人都太年轻了。

根据林小姐的要求，她去看了很多场地，有条不紊地安排着一系列事，包括装修风格的确定等。

一切进行得差不多的时候，她带着来米兰的林小姐去了新的办公室。林小姐很满意，称赞朱古力办事能干，在两个多月的时间里安排得那么妥当。公司决定为了新的高级线，将再成立一个全新的团队，Rosa任设计总监，后续还有来自伦敦的大牌创意总监，外加三名设计师，但没有提到朱古力的名字。

朱古力也知道这些设计师都是本地的，开发沟通方面她不再有优势。而Rosa成了设计总监也不可能再接外面的活了，因为她的收入很高，还加上一点股份，所以后面米兰新公司就基本没有朱古力的事了。最后，林小姐问她是否愿意来香港公司工作，她对朱古力说：

“我觉得你有管理才能，可以尝试新的部门。”

但这时候说这个在朱古力看来不过都是客套话，于是朱古力便婉拒了这份工作。

THIRTY-ONE

第三十一章

人间蒸发

- 01 -

因为朱古力设想未来自己正式开家经纪公司创业，至于公司开在米兰还是中国，她还没有想好，但她慢慢地把服装买手这块工作也交到Roberto杨的手里，她和杨相处得很好，虽然Roberto杨比朱古力小三岁，但这个小男生却有个比她还大三岁的意大利女友，似乎是个天生就喜欢姐弟恋的类型。

Roberto杨的这位女朋友是威尼斯大学中文系毕业的，讲一口流利的中文，也长得非常漂亮，问题是她的家庭好像不同意她嫁给这么一个年轻却什么都没有的中国男孩子，应该觉得他不太靠谱。

Roberto杨跟朱古力说过他的爱情故事，过程也是很传奇的，女孩子读完大学跑到上海当外教，想把中文说得更好一点，结果偶遇了还在读大学的Roberto杨，并对他一见钟情，等他两年后毕业，帮他办了旅游签证来到米兰，但女友的父母却竭力反对他们俩在一起，这场在波折中的爱情长跑让Roberto杨实在有些疲惫。

开始时Roberto杨把朱古力当知心朋友和哥们，什么都跟她讲，但慢慢地Roberto杨却发现自己喜欢上了朱古力。

既然跟女朋友的关系这么不稳定，那么辛苦，朱古力也是他喜欢的类型，两人又是那么聊得来，工作上又那么默契，所以Roberto杨开始对他之前的爱情动摇了起来。

朱古力开始没有一点这样的想法，只是觉得他长得很帅，风格上类似杜宇熙，很养眼而已，属于男女搭配干活不累的那种，有个小帅哥当下属的感觉自然很好。

但在巴黎遇见杜宇熙之后，心情复杂的朱古力回到米兰，再次看到Roberto杨看她时，眼睛里总是亮晶晶地发着电光，让她实在害怕再陷入纠缠不清的复杂感情之中，朱古力对自己说："绝对不能让自己再一次掉进同样的坑里，一个杜宇熙就已经让她焦头烂额了。”

于是朱古力尽量让Roberto杨早点挑起担子，然后她自己去创业，这在一般人眼里看上去不可思议，有份稳定的工作收入，为什么还要去创业呢？说不定还有风险。但她是朱古力啊！有着温州血统的人啊！她可不想一辈子给林James打工啊！

于是朱古力跟林James发了辞职报告邮件，虽然林James很不愿意朱古力离开，但考虑到也合作了这么多年，应该放手让她自己创业，最终还是没有任何理由阻止。

林James在电话中对朱古力说：

“创业是件好事，支持你，以后有什么事情大家还是可以合作的，只要不是来挖我墙脚或做竞争对手就行。”

朱古力则笑着回答说：

“这点职业操守我还是有的，我会跟Roberto杨交接好一切的。”

倒是Roberto杨知道朱古力要离职的事后，表现得闷闷不乐，说散伙前怎么也得去吃顿饭吧？朱古力很爽快地答应了，他们曾经一起打拼，一起开心、一起痛哭，想起这些往事Roberto杨有些不舍地对朱古力说：

“姐，你跟我在一起工作难道不开心吗？我在你眼中是不是没有一点男性的魅力？”

“天下没有不散的筵席，后面你挑起大梁，再带新人啦，我们依旧是朋友和好哥们。”朱古力拍拍Roberto杨的肩膀说道。

吃完饭两人在街上挽着手一起歌唱着，走到大商场COIN门口，同时想起来这是他们以前经常购物的地方，杨总是很幽默地把COIN念成“勾引”，然后就说我去勾引美女去，你去勾引帅哥去啊。

非常可爱的Roberto杨，那是一段很美好的友情。

- 02 -

话虽然说着大家还是朋友，但离职后的朱古力就像人间蒸发了一样，Roberto杨好几次想找她聊聊，包括后来他和女友修成正果，举办婚礼都找不到朱古力出席，直到10年后在上海再次遇见她，才揭开他心中多年的谜团。

当时还有个原因让她必须辞职甚至消失，这是她无法对任何人解释的。

那就是她意外地发现自己怀孕了，就是那次跟杜宇熙疯狂后带来的后果，一贯做事有计划的朱古力在感情上再次输得一败涂地，还是她又回到了从前的那个感性的自己？只有他才会让她如此疯狂，实在想不到会在巴黎有这样的奇遇，完全是个传奇故事……开始朱古力害怕紧张，还在犹豫和挣扎着要不要这个孩子，但一想到这是她和杜宇熙最后的联结，怎么可能下手不要了呢？

她也快三十了，后面会遇到谁和谁结婚都不知道，至少这个孩子是杜宇熙的，她最爱的初恋情人的，等于是上天给了她一件厚礼，也是当年为了他漂洋过海吃过多少苦头后的馈赠，估计她的人生后面都不会再有这样恣意妄为的机会。

然而这个孩子肯定是无可挑剔的，颜值和智商都在线。在国外做单身妈妈又算不了什么，唯一的问题是经济负担是否承担得起？

朱古力这几年的收入还是不错的，现在就算不出去找工作，随便弄个兼职赚点小费用也是绝不成问题的。真正的艰难也许现在她还体会不到。

当然不能告诉父母，估计被他们知道非气得心脏病发作不可，一直是父母骄傲的她，让他们怎么对外人交代怎么见人呢？所以她决定谁也不告诉，当然包括杜宇熙。

如果他爱她的话在米兰怎么也能找到，如果他不方便或不愿意找她，那么又有什么意义呢？他始终那么沉得住气，那么就永远沉住气吧，她也可以做得更狠。

预产期是明年六月份，她在这几个月里必须安排好所有的事情，医生、产检、孩子衣服的准备，以及可靠保姆的寻找等一系列问题。

去哪里找保姆呢？朱古力想到了阿珍，那个自己当年的工友。朱古力离开“上海滩大饭店”后不久，阿珍的丈夫也来到了米兰，现在的阿珍已经是两个孩子的妈妈，开了家皮包加工厂，好像生意还不错的，朱古力和他们家之前还有些生意上的合作。此刻举目无亲的朱古力只能厚着脸皮找她去了，不过在阿珍这样的中国传统女性看来，做单身母亲实在是件不可思议的事。

- 03 -

朱古力在米兰郊外的工厂里找到阿珍，她还是很热情地接待了朱古力，虽然见面机会不多，但情分还在。阿珍听说了她的事情后有点不懂，为什么为一个不珍惜她的前任生下这个孩子。

但看朱古力主意已定也不好说什么，人选倒是没有问题，她老公的表姐瑞安乡下来的，人可靠又帮她带了几年孩子，于是朱古力就马上让阿珍帮忙定了下来。

临走时阿珍还是忍不住对她说：

“古力，你那么聪明的一个人在这件事上犯糊涂了，单身妈妈很不容易的啊。”

阿珍的耿直和仗义也是朱古力一直和她保持来往的原因，她像亲姐妹一样为她考虑。不过朱古力心想，人如果一生都那么理性就是正确的吗？何况现在下结论未免有点早。

其实阿珍真实的意思就是你这么做以后还怎么嫁人呢？华人圈里

是很注重名声的。

不过那时候她对婚姻已经没有什么期待了，后面的人生她希望交给自己喜欢的事业。在这方面她们俩自然是无法交流的。

阿珍的事业也发展得很好，她老公技术很好，人又厚道，朱古力也把香港牌子的包包生产权推给了阿珍的工厂，后来他们自己也接大牌公司的加工活，他们夫妻俩成了米兰华人圈里的富豪。

艰难地熬过了最初几个月的孕吐，终于到了产期。虽然是顺产，但生产那晚撕心裂肺的痛还是超出了她的想象，没有亲人在旁边的孤独感也让她觉得自己真的太犟了，如果妈妈知道的话，无论如何是会要求过来帮忙的，想到这些，她的眼泪默默地流了下来。

幸亏找的陈姐还靠谱，五十来岁经验丰富，在伺候月子和带孩子方面都还不错。

后来阿珍也买了不少营养品和小孩子衣服来看过她几次，看到朱古力的女儿Jessica后，更是直呼：

“这个孩子也太漂亮了吧？不知道的人以为是个混血儿呢，她爸爸肯定帅，不然你也不可能干傻事的。”

看到Jessica粉嘟嘟的，可爱极了，自然卷的头发、大眼睛、长睫毛，像极了杜宇熙，堪称集中了他们俩优点的完美作品，朱古力一下子觉得吃的所有苦都算不了什么。

有了孩子后的朱古力觉得更有奋斗的动力了，特别是小天使的每天的变化带给了她很多乐趣，让她觉得自己当初要这个孩子的决定是多么正确。她想这一年里既然哪里也去不了，不如就安心在米兰好好带孩子，干脆报个学校“投资自己”，充个电来为后面的事业做个铺垫。

THIRTY-TWO

第三十二章

孕育

- 01 -

米兰最昂贵的M时尚学院，坐落于市中心，跟米兰最繁华的时尚大道拿破仑街仅仅数步之遥。

朱古力刚到米兰时，曾经悄悄地跟着“闺蜜”宋钟贤混进去过一次。在当时还在上海滩饭店打工的朱古力眼中，M时尚学院自然是高不可攀的时尚殿堂。

现在宋钟贤都已经毕业工作了，已经在时尚圈里摸爬滚打多年的朱古力，却反而觉得M时尚学院与自己亲近了不少。她此刻很清楚自己想要的究竟是什么，所以更需要再去学习深造一下。

M时尚学院课程分为三个大类：时尚类、设计类和艺术类。每个大类又包括一年强化课程、三年制本科课程、研究生预备课程和硕士课程。

由于Jessica平时由陈姐照顾着，所以朱古力觉得自己还能抽点时间和精力去读一个M时尚学院为期一年的品牌管理和营销专业强化课程。

M时尚学院招生按照“先报名后审核”的原则，直到该专业名额满后结束招生。由于不设申请截止时间，而是额满即止，所以一些热门专业往往在招生前期即招满。

朱古力运气不错，她报名的专业恰好有几个前期录取者因签证、健康等个人原因退出，因此她提交申请之后，很快便得到了通过。

为期一年的课程，从九月底开学到明年六月结束，而日常的学习强度也正好适合朱古力。

她每天上午上课，下午在家做作业的同时又可以看护女儿。等到陈姐7点左右把晚饭弄好后回家了，朱古力便独自照看Jessica。等到把这个可爱的精灵哄睡之后，朱古力还能腾出手来，做点兼职的翻译文字工作。第二天上午8点陈姐来到家里之后，朱古力便又要忙着去上课了。

朱古力最大的优势是她已经是时尚行业里的资深买手，加上对设计也有了很多了解，课程对于她来说是非常轻松而得心应手的，她只想把理论和实践结合一下，更好地体会整个时尚商业的系统，让自己对品牌管理和销售也有更深的了解。

M时尚学院挑选了行业内许多的资深人士出任课程导师，他们几乎全部都是时装公司、设计工作室、咨询公司、生产和销售公司或出版机构的资深专业人士。里面有好几个老师都是朱古力认识的熟面孔，在发布会和订货会上都有过交集。

- 02 -

因为朱古力已经在时尚圈内积累了一定的经验，她很快便在她所在的班级里脱颖而出。她跟其他没有工作经验的学生们是完全不一样的，人家为得到一个在时装周后台实习的机会都很开心的时候，朱古力早就是发布会的特邀嘉宾。但她并未就此自满，反而是愈发表现得虚心和上进，得到了老师们的交口称赞。

朱古力很幸运，她遇到了学校里最好的老师Barbara。她是20世纪70年代意大利首屈一指的时尚名模，现在归隐后也依然是米兰时尚界最厉害的幕后推手之一。

作为一个集美貌和智慧于一身的独立女性，Barbara的传奇故事有很多个版本，其中最为脍炙人口的就是她年轻的时候曾同时被美国总统肯尼迪和他兄弟所追求的故事。

当然Barbara本人的家族在米兰也颇具名望，她的爷爷和父亲都是意大利有名的共产党领袖人物。

或许是因为对红色中国有着一份与生俱来的亲切感，Barbara对朱古力格外亲切，特别是知道香港品牌在米兰成立公司是由Rosa担任设计总监的事后。当时这个成功的案例曾引起时尚界人士的特别关注，但大家并不知道后面的经纪人居然是个年轻的中国女孩，了解了这一点的Barbara一下子对朱古力刮目相看，并将其介绍给了M时尚学院的院长Carla。

初见Carla时，朱古力不免有些受宠若惊。在她的想象中，身为M时尚学院院长的Carla，应该是一个德高望重的时尚界泰斗。但见面之后，朱古力才发现Carla居然是位比她大不了几岁的年轻女性。

Carla不仅漂亮而富有气质，而且是非常专业和敬业的。此时她正在雄心勃勃地计划把M时尚学院的业务拓展到全世界，而除了伦敦和巴黎之外，她也对未来的中国市场颇有兴趣。

在几次见面之后，朱古力与Carla也逐渐熟络起来。在闲谈中，朱古力意外地了解到Carla竟然也是独力抚养着两个孩子的单身妈妈。而她有关女性不应该靠颜值谋生，而是应该靠才华吃饭的理论，深深地影响着朱古力。

在Carla和Barbara的引荐之下，朱古力认识了M时尚学院的许多老师。朱古力这个在他们眼中来自东方古老国度的神秘女性，更以自己对时尚的独到见解，令M时尚学院的这些资深教师，对其非常欣赏。

因为在1999年时，几乎还没有中国人出现在M时尚学院读书学习。而朱古力的来到，便成为Carla等人了解中国的窗口。

在日常的交流中，Carla和Barbara都一直鼓励朱古力尽早完成学业，有一天能把米兰的时尚精神带到中国。经过之前工作的一番磨砺，朱古力很清楚她作为一个移民，要想在米兰的时尚界立足，就需要付出得比别人更多。

朱古力非常明白老师们对她的期望，进而可以感觉得到自己所肩负的巨大责任。不过朱古力的心里也早就做好了准备，她觉得自己的选择非常准确，因为她从来就喜欢迎接挑战。

在去M时尚学院上课和回家带孩子的忙碌中，很快一年的时间便匆匆流逝。全部课程结束时，朱古力拿到了优异的成绩，老师和同学们都大大地祝贺了她，Carla和Barbara更一致看好她的未来，给了她一个大大的拥抱。

朱古力很开心和这样两位优秀的女性成了一生的好朋友，她进一步明白了自己的选择，无形当中她已经走上那条名为“独立女性”的康庄大道。

- 03 -

随着千禧年的到来，朱古力觉得自己的生活应该有一个全新的转折，她不再指望杜宇熙有一天会到米兰找她，她应该开始一段新的生活和事业，继续去追求自己的梦想。所以在M时尚学院的学业结束后不久，朱古力便决定带着刚满周岁的Jessica回国。

朱古力之所以做出这样的选择，更源于在她的毕业典礼上，Carla和Barbara对她的寄语：

“朱古力，去做一个中国的时尚传播者吧，就像当年的马可·波罗，我们期待着有一天你带着我们一起去了解这个神秘的东方大国。相信到那个时候，你一定会给我们带来意想不到的惊喜。”

当时的朱古力虽然还不完全知道中国的时尚到了怎样的阶段，但对时尚有着天然敏锐嗅觉的她，已经可以感受到那个宛如处女地一般的中国市场对欧洲时尚设计师的巨大吸引力。

虽然在此前和林James、林小姐的合作中，朱古力已经对欧洲时尚设计在中国香港和广东市场的“落地生根”，有着直观的感受。但是对于以上海为中心的华东市场，朱古力却还是有些懵懂。

因此她决定回去看看爸妈，同时也让Jessica更多感受到家庭的温暖。毕竟陈姐虽然工作颇为尽心，但终究不是自己的亲人，而自己未来的事业肯定在中国，一切条件都已具备，估计她得认真开始工作了，后面可能没有那么多时间来陪伴日渐懂事的女儿。

起初朱古力还担心自己的女儿无法忍受那漫长的飞行过程，却没想到Jessica一路都在她的怀里睡得颇为香甜。

望着Jessica红扑扑的小脸蛋，朱古力突然有一种莫名的预感，她隐约觉得这个女儿，未来注定要和自己一样，会在自由的天空里翱翔。她下定决心一定要好好地培养她成才，成为国际化的人才。

幸运的是Jessica是个特别好带的孩子，这一年来很健康又很活泼。随着飞机缓缓降落在刚刚启用的上海浦东国际机场，中国改革开放所引发的经济活力便扑面而来。看着机场大巴窗外那一栋栋拔地而起的高楼，那些彻夜不熄的霓虹，朱古力越发觉得自己此时选择回国是正确的。

又是一番车马劳顿之后，朱古力终于回到了阔别已久的家乡。杭州的变化虽然没有上海那么巨大，却也足以令朱古力萌生宛如隔世的错觉。

朱古力经过漫长的跋涉，终于回家了。但是看到女儿突然回家的朱爸爸还来不及欣喜，便被她怀中的Jessica给惊到了。

起初，朱爸爸还怀着一丝侥幸，问起朱古力孩子的爸爸是不是也一起来了。但听朱古力说自己是独自生下女儿且已经独自抚养了一年之后，朱爸爸气得血压升高，差点背过气去。

相较于朱爸爸的出奇愤怒，朱妈妈倒是显得通情达理得多。她耐心地询问起了朱古力这段时间的经历。朱古力不愿节外生枝，便只是含糊地表示自己跟这个孩子的生父，是因为三观不合、相处不来而分手的。

朱古力的话还没有说完，朱爸爸便有些气恼地嚷道：

“你一个姑娘家没有结婚，就带着个孩子回娘家了。你让我这老脸往哪儿搁啊？”

如果放在从前，朱古力或许会觉得愤怒和委屈，但此刻的她却异常从容。她微笑着答道：

“爸，单身母亲在国外很普遍的好不好！更何况，我这次也只是带着Jessica来见见外公、外婆。如果你不喜欢她，我就带她出去住好了，绝对不会给你们二老添麻烦的！”

没想到女儿回答得如此淡定，朱爸爸一时倒不知道该说什么了。朱妈妈见状连忙打圆场道：

“反正现在我也退了，你爸在二线没有多少时间了，也要退的，面子不面子的有什么打紧。古力，你这次回来肯定有很多要紧的事吧！你就安心去忙，孩子就交给我们照顾吧！”

THIRTY-THREE

第三十三章

重逢自有定数

- 01 -

在朱妈妈的竭力挽留之下，朱古力当晚便带着Jessica在家里安顿了下来。朱爸爸虽然还是有些生气，但自己这个女儿一直是这样的不按常理出牌，他又不是不知道，也只能认了。

有趣的是，由于Jessica太过讨人喜欢，一点也不怕生，很快便和朱爸爸、朱妈妈玩在了一起。朱爸爸的那点脾气很快便在外孙女的笑容中烟消云散。几天之后便主动抱着Jessica出去遛弯，逢人便说这个可爱的小女孩是自己外孙女。

街坊邻居都知道朱古力常年在意大利发展，又看到Jessica如此可爱，便纷纷断定朱古力的老公必然是欧洲的成功人士，倒也没人问起Jessica生父的情况。

看着Jessica和自己的父母相处得那么融洽，朱古力一颗悬着的心总算是放了下来。想起妈妈总是在最为关键的时刻挺她，朱古力更觉得自己的妈妈实在是世界上最最伟大的母亲，总是那么开明、无私地理解和支持着自己。

过了几天一家四口其乐融融的生活之后，朱妈妈便让朱古力安心去忙自己的事情，放心把Jessica的饮食起居交给她这个外婆。

朱古力出钱让妈妈找个钟点工，可以为妈妈分担家务活，同时和父母约法三章：自己在工作和出差的时候，Jessica委托给两位老人照看，其他的时间便还是由她自己来带。

在安排好后方事务后，朱古力宛如一个休整完毕的战士，重新踏上了那片属于她的战场。

在此后的几个月里，朱古力调研了中国内地的时尚产品圈，发现这几年国内诞生出很多新品牌，很多服装批发商都开始着手研发自己的品牌了。

朱古力起初并不理解这种“一窝蜂”式的“大干快上”。她猜测可能大家都觉得这个时候做品牌最容易成功，机会颇多，用句著名的话来形容就是：猪在风口上都能飞起来。但是没有人懂得怎么去做一个真正的品牌，她需要了解这方面最新的信息。

在调研中她还发现商场里的中国品牌同质化非常严重，没有一点自己的个性，还是大家互抄爆款，这样的品牌是无法走远的。

多年工作的经验和历练，让朱古力一眼就看到了未来的商机。随着中国改革开放后经济水平的提高，时尚已成为一种“刚需”，内地的服装品牌如雨后春笋般不断涌现，而内地服装品牌企业又还没有足够的经验来面对“嗷嗷待哺”的市场。

这些品牌企业目前还是处于到处去买样衣做参考的阶段。中国香港的样衣是首选，因为方便，然后就是日韩的。但买了样衣只是为了抄袭它的款式、工艺、面料，对品牌的精神却并不了解，所以没有办法变成自己的风格，更没有系列之说了。

朱古力创业开经纪公司的理想已经近在眼前，因为她跟国内一些设计师也有过交流，他们也不希望永远靠抄袭香港、日韩的产品过活，但苦于没有老师的指导。在得知朱古力来自时尚之都米兰，更在M时尚学院进修过后，国内的很多时尚设计师都当即表示出了想要“拜师学艺”的热忱，但朱古力对于这些要求却都只是笑着一一予以婉拒。

朱古力并不是不想开宗立派，或者如Carla和Barbara所期望的那样成为传播时尚火种的“传薪者”。只是多年的历练让她明白了“知识付费”的重要性。

- 02 -

根据之前的市场调研，朱古力发现因为由于深圳离中国香港近的缘故，中国市场90%的时尚品牌来自深圳，可谓走在全国的前列，只有小部分在北京和上海等地。于是朱古力决定在深圳创办一家时尚培训公司，从品牌理念培训这块着手，逐步培育中国内地的时尚产品市场，然后再向理想中的经纪公司延伸。

既然是培训公司，讲师自然是核心竞争力。朱古力首先想到的是自己认识的那些意大利设计师，而他们之中，又Rosa的弟子Anna朱古力最为熟悉。

朱古力在米兰也曾和Anna一起工作过，对于她的设计理念和审美水准也颇为赞赏，只是这个35岁的意大利女郎并不那么好相处。也正是因为性格方面的原因，Anna似乎一直单身，并在最近从米兰的公司里辞职了。这是朱古力从老师Rosa那里了解到的。

当Anna知道朱古力在深圳缺人手之后，倒是非常乐意和朱古力一起工作，这一切得益于Rosa在背后的建议，因为Anna对Rosa是非常言听计从，同时她自己也想出来锻炼一下。于是当她和朱古力通完电话，经过简单的协商之后，就马上安排时间来中国工作了。

朱古力的培训公司里已经招了几名国内设计学院毕业的女孩，她把自己的想法和概念告诉了女孩子们，决定采用典型的“摸着石头过河”的工作模式，试着做了几款可以推广的产品。

经过了几个星期的修改和调整，终于弄出了三个培训板块：

一是品牌定位的梳理，DNA就是品牌的灵魂，结合大牌的成功案例，描述品牌的精神之重要性；

二是色彩、面料的运用和系列风格之间的关系；

三是卖场的陈列和搭配怎样给服装加分，吸引客人的眼球。

有了产品之后，朱古力便开始着手组织自己的讲师团队了。Anna虽然可以负责一部分的课程，但仅凭她一个人，显然无法支撑起公司的全部业务。

朱古力思虑再三之后，决定向自己的母校——M时尚学院求援。

接到了朱古力的电话后，院长Carla显得很是开心，并表示可以考虑请Barbara去深圳一趟，帮助朱古力打开局面的同时，也顺便调研一下中国内地的市场。

听说自己的老师Barbara将亲自出马，朱古力自然非常高兴，但是朱古力也非常清楚以Barbara的身价不可能在深圳长待。从长远来看，自己依旧没有可靠的师资团队。

感觉到了朱古力的为难，Carla非常及时地提点道：

“朱古力，你可以在你的同学中寻找合作伙伴啊？实在不行的话，也可以向你的学长、学姐求助啊！ M时尚学院还是培养出了很多亚裔时尚设计师的，比如前几年就有一个韩国留学生，现在已经成为他们国内小有名气的设计师了，他叫……”

就在Carla竭力回忆那个韩国学生的名字之际，朱古力不禁脱口而出道：

“您想说的那位韩国时尚设计师，是不是叫作宋钟贤啊？”

Carla有些欣喜的声音从电话那头传来：

“对、对、对，就是宋钟贤。他可是我最出色的学生之一。怎么？朱古力，你也听说过他吗？”

朱古力微微一笑答道：

“Carla院长，我对和他的见面，也是期待已久了啊！”

- 03 -

虽然选择了与韩世勋分手，但是朱古力和几个韩国男生还是保持着朋友关系。不过韩世勋回国之后，便专心于他的音乐事业，逐渐淡出了朱古力的视野。

倒是宋钟贤和李宪彬这对情侣与朱古力还保持了很长一段时间的联系。他俩一个回到韩国从事时尚设计，一个留在米兰继续着“买手”的业务，因此都或多或少与朱古力有所互动。

不过两年前李宪彬也完成了他的硕士学业。在启程归国的前夜，李宪彬曾专程与朱古力告别。依依惜别之际，朱古力也问过李宪彬回国后的打算。李宪彬说他将会勇敢地正面自己和宋钟贤的感情。朱古力可以想象他们未来的坎坷，但也只能无奈地送上祝福。

李宪彬走后，朱古力和他与宋钟贤之间的联系便少了很多。毕竟，当时的朱古力正忙着以经纪人的身份，帮着Rosa工作，又还继续着“买手”一系列工作，实在分身乏术。而李宪彬和宋钟贤估计也在进行着与世俗偏见的战争。好在人们对于同性恋的看法逐渐变得宽容，北欧更是走在了时代的前列。

在Jessica出生的那一年里，朱古力几乎切断了自己和外界的所有联系，自然也就没有了宋钟贤和李宪彬的音讯。直到她进入M时尚学院进修，才偶然得知宋钟贤已经在韩国的时尚界闯出了一片属于自己的天地。

不过，当时的朱古力并没有向任何人表露出自己和宋钟贤的友谊。即便此刻Carla主动提及了宋钟贤，朱古力也仍没有马上去联系对方。毕竟，时过境迁，曾经的友谊并不足以代表后面的一切。

但令朱古力没有想到的是，她刚挂断Carla的电话，一个陌生的号码便出现在了她的手机来电显示之上。接通之后，宋钟贤那熟悉的声音便在她耳边响起：

“朱古力，你回中国了啊？怎么那么久都不联系我啊！我听Carla院长说，你在深圳开办了一个时尚培训机构，有什么我能帮忙的吗？”

宋钟贤的热情令朱古力颇为开心，但更令她没有想到的是，她简单地讲完自己的商业模式和公司现状之后，宋钟贤竟当即表示自己愿意抽出几个月的时间来帮她。

感觉到朱古力被感动得有些不知所措，宋钟贤连忙笑着说道：

“朱古力，其实我之前也有过和你类似的想法，只是迟迟无法下定决心。正好可以用你的平台来试试水。所以……你不用太感谢我啦！好了，我们过几天当面聊吧！”

韩国毕竟不是遥远的意大利，宋钟贤两天之后便飞了过来。而更令朱古力喜出望外的是，李宪彬竟然也和宋钟贤一起出现在深圳宝安机场的出口处。

三个人一起来到了朱古力的公司，一番叙旧之后，朱古力才知道李宪彬和宋钟贤已经成功“出柜”，现在已然是韩国时尚界的“模范情侣”。同时李宪彬此前在舞美设计上所学的专业知识，也逐渐被运用到了货品陈列和店铺橱窗领域，并在韩国大受欢迎。

在为李宪彬和宋钟贤安排好了在深圳的起居交通之后，朱古力开始盘算起了自己手上的资源。目前她麾下的讲师团队已经有了Anna、宋钟贤、李宪彬，以及正在路上的Barbara。朱古力自己担任统筹，公司的基本架构已基本搭建完成。现在的问题是，该怎么寻找客户呢?

接下来的一段时间里，朱古力开始跑市场，先是打电话联系可能合作的企业，但很多公司的前台直接在电话中就一口回绝，朱古力顿觉自己好像是卖保险的找上门去一样。

另外几家找到老总秘书接了下电话，就说等老总回来汇报后再回复，结果等了好久没有消息。朱古力一直不断继续追着打，总算有三家的老总答应约见。

只要见了面，朱古力就有信心说动对方，因为她了解企业的痛点，给的正是企业目前急需的药方，于是第一波的工作就这样开展起来了。

THIRTY-FOUR

第三十四章

分崩离析

- 01 -

就在业务谈妥的同时，朱古力最为尊敬的Barbara老师也飞到香港来了，她们在机场紧紧拥抱后，Barbara兴奋地说道：

“亲爱的朱古力，我就知道你是最棒的，太好了，终于让我有机会去了解和亲近这片土地了。”

朱古力则笑着回答道：

“亲爱的Barbara老师，这里可能不是你想象中的中国，但肯定是个生机勃勃的地方。”

Barbara则从容一笑，说道：

“没有关系，了解后我才有资格评价，我也会对你的公司未来提出建议的。”

就这样大家一起忙碌了半个来月，朱古力公司的第一单培训课程便顺利完成了。

大家都非常感谢这次朱古力提供的工作机会，但朱古力却在复盘中发现了不少的问题。

在所有的老师之中，宋钟贤、李宪彬这两位韩国设计师最受欢迎，学员们普遍觉得韩国设计师的品位更接近他们，也许是因为学员们与设计师同是东方人的缘故，韩国设计师的分析更为学员所需，特别是在色彩运用这方面。当客户知道这两位设计师在首尔有个很大的买手店后，都纷纷表示以后要过去参观。

Anna则似乎对做培训这种业务不是很感兴趣，她希望能到中国企业去做顾问工作。在一次说好的培训课程到来之际，Anna却临时说自己肚子疼就不来了，把朱古力气得直跳脚，只好自己上了，反而因为没有语言的障碍，又了解客户的心理需求，效果出奇的好。

Barbara的知识对于中国客户来说还太高深，几乎无法跟中国目前的品牌进行对接。通过反馈，朱古力觉得国内这些企业估计需要N年后才能用得上Barbara的“屠龙之术”。因为中国品牌还在刚起步阶段，目前还没有到需要国际幕后推手这一步。

由于效果欠佳，朱古力对Barbara感到特别内疚。毕竟像她这样的身份，出来讲课绝对是天价，然而她就是想看看中国的未来，对于报酬什么的都没有计较，而朱古力自己也是刚起步，不懂得怎么去匹配Barbara这样的资源，某种程度上说她简直在浪费资源，而老师的宽容和包涵反而让她觉得无地自容。

经过几轮的培训课程，深圳和上海的服装品牌企业已经慢慢开始接受这个培训的理念了，觉得是一个不错的提高员工的机会，但朱古力心中的目标肯定不仅仅是培训，她想做的是经纪公司。而这一点也是Barbara临走时给她的建议。

在香港机场，Barbara对朱古力说：

“亲爱的朱古力，我建议你还是应该把更多的欧洲时尚设计师介绍给中国品牌企业做顾问，因为只有这样才能真正突破双方的文化壁垒，实现双赢。”

其实，Barbara的建议与朱古力的设想不谋而合。但问题是中国企业还没有这个意识，也没有费用预算投入到开发上面，实现这个想法似乎有点难，也许太超前了。

更何况，欧洲的时尚设计师还需要时间打消语言和文化差异的顾虑。国内企业现在能接受的只是培训这个阶段，虽然只做培训不是朱古力创业的初衷，那也只能根据目前的实际情况做出调整，先给公司创造点盈利再说吧。

- 02 -

送走了Barbara之后，朱古力也和Anna长谈了一次。在明确对方无法胜任讲师的工作后，朱古力也只能将她先行送回了意大利，等到自己经纪人的工作有所突破之后，双方再商谈未来的合作。

接下来，朱古力主动邀请宋钟贤、李宪彬加入自己的公司，作为长期的合作伙伴。毕竟目前的中国品牌需要韩国设计师作为过渡，不能硬拉一个小学水平的人跳级到高中去，教育是需要时间的，不可拔苗助长。

当时内地的设计师们正处于营养不足的阶段，大部分没有出国留学的背景，他们平时去的地方只能是中国香港和韩国等地，内地这方面的信息又不够发达。而以中国的速度，时尚行业蓬勃发展的那一天一定会到来的，所以此时正需要准备储蓄人才。机会是留给有准备的人的，这点朱古力非常相信。

令朱古力没有想到的是，宋钟贤、李宪彬面对自己的邀请时，显得有些为难。毕竟他们在韩国也有自己的经纪人，长期合作的事情必须经过那位名叫朴 Andy 的经纪人点头才行。

朱古力起初觉得有些棘手，却不料那位朴 Andy 在得知此事后，竟表现得颇为起劲，很快便从首尔飞了过来。朱古力与他接触之后，才发现对方段位很高，他所提出的一系列问题都是自己此前所没有想到的，更令朱古力萌生出了见贤思齐的念头。

如何让自己成为一个像朴 Andy 那样合格的经纪人呢？这是朱古力为自己设置的一个新考验。这个阶段，国际设计师们对于跟中国企业合作还抱着观望的态度，更不必说要与一家名不见经传的经纪公司合作进军中国市场。可以说“理想很丰满，现实却很骨感”。

为了推进这个项目，朱古力可要花费很多的心血，但结果却不一定会成功。如果当初不做新的选择，而是做买手，那就是安安稳稳地赚钱。而不再继续一份熟悉套路的工作，总是挑战高难度的新项目，风险肯定是很大的，可能还会把之前赚的钱赔进去。

朱古力开始犹豫了，但还能后退吗？就像她当年不顾一切放弃一切跑到法国，是为了爱情，也是为了有一个新的人生。人生是不可后退的。

培训的课程慢慢地从深圳进入到内地，除了北京和上海这两座中心城市之外，杭州和福建也成了他们经常去上课的城市。

顶梁柱自然是朴Andy麾下的那些韩国设计师，朱古力意识到这个问题非常严重，但偏偏自己手头又没有其他设计师的资源，最终只能白白给朴Andy提供了平台机会。

朴Andy非常精明，很快便发现自己不需要朱古力也照样可以运转，于是便又从韩国召集了一批当地二三流设计师，撬了朱古力辛辛苦苦积累的客户资源，另起炉灶开起了新的培训公司。

那几年韩国企业的风头十足，独占鳌头，无论是编织美丽童话的影视行业，还是编制美丽服饰的时尚行业，都是他们的天下。中国国内企业普遍都受“韩流”的影响，选择了与朴Andy合作。

身为朴Andy旗下时尚设计师的宋钟贤、李宪彬对于这样的现状也是无可奈何，只能私下对朱古力表示抱歉。

朱古力虽然有些懊恼，却也知道这件事责备宋钟贤和李宪彬也没用。只能无奈地和这两位朋友分道扬镳，米兰曾经的“四人帮”最终还是散了，青春时期的友谊和爱情就像一辆午夜火车，消失在黑夜里，一去不复返了。

- 03 -

朱古力受了打击后，垂头丧气地回到杭州的家里。父母的家永远是最好的港湾，休息了几天之后，她的心情才总算是平静了一些。

在暂时没有头绪开展新工作的情况下，朱古力开始陪着妈妈带着Jessica去西湖边逛逛，吃吃美食，又打听了离家比较近的几个幼儿园的情况，准备下半年送Jessica入园。

毕竟，虽然平时家里有钟点工来做家务，但朱妈妈一个人带Jessica也挺累的，朱古力觉得如果孩子去了幼儿园，妈妈会轻松不少。

Jessica虽然还不到三岁，但已经很喜欢画画了，而且对色彩特别有感觉，买衣服都有自己的主意了，非得自己搭配不可，而且越来越漂亮，像极了她的爸爸。

朱爸爸退休后，每天除了锻炼身体，就是练习书法和画画，这是他从年轻时一直保持的爱好，工作再忙他也坚持，本来他就比较淡泊名利，现在空闲了，更有时间玩了，技艺进步不少，还参加退休干部书画展，得了个三等奖回来，一家人其乐融融。

朱古力还带上一家子去了日本、泰国等国家旅游。朱古力特别钦佩日本人做什么都能做到极致的态度，当地服装和产品的陈列也非常到位，当然还有朱古力最喜欢的美食。

这个时候她接触到日本的服装品牌，开始了解并爱上了三宅一生、川久保玲及山本耀司等设计师品牌。

还有无印良品等价格亲民、品质优良的品牌也被很多人所喜欢。朱古力后面的穿衣风格更趋向于日系风格，是最早的所谓“性冷淡风”。除了穿衣外，整个人也是“性冷淡风”。

她的生活里已经好久没有异性了，也许是因为审美疲劳，也或是因为男人没有她的事业重要……

她开始研究日本的时尚为什么会成功，又有哪些经验值得借鉴。

一天，朱古力突然收到一封邮件。邮件是从前认识的广州鞋厂发来的，几年前她和Giuseppe一起去过的那家张老板的企业。

现在这家工厂鸟枪换炮了，公司规模壮大，有了自己的品牌。广东做女鞋的技术能力是走在全国前列的，于是这位张老板就想到了朱古力，问她是否可以帮忙找意大利的设计师来合作。

于是朱古力马上联系了张老板，约了见面的时间。她到了广州工厂后，才发现变化好大，工厂车间又大又明亮，好多新的流水线设备在生产。在张老板的大办公室里两人喝着乌龙工夫茶谈了一个多小时，问清了张老板的需求和预算计划，朱古力就计划去意大利落实这系列的事情了。

之前帮Ancona工厂的时候，她就认识了当地几位著名的鞋子设计师，再说那边是鞋子开发基地，最不缺的就是设计师了，加之还有Giuseppe，当初建立的良好关系都还在呢。更主要的是，她手中已经有客户了。

后面又来了两个来自上海和杭州的企业的培训项目，虽然都还不是什么大项目，但毕竟公司又重新开始运转起来了。而唯一紧缺的，就是设计师人才。

THIRTY-FIVE

第三十五章

神秘的东方

- 01 -

为了寻找合适的设计师，朱古力决定去找M时尚学院的老师们商量了。正好鞋子的项目也需要她回去谈，于是朱古力便再度登上飞往米兰的航班。

在途中朱古力偶然发现邻座的意大利帅大叔，竟是科莫RA面料公司的销售经理Leo。

朱古力和Leo此前在IDEA COMO面料展上，曾有过数面之缘。只是Leo并不是那种一看到年轻女性就大献殷勤、极尽轻浮而夸张的赞美之能的那种意大利男人，加上展会期间宾客如云，因此两人每次见面都是打打招呼便擦肩而过。

不过虽然与Leo并不熟悉，但是朱古力对其所在的科莫RA面料公司却是颇为了解。

科莫RA面料公司坐落于意大利著名的丝绸印花基地——Como（科莫镇）。小城的周围，坐落着大大小小的面料工厂和设计花型的工作室，而科莫RA面料公司正是其中的翘楚。

虽然丝绸的原材料是来自中国，但科莫却以工艺的处理和花型的设计而闻名于世界。

同时由于镇上还有个适宜于旅游度假的科莫湖，风景宜人，所以每年的IDEA COMO面料展就在当地著名的湖畔埃尔巴别墅（Villa Erba）里面举行，世界各地的大客户和设计师们都会云集而来。

可能是因为漫长的航行过程太过无聊，碰到熟人的Leo和朱古力都自然而然地打开了话匣子。而在攀谈过程中，朱古力更发现原来在Leo稳重、严谨的外表下竟还非常有幽默感。

更难能可贵的是，Leo还是个“中国通”。他对朱古力畅谈着他对东方文化的热爱，从孔子、庄子等名人一直到《易经》等经典，他对东方文化的熟稔，甚至超出了朱古力的想象。

- 02 -

当朱古力说到自己最近一直在研究日本的时尚设计时，Leo表示自己在日本生活过很多年，对于日本的ZEN（禅修）有很多新的认识，而在米兰也有一批这样的人经常组织去听日本的ZEN。

这个全新的理念对朱古力来说显然有些陌生，她只能有些无奈地表示：

“我对ZEN没什么认识，一直以为是中国的，怎么全世界都在宣扬日本的ZEN呢？有机会一定在米兰去了解一下。”

Leo的话激起了朱古力的好奇心，后来证实了Leo的说法，那段时间日本餐和枯山水的风格在意大利掀起了一个新热潮，深受时尚人士的推崇，Giorgio Armani首先在米兰VIA MANZONI的旗舰店开启了日本餐、日本家居风格，而那儿也成了时尚圈聚会的场所。

朱古力在时尚方面的敏感度连自己也经常不相信，她去了日本马上被日本设计师品牌所吸引，回到意大利时又正好感受到日本风的盛行，因此她收集的服装也成了永不过时的经典款。

这就是Rosa老师之前说的会不会画画并不重要，这只是技能问题，而对时尚的敏感是流在血液里的，就像不是每个人去读个设计就能成为设计师一样。有天赋的人才是最稀缺的资源。

难道自己真的适合做幕后推手，设计师的经纪人？朱古力在心中一遍遍地肯定自己，又一遍遍地给出了否定的答案……

那次两个人在飞机上相谈甚欢，彼此留下深刻的印象，约好下次来米兰一起喝一杯继续聊。

下了飞机之后，朱古力便马不停蹄地开始寻找相关的设计资源。朱古力在Ancona的郊外小镇Giuseppe的工厂里，面见了几位设计师。

最后她选择了两位设计师，一位是设计创意能力特别强的年轻设计师Alice，另一位是工艺技术特别棒的资深设计师Gianpietro，他们都有兴趣来中国工作，但对于薪酬方面有很多的疑问。

第一是怕企业不付款，毕竟中国企业开出的价格可是比意大利的低了很多。第二则是关于个人所得税的问题。

对于上述疑问，多年以来积累了丰富经验的朱古力胸有成竹地回答道：

“第一，我是两位的经纪人，自然会全力保障设计师的利益，第二，你的相关税费全部由我们公司来交，保证你们拿的是税后的钱。”

朱古力的表态瞬间打消两人的疑虑，他们很快准备了相关的签证，随时准备跟随朱古力，开始他们的中国之旅。

送走了Alice和 Gianpietro之后，朱古力又前往米兰，去M时尚学院拜会了Carla和Barbara，却发现学校里竟然多了不少中国留学生。

Barbara告诉朱古力，从2000年开始，从中国来的自费留学生就多了起来。自己上次前往深圳，在帮助朱古力拓展培训业务之余，也进行了一番市场调研，从而制定了一系列面向中国的招生计划，估计未来还会有更多的中国学生来米兰留学。

朱古力听了之后很是高兴。M时尚学院在中国市场的成功，不仅令朱古力不用再对Barbara上次并不那么成功的讲学感到愧疚，还让她相信，随着M时尚学院的中国留学生越来越多，以后自己的培训公司再也不会担心招不到人才了，而中国的时尚品牌也确实需要这些新鲜的血液。

- 03 -

工作之余，Leo会常常打电话约上朱古力一起去喝一杯米兰的Aperitivo Spriz。随着了解的深入，朱古力发现Leo虽然是个意大利人，却比她此前交往的亚洲男人更热爱东方。

原来Leo年轻的时候也是学艺术专业的，但为了有机会游历世界而选择了销售岗位，逐渐成了一个见多识广的意大利人。

目前Leo主要负责的亚洲市场，其实就是以日本为中心开展起来的，这几年公司和中国香港的达威洋行合作后打开了中国的市场，所以他以后待在中国的时间也会越来越多，面料销售也会越来越好。

这一天Leo约她吃饭并带来了一位40岁左右的设计师Silvia。朱古力还没有开口，对方就说她很愿意去中国工作，不管是做培训还是顾问，她都感兴趣。

朱古力向Leo投去了感激的目光。他总是这样，从来不说什么，却默默地帮着她。但对方只是波澜不惊地笑了笑，随即便找了个借口提前离开了，将主场交给了朱古力。

当天晚上，朱古力和Silvia聊得很是开心。在朱古力看来，Silvia虽然没有特别优秀的背景和经历，但她很懂设计和工艺。于是朱古力便义无反顾地签下了Silvia，决心将她作为自己旗下的设计师推荐给中国国内的企业。

朱古力把鞋子设计师的简历和评估意见都发给了张老板，很快就收到了回复。张老板同意先开发四组鞋子，签了小的合作协议，也算是第一笔顺利的顾问合同。等设计稿出来确认后，再让Alice和Gianpietro两位设计师到工厂打版制作成样品。

随着鞋子的开发成功，朱古力介绍的设计师也和张老板的公司连续合作了五年。这在当时也算是很成功的案例了。

后面朱古力又接了温州鞋厂钱老板的开发设计合作项目，这是表姐丽芬介绍的。这次可不仅仅是开发几组鞋子，而是把设计师Gianpietro直接安排到工厂里，做开发部的总监，展开合作。

想不到朱古力跟温州老家的缘分还挺不错的。接下来她就经常去温州了，拜访了温州的服装商会，又在会长的介绍下拜访了几家服装企业。几年以后，朱古力还真的跟温州好几家服装企业展开了密切的合作。

在忙完鞋厂的相关业务之后，朱古力又一次回到了深圳。有趣的是，此时的深圳服装企业竟突然开始有了品牌意识。

毕竟同质化的风格在商场里确实缺乏竞争力，容易碰到瓶颈，各家企业都希望有所突破，好几个企业本就对请国外设计顾问跃跃欲试，这次上门来拜访的朱古力随即便成了众人争抢的“香饽饽”。

于是朱古力顺利谈下两家公司的设计顾问合同，终于实现了自己担任经纪人，将设计顾问派驻给企业指导流行趋势、设计及整合等的这个理想。局面一旦开始打开，后面的坚冰自然就会开始融化……

朱古力努力了这么久，似乎终于看到了成功的希望。

THIRTY-SIX

第三十六章

农夫与蛇

- 01 -

随着朱古力在中国的业务发展，意大利设计师也慢慢开始对她的公司有了信心，纷纷向她投来简历。

在审阅简历的时候，朱古力赫然发现了大牌设计师Bruno的名字，这让朱古力的眼睛一亮。

毕竟，Bruno可是曾经红极一时的品牌总监，后来又创立了以自己名字命名的品牌线，只是这几年突然销声匿迹了起来。

即便不考虑Bruno的任职，能够让一位业界大咖主动伸出橄榄枝，这样的事本身便足以说明朱古力这几年的努力没有白费。

按照朱古力的设想，如果Bruno能够加入自己的团队，那么她后面工作开展的局面就完全不一样了。

朱古力很快便想到，如果自己可以动用国内媒体和各个资源平台对Bruno进行包装，然后推入市场，自己就可以接到一些此前可望而不可即的大项目。

一想到自己旗下能够有Bruno这样的大牌设计师，朱古力的情绪非常振奋，她一边连夜撰写策划方案，一边按照简历的通讯方式，拨通了Bruno的电话。

一番寒暄之后，朱古力便开门见山地询问起Bruno的近况。这位曾经辉煌过的设计师，倒也直言不讳。按照Bruno的说法，他的个人品牌运行了三年，市场反响非常不错。但就在其事业如日中天之际，却遭遇了合伙人的卷款跑路。由于无力承担巨额的债务，Bruno被迫宣布破产，目前蜗居在西西里岛。

在朱古力礼节性对其境遇深表同情和遗憾之后，Bruno便连忙说他目前为生存急需一份工作。而因为在意大利一个宣布破产、失去信誉的人，很难再有被重用的机会，所以他想到中国工作。

如果是曾经的朱古力，说不定当即便会签下Bruno，甚至会连夜把飞机票钱给对方转账过去。但此时的她却表现出了一个成功的职业女性所特有的成熟和冷静。她安慰了Bruno两句之后，便草草挂断了电话。

随后朱古力闭上双眼，开始仔细分析Bruno刚才所说的那些话。朱古力知道很多设计师不善于经营自己，如果没有一个很好的合伙人或经纪人是很难成功的，甚至被骗也是经常发生的。所以Bruno所说的那些，未必不是事实。

但是朱古力又想到这个时尚圈看似光鲜亮丽，其实常藏着很深的陷阱，像Bruno这样的大牌设计师更无疑是把双刃剑。

如果能够将其人尽其用，那么朱古力的公司将在国内一炮而红。但是，如果用得不好，不仅Bruno的牌子会彻底倒掉，连朱古力自己都可能会陷入被动。

一时拿不定主意的朱古力，不知道为什么想起了Leo。她当即便打电话过去咨询对方的意见，却没想到Leo听完朱古力的描述后，有些不屑地说道：

“朱古力，你这是赌博。一个napolitano（拿波里人）的话，你也相信啊？”

- 02 -

或许很多国人对拿波里这个名字还有些陌生，但如果提及它的另一个译名：那不勒斯，恐怕便无人不知、无人不晓了吧！

作为意大利南部的第一大城市，拿波里风光绮丽，是著名的度假胜地，以至于意大利有句谚语，叫“朝至拿波里，夕死可矣”。但是过于美丽的风景，也造就了当地一些人自由散漫、轻佻浮薄的性格。

所以，在意大利其他地方的人眼中，拿波里人很会来事，满口花言巧语。但是这些人在待人接物中也表现得非常随意，以至于说话经常出尔反尔。久而久之，拿波里人便成了骗子的代名词。

虽然意大利南北经济差距比较大，南方人相对来说没有北方这边做事严谨，但朱古力觉得Leo这样仗着北方人的优越感，老是吐槽南方人如何如何，实在有些地域歧视，难道南方人就没有好的?

最终爱才心切的朱古力还是决定冒险试一下。她请Bruno先做一个企划提案，如果客户表示认可，那么自己便将与他正式展开合作。结果Bruno的企划提案令朱古力和客户看了都很惊喜，朱古力感慨着“大牌设计师就是不一样”，决定与Bruno正式签约。

与Bruno在香港见面之后，面对着这个40多岁，周身散发着成熟魅力的中年男子，朱古力更坚定了自己要将其捧红的决心。

不过，朱古力的这一决定并不涉及什么男女私情 。毕竟Bruno是个同性恋在意大利时尚圈里早已不是什么秘密。朱古力之所以想要捧红Bruno，完全是因为他的外貌完全符合中国人的审美标准，具备走红的潜质，那时候电影“007”在大家的脑海里留存了深刻印象，Bruno长得又有几分像里面的男主角。

2005年的北京国际服装展，朱古力租了个60平方米的大摊位，把设计师们的手稿作品做了一个专业陈列，其中Bruno的手稿被放在了最显眼的位置，伴有其他设计师们的样衣作品等。

朱古力还专门把Bruno从意大利请到了展会现场，配合这个展览让媒体对他进行了一场现场采访，同时在论坛上为他安排了C位。结束展会后的酒会上明星云集，他那意大利式男人Look的搭配风采，连几个女明星都为他着迷。

花了血本的朱古力终于也得到了回报，各类大单子开始接踵而来，这时候的朱古力第一次感觉到自己矗立在了中国时尚圈的风口浪尖之上。

北京国际服装展结束之后，当Bruno得知自己被温州的男装企业和深圳的女装企业同时选中，两家服装品牌都确定了由他担任设计顾问时，他当即便欣喜异常。

毕竟这些年在西西里岛的生活让Bruno无比颓废。当时的他觉得是朱古力把自己从废墟里拯救了出来，于是连夜给朱古力写了封情书般热情洋溢的邮件，赞美她的能力、美貌、气质等，还有他们初见时的心有灵犀，她简直就是他心目中的缪斯女神……

收到这样的情书，估计没有哪个女性会不动心，朱古力一度觉得自己就是Bruno的红颜知己，彼此欣赏和成就。

但人性是复杂的，朱古力还是想得太简单了点。

- 03 -

朱古力和Bruno合作的蜜月期只维持了一年就出现了裂痕。事后朱古力除了感慨她确实遇到了Leo口中的拿波里人，也只能抱怨自己处事仍不够老辣，太容易被甜言蜜语冲昏了头。

这是一个时尚设计师“叛变”的典型案例，这个原理就跟明星成名后往往要与当初挖掘和培养自己的经纪公司解约一样。Bruno的确是典型的拿波里人，朱古力和他的决裂几乎是东郭先生与狼的故事再版。

在为朱古力工作了一年多以后，Bruno觉得现在的他已经咸鱼翻身，到了一脚踢开朱古力的时候了。

深圳那家女装企业的负责人是两兄妹，哥哥负责品牌拓展，妹妹则负责企业的内部运营。初次见面，Bruno便发现那家女装企业的女老板似乎对自己很感兴趣，于是他使出了意大利男人拿手的甜言蜜语和浪漫的小技巧。

那位女老板虽然已经年逾四十，但却似乎并没有太多的情感经历，面对Bruno这样颇具颜值和才华的意大利男人，更是毫无抵抗能力，竟很快便被Bruno迷得五迷三道了。加上当时那家企业上下都对Bruno的能力颇为认可，于是那位女老板便在Bruno的怂恿之下动了签下Bruno为长期总监的念头。

对于企业而言，这样做虽然会因为提前和朱古力的经纪公司解约而赔偿一笔违约金，但以后也不用再付佣金给朱古力了，还算是利弊参半。

但是Bruno的主要心思，还是想让那位女老板投资他之前已破产的个人品牌。如果朱古力继续当他经纪人的话，必然会阻止这件事情的发生，所以他得先跟经纪公司解约，然后就可以按照他的想法继续进行下一步的计划了。

开始朱古力还被蒙在鼓里，旗下设计师因被客户签为总监跟公司解约也是常有的事，虽然心里不爽也没有办法，朱古力想起之前的包装，觉得他怎么也得为公司多创造一点利润吧。但她又不想大家为此事闹僵了，所以就算蒙受点损失也可以让步，谁让她就遇上了不知报恩的白眼狼呢？

后来朱古力从别的渠道知道了Bruno让客户投资个人品牌的消息。这种毫无契约精神的行为彻底触怒了朱古力，任何事情都可以让步，但这属于欺骗行为。让企业为一个毫无价值的品牌买单，作为一个专业的经纪人，她的底线就是坚持不让中国企业做“冤大头”。因此朱古力觉得应该给他一个警告，不然他真觉得在中国捞钱可以为所欲为。

抱着对企业负责的态度，朱古力特意邀请那对兄妹到自己的公司聊一下。却不想那位哥哥当天没有出现，反而是那位妹妹开着豪车带着Bruno得意扬扬地出现在了朱古力的面前。停好车后，Bruno更以一种近似谄媚的姿态，帮女老板打开车门，殷勤地搂着对方的腰走到了朱古力的面前。

看着眼前这个惺惺作态的男人，朱古力只觉得恶心得令人作呕。

但是秉承着最基本的社交礼仪，朱古力还是和那位女老板打了个招呼，却没想到对方竟一脸敌意地对着自己说道：

“朱小姐，你和Bruno之间的事情，他都和我说过了。大家都是女人，我理解你对他的爱慕，但是感情的事情不能强求。当然，我不是说你没有魅力，可是谁让Bruno遇到了我呢？”

女老板的这番话一度让朱古力有些纳闷，但是看着Bruno那狡黠的笑容，朱古力瞬间便明白了，这个卑鄙的男人为了复活自己的品牌，不让自己破坏他的险恶计划，竟然污蔑自己对他有什么“非分之想”。想到这一层，朱古力突然觉得眼前的这一切荒谬可笑。

Bruno本以为朱古力会被女老板的这番话气得转身就走，却没想到她竟然只是报以一笑。Bruno便连忙扮演起“和事佬”来，用意大利语对朱古力说道：

“朱古力，其实我一直都很感谢你带我来到了中国。在这里，我找到了事业的第二春，也找到了属于自己的爱情！虽然我们无法再合作下去。但是也没有必要彼此损害吧！我已经和我的老板商量好了，在违约金之外还能再给予你一笔补偿，你开个价吧！”

朱古力看了看Bruno，眼神之中除了轻蔑还有一丝怜悯。她淡淡地用意大利语问道：

“你的爱情？你不是个同性恋吗？”

虽然知道身边的那位女老板听不懂意大利语，但Bruno还是心虚地看了对方一眼，竭力装作理直气壮的模样答道：

“她改变了我……”

朱古力毫不客气地戳穿了对方的谎言：

“我看，是人民币改变了你吧！”

随即用斩钉截铁的语气说道：

“我们法庭见吧！”

THIRTY-SEVEN

第三十七章

搞定岳父大人

- 01 -

有趣的是，一直对这件事保持关注，但很少发表意见的Leo，此时却全力支持朱古力，甚至对她说这件事情绝对不能姑息，不然后面还怎么管理设计师团队？

在这点上Leo给了她极有力的精神支持，让朱古力最终以违约起诉Bruno，让律师出面去解决这个问题，最后胜诉的朱古力拿到了Bruno的违约金。也因为这件事情，Bruno在中国时尚圈里名声扫地，最终被那家深圳女装企业扫地出门，此后也没有再出现在朱古力的视野之中。据说，有人在西西里见过他。

这次官司所消耗的精力确实让朱古力身心疲惫，好长时间她都没有恢复过来，她的身体大不如从前，透支过度了。经历了这次背叛的教训，她在日后工作中开始更谨慎、更细心地考察设计师的背景和信誉，也更多地聆听Leo的建议，她觉得自己越来越依赖Leo了。

事后Leo跟她说：

“做事业是不能急于求成的，你要懂得评估风险，考虑设计师的匹配程度等。同时这些设计师都不是省油的灯，你不能让他们觉得你太需要他们了，而是让他们觉得离开你这个经纪人他们什么也不是，这样才能把他们拿住。”

对于Leo这么高情商的一段话，朱古力觉得受益匪浅，茅塞顿开。这一点上她也承认自己总是性急了点，她是个执行力和行动力特别强的人，但往往会对事情考虑不够周全。特别在跟客户合作之前必须要让他们意识到，品牌的养成是一项长远的投资，是各个团队默契配合后才能有效果的事，而不是一件在一年的合作里可以马上提升业绩的促成之事。

慢慢地，客户也开始尊重朱古力的专业，她在深圳服务的企业都成长迅速，大部分日后都成了上市公司。

随着深圳市场的开发趋向稳定，朱古力决定转移事业的发展方向，进军长三角地区，把公司总部迁往上海。

朱古力做出这样的战略决策，除了内地市场的时尚需求不断提高之外，还有一个理由，就是上海是她从小一直喜欢的城市。

在朱古力看来这座海派城市富有文化底蕴，虽然开放晚了些，但老底子在，一旦跟国际接轨就很容易接受新理念。

此外上海距离杭州很近，也方便朱古力照顾家庭。在处理Bruno违约的事件中，朱古力和Leo的关系有了质的飞跃。他们虽然没有爱得火花四溅，但是在气场上特别合拍，一切是那么顺理成章，水到渠成。

交往了几年之后，两人都萌生出了搬到一起居住的念头。因此当Leo提出两人一起生活时，朱古力一点也不意外，只是纠结了好久把家定在哪里的问题，Leo和她的工作都是经常到处出差的，长期聚少离多的生活必须找个中间点，两人又一次不约而同地想到了上海。

在正式开始共同生活之前，朱古力特意选择了一个周末，把Leo带到杭州拜见一下父母。

- 02 -

刚开始，朱爸爸和朱妈妈对于朱古力找一个老外男朋友不是很赞同。他们倒不是质疑朱古力和Leo的感情，而是担心自己和Leo的语言不能交流，思想观念更不一定能处得来。毕竟两位老人年纪都大了，自然渴望朱古力及她未来的伴侣都能经常陪伴在身边。

朱爸爸和朱妈妈还有一层担忧，便是Leo对Jessica的态度。另外，随着年龄的增长，Jessica越来越懂事，更有了自己的主见，她能不能接受一个老外爸爸呢？这成了悬在两位老人心头的一块大石头。

然而，上述担忧在Leo进门后的一个小时里便全部搞定了。Leo会一点中文，与朱古力的父母进行简单交流完全没有问题。而朱古力的父母看到Leo相貌堂堂，稳重又有礼貌，更是心里不自觉地便喜欢了起来。至于躲在外婆身后的Jessica，更不到10分钟就被Leo亲切地吸引了过去，一起玩起了游戏。

不过就在所有人都长吁了一口气之际，Jessica突然天真地仰着脸，对着Leo问了一个颇为有趣的问题：

“以后……我是要叫你爸爸还是叔叔呢？”

就在大家都不知道这样的问题该如何作答之际，Leo却蹲下身来，对着Jessica和蔼说道：

“Jessica，你有自己的爸爸，不过也不要叫我叔叔，以后你就叫我Leo好了。毕竟，从现在开始，我就是你的好朋友、好玩伴了。大家不要那么生分。”

Leo一边说着，一边从包包里拿出自己精心准备的玩具，放在Jessica手里说道：

“这个芭比娃娃以后就留给你在家玩。不过现在我们先玩搭火车，看你会不会帮着我一起搭。”

就这样，Leo成了Jessica最为信赖的玩伴，如果他一段时间没来，Jessica就会噘起小嘴问她外公、外婆：

“Leo什么时候过来跟我玩啊？”

吃完饭，Leo摸着圆鼓鼓的肚子，一个劲地用中文夸赞朱妈妈做的红烧肉超级好吃，听得朱妈妈开心得不得了。

随后，朱爸爸又把自己的书画作品拿出来给Leo欣赏。朱爸爸原本以为这个来自意大利的“毛脚女婿”，怕是看不懂自己的大作。谁知道Leo不仅能够分辨行书、草书，甚至还能说出朱爸爸临摹的是哪位大师的作品。

两个人还讨论起中国的太极拳，哪知道Leo当场就给朱爸爸表演了一段杨氏太极拳，他学太极拳已经多年，在米兰还上课当过教练呢。能够遇到这样的外国知音，两个人互相竖起大拇指一个劲儿地说对方棒，这可把老头子乐得合不拢嘴了。

饭后，Leo带着朱古力和Jessica到龙井喝茶散步去了。等他们傍晚回来时，朱妈妈突然将朱古力拉到一旁，小声说道：

“我和你爸都觉得Leo不错，要不，你们早点办个婚礼吧？这样的话，Jessica也能有个完整的家。”

朱古力原本以为自己父母需要一段时间才能真正接受Leo，却没想到此刻竟然比自己还急，不由得笑道：

“他肯定会对Jessica很好的，这跟结不结婚没有什么关系。再说，我们两个现在都经常出差的，等以后安定了再说。”

朱妈妈听到朱古力说这些，不由得更为焦急地追问道：

“古力，你就不能放弃工作一段时间吗？再给Jessica生个弟弟或妹妹做个伴，这样对Leo也公平嘛。”

妈妈越俎代庖的热情，把朱古力都给逗笑了，她故作不满地答道：

“妈，你才认识他，就这么帮着他了啊！我想先把上海的房子和Jessica的学校落实好，其他的事情你就不要操心了啊。”

- 03 -

经过几个月的寻找，朱古力最后在上海武康路附近的小弄堂买了个带院子的小房子，这个区域是以前的法租界，是Leo和老外们喜欢喝酒聊天的地方，充满了异国的小资情调。

只是当时上海的国际学校不多，只有三家，最终朱古力选了一家法语学校，算是落实了Jessica的上学问题。

朱古力亲自设计，找到建筑师把老房子进行了翻修，按照朱古力要求的简约风格配置了家具等，这段时间可把朱古力忙坏了，经历了从材料的寻找到细节的落实，也看到了完美的呈现。相较于后面狂涨的上海房价，朱古力买的房子确实是下意识的投资成功了。乔迁新居之后，朱古力又忙着安排全家8月份一起去意大利海边度假的计划。毕竟在朱古力看来，爸妈年纪还不是很大，还能到处走，是时候该好好享受一下旅行生活了。

一家五口其乐融融地飞到了意大利，除了海边度假晒晒太阳外，朱古力自然也带二老去了罗马、佛罗伦萨等旅游地拍照留念。

最后的行程，是朱古力一家去米兰乡下拜访了Leo的妈妈，父亲早逝的Leo对妈妈的感情非常深厚，开始朱古力还有点担心他妈妈是否接受她，心中还有点忐忑不安。

但是见了老太太后疑虑一下子都打消了，原来这是一个特别开朗特别爱美的老太太，把家里布置成浓浓的田园风格。她虽然已经七十来岁了，但依旧身手矫捷。

老人家一见朱古力就爽朗地笑着说：

“终于见到你了，Leo不知念叨多少遍了呢，多年前跟我说带一个日本女孩子来，后来又说要给我带一个中国女孩子来。”

听到这里，Leo有点尴尬地笑了，因为他有过一个日本女友。只能连忙请Jessica出来解围，Jessica也颇为懂事，上来就亲切地喊了一声“Nonna”。

Leo妈妈摸着孩子的头，亲了一下她的脸颊笑着说：

“真是一个小天使，像个‘中国娃娃’。”

说着，Leo的妈妈起身去拿早已准备好的美食，朱古力帮着她在花园的长条桌子上铺好了台布和各种盘子刀叉。天下父母都一样，子女回家的招待永远是妈妈的味道。

这次旅行给朱妈妈最大的收获是看到好多外国老太太比她年纪大还比她时髦许多，本来也很爱美的她，也有点想改变自己的穿衣风格了，尤其是自己的女儿从事时尚行业，也不能让女儿有个这么土的妈妈啊。虽然之前朱古力也有给她买衣服，但她觉得实在没有适当的场合穿，现在看到老外的搭配后，感触到热爱生活必须要懂得穿搭。

她把这个想法跟朱古力一讲，朱古力顿时开心得跳起来说：“妈妈，你终于开窍啦？记得我小时候从幼儿园出来看到那么多妈妈站在门口接孩子，我就觉得我的妈妈最好看，后来长大之后觉得你越来越像那些中年妇女没有特色了，你以前也是很小资的，一直在家用旧的留声机听三十年代的歌曲和苏联歌曲。”

妈妈笑着说：“年轻的时候都爱美，但到了机关里工作大家都一样，不敢出挑，这次出来开了眼界，尤其看到Leo的妈妈比我还大好几岁，都那么时尚而优雅，我觉得现在要开始改变自己。”

朱妈妈接受了朱古力为她搭配不同场合的服装，一下子look就不一样，风格出来后朱古力觉得妈妈真是银发美人一个。时尚什么时候开始都不晚，只要你有这个态度就可以了，何况朱妈妈的底子就很好，她的家族也是从事顶级面料绣花和缝纫制作的，所以她的气质也有大家闺秀的风范。母女俩走在街上甚是养眼。

THIRTY-EIGHT

第三十八章 为母则刚

- 01 -

虽然在前进的道路上总会遭遇到各种挫折，但并不妨碍朱古力事业的春天真正的来临。

国内的品牌企业面临着全面升级和转型的阶段，市场上的需求还在不断上升。

随着中国经济的腾飞，国际上大牌设计师都放下架子来寻求合作，早就没有了之前的傲慢或怀疑，开始逐渐意识到中国市场的巨大机遇，连一家手握丰厚欧洲一线设计师资源的法国设计师猎头公司都向朱古力伸出了橄榄枝。

朱古力的制胜之道在于她的专业、真诚与周全，她总是把企业客户和设计师的利益摆在自己的利益之上，她坚信经纪公司的价值在于让她联结的双方实现双赢。因此她总是推荐有对应能力的设计师给客户，也坚持为设计师们排忧解难，保驾护航，既为他们处理日常琐碎的事务，也在一些关键时刻为他们免去后顾之忧，让他们的精力更充分地投入到设计工作中。

就这样，朱古力的个人能力和管理能力也得到了一个大的飞跃，同时米兰M时尚学院的Carla也推荐了一批批国外留学回来的中国设计人才给她，这批设计师因为语言和理念相同，和国外设计师工作起来少了很多的障碍。

但是工作中也总会遇到许多冲突与分歧，Silvia在设计上有才华，但与国内客户的需求之间有着似乎不可逾越的鸿沟，让人觉得她不了解市场，也不了解中国国情。

其实是客户并不知道自己到底要什么，他们希望设计师给的东西就是现成能卖钱的，而不知道给的只是个设计概念，是需要他们自己转换的，朱古力觉得自己每天都在设计师与客户之间周旋、协商，考虑怎么去磨合等，搞得精疲力尽。

然而Silvia却对她说：

“朱古力，我觉得你怎么都没有帮我呢？而是倾斜着天平在帮助中国人。”

面对这样的指责，朱古力多少有些哭笑不得，只能安慰对方说：

“客户毕竟是甲方啊，如果太过于偏执，那么对方就不愿意合作下去了，最后可能导致项目做不下去，我们的费用……”

谁知道，Silvia的态度非但没有收敛，还直接宣布自己不干了，朱古力也耐着性子哄着她先把设计做下去：

“设计费我来担保，只要把这个项目做完，就算对方没有全额付款，损失部分我来承担。”

她也不知道自己是第几次拍胸脯担保了，最后她觉得自己简直就是个管家婆的角色，经常救场如救火。

她现在急需一位得力的助手，能帮她分担工作，当然是一位独当一面的角色，公司聘用的设计学校毕业生已经有好几个了，虽然他们可以帮助设计方面的沟通工作，但始终不是可以解决问题的人才。这个人不该仅仅懂设计，还必须是个综合人才，就像当年的Roberto杨，一点就通，然后还能自由发挥，估计他现在已经是个很有出息的大男人了。

人世间总会发生一些意想不到的奇迹。

在参加Jessica学校组织的一次活动上，朱古力竟然偶遇了分别多年的好友Roberto杨。

那是一次法语学校的庆典活动，邀请家长们一起出席，朱古力和Leo也抽时间去了，在活动上家长和孩子们互动节目时，朱古力却意外地发现了杨和他的太太。

这份意外的惊喜，令Roberto杨当着全体家长的面毫无避讳地紧紧拥抱了朱古力，并把她举起来转了个圈。

那份来自心底的快乐传递到每个人心中，还是那么随性的杨，之后摊开双手很意式的样子对他太太和Leo说：

“抱歉！不过我和朱古力是认识多年的老朋友了啊，请大家不用介意啊！”

Roberto杨有些腼腆却又掩饰不住欣喜的表情，逗得在场的所有人都哈哈大笑，他太太更走到朱古力的身旁，拉着她的手，亲切地说道：

“朱古力，我早就知道你了，你和Roberto杨在一起工作的时候，他就老是提到你的名字了。”

朱古力也点头致意道：

“那我们就把孩子们叫过来，互相认识一下吧？”

当Roberto杨看到Jessica时，不由得赞叹说：

“朱古力，你女儿也太漂亮了吧！几岁啦？”

当杨知道Jessica今年已经10岁，居然比他的女儿Luna还大一岁时，觉得不可思议。但是他随即便回过神来，仿佛是一个终于要揭开谜底的私家侦探那般，坏笑着对朱古力说：

“朱古力，你当年瞒我太多的事情了吧！我可是像个小傻子一样啥都和你讲的啊！回头有空，我们找个时间好好叙叙旧吧！”

- 02 -

几天后，Roberto杨果然来电话了，说要到朱古力的公司来参观一下。

当时朱古力的公司位于黄浦区的创业园区里，由于当时那个园区以其标志性的建筑而闻名上海，所以Roberto杨很快便找到了朱古力的公司。

参观完工作室后，朱古力便邀请Roberto杨去旁边的酒吧喝一杯，顺便吃点东西。

Roberto杨对朱古力说了自己的创业历程，在朱古力消失之后，他在两年后也离开了林James的公司，但此后还是继续在家具行业干到现在。三年前，他全家搬回上海了。

现在Roberto杨自己也在上海成立了公司，专门代理意大利的家具品牌，并准备注册自己的品牌，用意大利的设计找国内工厂合作。

朱古力听完之后，表示Roberto杨的想法很棒，未来一定很有前途。

对于自己曾经视为老师和姐姐的朱古力给予的鼓励，Roberto杨显得非常受用，笑得像是一个考试得了高分的孩子。但是紧接着，Roberto杨便迫不及待地要知道朱古力的故事了，因为他实在太过好奇了。

实在拗不过他的朱古力，只能把自己当年和杜宇熙的校园爱情以及后来巴黎偶遇，老老实实地讲述了一遍。

耐心地听完朱古力的讲述之后，Roberto杨竟一个劲摇头道：

“朱古力，你才是真正随性的人啊，太惊天动地了。当年我一直想你到底喜欢谁呢？我一开始以为你喜欢老林James，但后来又觉得不像，你身边又没有别的男人，怎么就看不上我呢？我可从来没有在女孩子面前输过，你对我的打击太大了，觉得在你面前我就像空气一样不存在，原来如此，现在心理找到平衡了。”

其实，朱古力也早就知道Roberto杨对自己的感情，但她觉得那不过是一种男孩对姐姐的仰慕和依赖。而此刻他能坦然说出自己当年的心事，朱古力更觉得Roberto杨的率真实在难能可贵。

令朱古力没有想到的是，Roberto杨在说完自己曾经对朱古力的感情之后，竟又接着问道：

“朱古力，你是真的不准备跟孩子的生父联系了？真的不想让他知道自己有个女儿？这对Jessica来说不是太好吧？”

其实随着Jessica的一天天长大，朱古力也考虑过是否应该让她知道自己的身世，但每一次话到嘴边，却怎么也说不出口。更何况自己和杜宇熙也已经很多年没有联系了。于是面对Roberto杨的质疑，朱古力也只能笑着答道：

“Leo也这么说，亲生父亲是不可替代的。这件事还是要跟孩子说明的。只是什么时候跟她爸说，还得需要一个契机吧？现在他那边情况不明了，还是再等一等吧。”

眼看Roberto杨还想再多说什么，朱古力连忙转移话题道：

“你们家Luna看上去好漂亮又好聪明，她和Jessica在一个学校上学，以后可以做好朋友呢！”

Roberto杨知道朱古力不想再聊有关杜宇熙的话题，便也知趣地回答道：

“这个还用说嘛！我们能在距离米兰万里之外的上海重逢，那是多有缘分的事情啊！说不定将来我们还可以好好合作一把呢！”

Roberto杨的话顿时提醒了朱古力，她便将自己目前缺乏得力助手的苦恼告诉他：

“我现在急需一个人才，就像当年的你，可以独当一面的。”

见朱古力对自己这般推心置腹，Roberto杨也半开玩笑、半认真地回答道：

“朱古力，要不你给我个机会，让我继续回来给你当下属？”

看着Roberto杨那故作认真的模样，朱古力轻轻地拍了他一下，随即颇为认真地说道：

“你就别开玩笑了，你现在做得都比我厉害了好吧？我是让你看看手头有没有合适的帮我留意一下嘛。其实，我这几年的身体不是很好，这几年潮起潮落的，心脏有点承受不住了。其实老家的人都说在上海炒炒房都比现在能赚钱，你知道温州人特别善于投机，其实我也明白的，但我身上总有一种使命感，也许实在是太执着了。”

看着朱古力有点消瘦的脸颊，Roberto杨也不免有些动情地说道：

“或许我们这一代人都还有点理想情怀吧……对了，我想起来了，我表弟在米兰读销售管理出来的，现在在一家大公司工作，最近有想回来的打算，因为父母身体不好，又是独生子在外面，加上个人问题等，要不，我帮你把他挖过来。”

朱古力知道Roberto杨的性格，他敢于向自己推荐的人，品行能力应该都不会太差，于是颇为感激地说道：

“太好了，亲爱的杨，请你一定要把你的表弟挖过来啊！拜托了！”

难得见朱古力如此开心的Roberto杨，此刻更开玩笑道：

“可以！那要付猎头费的啊，这是你们这行的规矩是吧？”

朱古力则用力地点头道：

“没有问题，就这么愉快地决定了啊！”

说完之后，两个人都哈哈大笑起来。

在此后的日子里，朱古力和Roberto杨还真经常组织两家人，相约起来去吃那家他们都熟悉的意大利餐厅，或者去外滩的一家爵士吧听音乐。

- 03 -

自从Roberto杨的表弟——80后的小陈加入朱古力的公司，她的工作量总算少了很多。

这个上海男孩子非常适合这项工作，他来自米兰P大学品牌管理专业，毕业后在意大利的品牌公司里工作了两年。

很有悟性的他，在朱古力的调教下很快地成长起来了，总算分担了部分朱古力和设计师、企业沟通的问题，慢慢地开始独当一面，成了朱古力在上海公司的得力助手。

朱古力让小陈带起了一批80后的年轻团队，将他们安排在各个设计顾问的组合里，这样的话客户那里都有朱古力这边的专业翻译兼助理，成功率高了许多。

在小陈的协助之下，朱古力可以把精力更多地放在合作品牌的筛选上面，这时的她开始对客户有要求了，希望接的每个项目都做得精准，而不在于数量。

同时除了服装设计顾问以外，朱古力又接到了新的需求，那就是视觉方面的美学设计：Logo及平面设计、大片拍摄、空间设计、陈列及橱窗设计等。

在朱古力看来，品牌客户开始进入第二阶段的需求了。针对这个需求，她得马上做出新的调整方案。

当她的竞争对手还在为了挖设计师或减少顾问费用的问题大动心思的时候，朱古力已经又上了一个新的台阶了，那就是她已经集合了意大利最优秀的空间设计师、橱窗设计师、摄影师等等。

此时的朱古力又想起当年香港林小姐的话，做品牌你应该站在领跑的地位。不过此时林小姐的品牌已经在占领了整个中国市场后又开始进入欧洲市场了，她都把专卖店开到米兰的名牌街上了，因为她提前五年时间便进行了布局。

当Leo带着Hermes橱窗设计师、Maxmara大师级别的空间设计师等出现在朱古力面前的时候，她感动得都要哭了……

想起20年前自己站在米兰的拿破仑街，看着Hermes美轮美奂巴黎屋顶主题、D&G的华丽圣诞橱窗的时候，朱古力曾经也幻想过做出这个设计的人有多么厉害，要是见上一面那该有多好啊!

因为他们设计出来的每一件作品都震撼着当时的朱古力，年轻的她就是被那扇橱窗打开了审美的视野，现在他们直接就站到她的面前，邀请她去他们的工作室参观，真诚地等待着跟她合作。

朱古力一下子感到自己的团队人才济济，能量无限，时尚的大潮大浪在迅速地向她涌来……

而Leo简直就是朱古力幕后的时尚推手，总会在关键时刻推她一把。此外，这个男人在培养Jessica的问题上，也比她这个当妈妈的都更合格。

Leo会耐心地教Jessica画画，辅导Jessica的作业，甚至日常接送时也都是无微不至。尤其在关于生父这个问题上，他一再要求朱古力对Jessica透明，更要对孩子有信心，因为亲生父亲是任何人都无法代替的。

在Jessica十岁生日的时候，朱古力终于和她说起自己与她亲生父亲的爱情故事。她的爸爸现在有可能在美国，他还不知道自己有一个女儿，如果女儿想去找的话，自己以后想办法联系上他……

Jessica听完这个故事，表现得特别懂事，她走过去抱住朱古力温柔地说：

“妈妈，我太爱你了，这就是公主和王子的故事啊，等我长大一点，我就去找他，因为我特想知道他是个什么样的人。”

THIRTY-NINE

第三十九章

友达以上，恋人未满

- 01 -

一个周末的晚上，吃过晚饭后躺在沙发上看书的Leo突然坐起来走到朱古力的身边，抱着她的肩膀幽默地跟她说：

“我的老板，我决定长期留在上海了，肯收留我吗？给你当司机、当保镖都行。”

Leo的幽默让朱古力哈哈大笑，她也故作正经地答道：

“这么多年的咨询费都没有付你，你是来向我讨钱的吧？”

Leo微微一笑，搂着朱古力向她讲述了自己的设想。原来Leo准备辞职了，跑了这么多年的市场累了，不想一直在旅途中了，他想安定下来。

当然他太喜欢上海了，想每天骑着自行车走遍上海的大街小巷，对这个城市想了解更多一点。

听到Leo的这些话语，朱古力不免有些失望，连忙追问：

“还有呢？”

Leo微微一笑，坦然地说道：

“还有，当然是想跟你们多在一起咯！ Jessica马上要长大了，这段时间对她的人生特别重要，非常需要大人的陪伴。”

看着朱古力闪烁着感动的眼眸，Leo又接着说：

“其实，我选择辞职的另一个原因，就是看你太忙了。朱古力，你前段时间体检下来有几项指标都不是很好，身体比什么都重要，所以，我就想多为你分担点。”

转头看见他深情的目光，朱古力感动地点了点头，回身给了他一个紧紧的拥抱。

她想起一句诗：执子之手与子偕老。

这么多年相处下来，他们俩特别认同舒服相处的模式，在婚恋观方面Leo也和她特别有共识。他们虽然没有正式结婚，却比任何的夫妻都忠于爱情、忠于彼此。

这种舒服相处模式是欧洲年轻人最近十几年时兴起来的，尤其在意大利，离婚是件很不容易的事，要想一场纯粹的爱情，唯有这样的舒服相处模式是最可行的，经过年轻人多年的抗争，现在政府也认可了这种模式，非婚生子女也受到法律保护和婚内所生的子女一样待遇，这是人类的一大进步。在中国朱古力也看到了国内媒体的报道称为是“部分结婚在意大利流行”。

Leo加入之后，朱古力公司的业务也有了巨大的转变。想不到由服装设计顾问延伸出来的空间设计项目反而成了后面几年的重头戏，店铺设计、橱窗设计等项目覆盖了上海、北京、深圳、杭州等地。

有了Leo的帮助，朱古力和那些大师们的合作更是默契。与Anna、Silvia那种级别的设计师相比，他们反而没有一点架子，非常愿意聆听客户的要求，设计稿的修改意见等方面也对朱古力表现得非常尊重。这样的合作才是朱古力梦寐以求的，也是她愿意花最大的心思去追求的。

不过，Leo希望朱古力能够从繁忙工作中解脱的想法，却并没有完全实现。毕竟用Leo的话说工作就是她的“毒品”。他开玩笑说这次他决定来上海长住就是帮她“戒毒”来的。

Leo希望能帮朱古力减轻工作压力，因为他对朱古力实在是太了解了，她可以没有爱情，但不可以没有事业，特别是她一手打拼出来的时尚事业。

欣赏一个人就应该给她更多自由的空间去发挥，Leo从来不想去改变朱古力，当初认识她的时候，就是觉得她特别率真自然，自己才被深深地吸引。而对于朱古力来说，也正是由于Leo的包容，他们才能走到现在。

- 02 -

这时朱古力曾经的同事Joyce也来上海工作了，她们俩虽然好久不见了，但依旧保持着电子邮件上的往来。

Joyce是个东南亚风格的漂亮女孩，小麦色的皮肤，脸庞颧骨比较高，有着魔鬼般的身材，特别招老外喜欢。

此时林James的香港集团在上海投资开了一家很大的买手集成店，她出任这家店的买手总监。Joyce在上海玩得风生水起，认识各路人脉，换男朋友就像换衣服一样。她经常邀请朱古力参加各种派对，但是朱古力实在忙，要么出差，要么就是累得不想动，当然有时她还是会带上Leo一起去。

那天朱古力在Joyce于新天地组织的派对上还遇上了多年不见的林James。朱古力对于这样的偶遇并不感到奇怪，毕竟这家买手店就是林家控股的，只是想不到这十几年的光景，林James已经发展成这么大的规模了，从香港一路开到上海、北京等地。老搭档相见感慨万千，心情有点复杂。林James还是很感谢朱古力当年的鼎力相助，有了前面的第一桶金，才有今天的发展。

林James对Joyce开玩笑说：

“你们这些买手都要向朱古力学习，她当年可是一个顶俩哦。”

朱古力则笑着答道：

“那是你林老板太会剥削和压榨人了！”

朱古力的玩笑令林James有些尴尬，毕竟在朱古力突然辞职的问题上，他始终觉得自己的家族对这个女孩有所愧疚，噎了好久才酸溜溜地说道：

“我就知道你是个不可多得的人才，但没有人可以Hold得住你，欣赏你的男人会很多，留得住你的会很少。”

朱古力听出了林James的弦外之音，但也只是报以莞尔一笑，进而温柔搂住了身旁Leo的胳膊。

此时走过来一位拿着酒杯的年轻帅哥，见到林James后，竟主动过来打招呼道：

“林老板，这么多美女妹妹，怎么也不给我介绍介绍啊？”

还没等林James开口，Joyce就抢着回答：

“Jack，这里可没有你找的美女妹妹！”

“但我也喜欢姐姐啊，”Jack笑着说，然后瞅着朱古力说道，“这位姐姐可是卓尔不群，气质如兰啊。”

“人家可是来自意大利时尚界的大咖呢！”Joyce很夸张地说。

林James则意味深长地笑着说：

“看来又有一位想来碰碰运气了啊！”

熟了以后，朱古力才知道，这位Jack虽然刚三十出头，却已经是上海金融界有名的投资人了，他的团队专门从事奢侈品收购和品牌融资这块业务。

不过当他说自己是温州人时，朱古力实在不相信。不过Jack也不相信朱古力是温州人。

对此Jack幽默地解释道：

“我在中学时还没有搞明白怎么回事，就被家里打包邮寄到美国纽约去了，后来大学金融专业毕业直接到华尔街工作了。”

他接着说道：

“很多人说我不像温州人，不过骨子里还是温州人，难道你不是吗？”

那天之后，Jack就三天两头打电话约朱古力喝茶吃饭，打探时尚方面的各种情报信息，看得出来他不仅对朱古力手里的资源感兴趣，对这个比他大10来岁的时尚女性也同样很感兴趣。

这种经常放电的男孩子朱古力自然碰到过不少，她早已学会了见招拆招，这是她单独打拼多年总结出来的经验，这时候的她已经不是那个刚出道的小女生了，阅人无数的她如果没有定力，如何能一心一意地把事业做好呢?

- 03 -

“排忧解难”成了朱古力在时尚界的一个招牌。这不，又有一位多年的老友找到她了，这又是一个新的项目，关于品牌的收购和融资。

这位意大利设计师Angelo在多年前的一次活动中偶然地认识了朱古力，并且一直对朱古力的跨国时尚商业活动有所关注并十分敬佩她。

Angelo在欧洲是小有名气的设计师，早年曾供职于法国顶级奢侈品公司LV集团，之后又供职于一间意大利奢侈品集团，有在奢侈品牌二十多年的设计师经历后他决定在米兰创建自己的同名品牌。

Angelo专注于设计以及工艺，对面料和剪裁有着自己独特的见地，他是一个单纯追逐美的匠人，品牌ANGELO一经发布，因为设计师本人的声望，在欧洲时尚圈掀起不小的波澜，米兰时装周的发布会后众多时尚评论人都为之叫好，而品牌ANGELO也顺风顺水进入了欧洲几家奢侈品百货公司。

可三季过后面对越来越多的库存和百货公司的退货，Angelo才发现了财务危机，高昂的秀场发布会背后，Angelo突然意识到其设计叫好不叫卖，圈内专业时装评论人的一片好评却无法带来实际的利益销售，在一个光鲜亮丽的躯壳下，品牌在平民市场中无人问津。

在无奈和迷茫之下设计师决定去找朱古力谈一下，然而此时的朱古力在中意两国的时尚圈里已经声名鹊起，几经周折Angelo才找到机会见到朱古力。

在时尚圈浸润多年的朱古力，对于这个设计师品牌并不陌生，对所发生的情况也早有耳闻。

在朱古力看来一切的发生都是意料之中的事情。毕竟设计师品牌的优势在于新颖的设计以及工艺，然而以设计师感性的头脑去运营一个商业品牌则是远远不够的。

朱古力向Angelo提出引进中国投资以及国际化运营管理方法，只有这样才能救活品牌。

起初Angelo并不同意将品牌售出，迫于压力和权衡利弊之后最终决定听从朱古力的建议。

于是朱古力就带他去见了Jack，地点就定在外滩的英迪格酒店的顶上大露台。

老远看到朱古力穿着一件军绿色的披风，后面跟着意大利帅哥Angelo向他走来的时候，Jack就站起来迎了上去说：

“美女姐姐，难得见你一面啊，今天的风格很飒啊，你的LOOK总是让人那么赏心悦目。”

“你呀，这么会花言巧语！”朱古力没好气地回答。

“我们这么棒的CP组合在一起，肯定要搞点事情的嘛！”Jack有点厚脸皮地说道。

“无利不起早，我太明白你的小心机了。”朱古力一语道破Jack和她打情骂俏的背后目的。

于是在朱古力的牵线下，他们双方开始有了意向，这个合作的确定需要一定的时间，在朱古力看来，在新的局势下区域的局限将会越来越少，同时要将多种优势整合，共同关注国际市场，这不是一件容易的事，包括引进国际市场团队等，而能基于意大利制造却又积极合作国际资源的混血品牌才是设计师品牌的出路。

果然Jack很快主动找朱古力长谈了一次，他开门见山地对朱古力说道：

“姐，这件事到底能不能干？我还想听听你的意见呢！”

朱古力知道Jack虽然是资本市场的“老玩家”，对时尚圈却是一知半解。但这次竟然主动来向自己请教，便说明他对收购Angelo的品牌的确有浓厚的兴趣。不过朱古力却没有马上给出意见，便打趣说：

“你们先谈着，恋爱交往还需要时间呢，品牌合作也是需要缘分的，一见钟情总是少数概率。”

见朱古力竟然和自己打起了“太极拳”，Jack连忙说道：

“姐，你可不能这样啊！弟弟可是真心实意地向你请教呢？”

朱古力见他难得一脸真诚，便给他指了条明路：

“要知道一个品牌到底有没有价值，光看它的广告是不行的。你连米兰都没去过，我怎么给你意见啊！”

Jack是个一点就透的聪明人，当即笑着回答说：

“听你的，我想到米兰看看他的产品，光看表格资料没有用的，当然你得告诉我你什么时候在米兰？不然我去了有什么意思啊？”

朱古力有些矜持地答道：

“我来安排时间，如果我没有空会让别的人接待你的。”

没想到Jack一本正经地回答道：

“那不行，你必须得在的啊，我喜欢和美女姐姐一起工作，我们俩的组合可是无人能敌的。”

对于还想端着的Jack，朱古力一笑置之，她不再急于求成了，让双方自己互相磨合，她只用在旁敲敲边鼓就可以了，当然她相信如果没有Jack还会有其他的投资人，对的时机、碰到对的人比什么都重要，这时候的朱古力已变得从容而淡定。

FORTY

第四十章

旧故事，新浪潮

- 01 -

上海时装周经过几年的宣传和专业方面的提升，国际影响力已经超过了北京国际时装周了，玩转起来了，特别受设计师品牌的青睐。

2014年的春季时装周期间，Joyce工作的买手店和时装周合作，请来了纽约著名设计师品牌DUZIA，Joyce发来一张邀请函请朱古力过去捧场。

朱古力当然义不容辞，看发布会本身就是她的工作部分，每年她会有选择地看一些她感兴趣的设计师品牌。了解风格和趋势是她收集信息的重要方式。

在发布会现场的她和Joyce约好一起进去，经过大门口的时候看见DU被一大拨人安排在那里跟各种人合影，Joyce想过去打招呼，朱古力拉了她一下，小声说道：

“我们还是不去凑热闹吧。”

看着这个发布会朱古力的思绪突然被带到了十几年前她和杜宇熙合作拍摄大片时的场景，他提到过DU这个名字，那时候设计师还是一个刚从纽约视觉设计学院毕业的年轻女孩。

因为这个女孩对设计天赋异禀，于是家里出钱给她做了这个品牌，据说她家是美国华裔里屈指可数的富商。算起来她应该属于富三代了，但她很努力，从年轻出道引起轰动到现在她的品牌依然被很多人所追捧，确实不简单，品牌固然需要烧钱，但很多有钱人烧了不少钱依然没有成功。

发布会结束后朱古力让Joyce帮她安排见一下这个设计师，看她是否有时间喝个咖啡。

朱古力想要见DU，第一，是好奇的她想见一下这个极有天赋的设计奇才，看看有没有合作的可能，第二则是DU应该知道杜宇熙的情况。她应该帮女儿Jessica实现见一下生父的愿望。

于是她们俩走到后台，DU正被记者们围着在接受采访，于是她们几个打了个招呼就先走了，晚上收到Joyce的微信，说明天下午2点在上海的半岛酒店一楼的咖啡吧见。

这是一次不简单的约会，朱古力心中有感觉，但这么惊心动魄完全出乎她的意料。

设计师DU身穿一袭黑色宽松到脚踝的连衣裙，黑油油瀑布一样的直发，空灵又有艺术家的气息，朱古力看了非常欣赏，谁说只有帅哥养眼，美丽同性也会令人心动不已。

Joyce应该是她的大客户了，不然百忙之中的DU可是很难约的。DU坐下之后，也说她今晚就会搭航班返回纽约了，Joyce则开玩笑说自己的面子还不小呢！

令Joyce没有想到的是，DU见到朱古力就伸出手来，微笑着说道：

“久仰了，我认识你。”

“是吗？我们有见过吗？”

朱古力不相信，带着怀疑的口气问。不过她们俩真的没有第一次见面的陌生感。

“如果我说个故事你就知道怎么回事了，故事有点长但肯定让你觉得神奇。”

三人坐下点了咖啡和小吃后，聊了发布会的各种八卦收获等，Joyce就迫不及待地想听故事了，DU就开始述说她的家族历史。

- 02 -

DU的爷爷是1949年前国民党某将军的副官，新中国成立时去了台湾，在20世纪50年代末移民到了美国，她的父母都是在纽约长大并接受教育的，因为爷爷从台湾过去的时候是带了财产的，加上父母在美国经商成功，所以成了当地有名的富商：

“大家都知道蒋介石喜欢重用浙江人，所以他的高官里也有我爷爷这样的青田人。爷爷离开大陆后，爷爷的弟弟还在大陆。家就一点一点破落了，后来二爷的女儿很厉害重新撑起了家族，据说在法国巴黎打拼出一个新天地。”

听到这里朱古力已经明白七八分了。这位DU和杜宇熙不仅同姓，而且同宗同族。

DU再接着说作为摄影师的杜宇熙，杜宇熙进入她的品牌当那季的摄影师完全是偶然，当时经纪公司给她推荐了好几个不错的摄影师，但她当时就被杜宇熙的气质吸引住了。他的五官轮廓像当时好莱坞华裔明星尊龙，再看作品也很好，就马上定了下来，结果他拍出了她想要的感觉，在时尚圈引起了小轰动。

Joyce马上不解风情地叫了起来：

“像尊龙？那也太帅了吧？我要看照片。”

不过DU根本没有理会这个吃瓜群众，而是继续说道：

“当时我根本不知道他是来自法国杜家那支血脉，后来他跟我哥哥姐姐们成了朋友后才慢慢知道了整个家族的故事。”

“当时我的爷爷已经过世，所以我们并不知道杜家后人在巴黎，那个年代你也知道大家都不怎么联系的。我的父亲知道后，就觉得他是杜家的人，还很照顾他，在事业上也帮了不少忙。这样一算他就是我堂哥了，我本来还想跟他谈一场恋爱的，结果就没有机会了，我爸爸说我们还算是很亲的，说什么还没有出五服。”

说完DU笑了起来。毕竟她在美国长大，对于中国那套宗亲理论并不那么熟稔。

Joyce很好奇地开玩笑地问：

“他有没有对你感兴趣啊？”

DU无奈地叹了口气道：

“我觉得没有，虽然我们很谈得来，但他的婚姻已经把他折磨得千疮百孔了啊。这场婚姻估计是他人生最大的败笔，甚至可以说是耻辱，他们那场婚姻是杜姑姑一手策划的悲剧。”

DU 喝了杯咖啡后继续说道：

“杜姑姑自从牺牲自己的爱情嫁给了老华侨，这十多年的婚姻可能使她的心理有点变态。先是把老华侨最得力的年轻助理搞定当了她的小情人，因为她需要培养自己的人，想要站住脚，她孤单一人肯定不行的，万一老爷子一走，他还有几个子女肯定会来跟她抢家产的。她那撩男人的技能估计也是天生的，下一个目标就是王律师。

王律师是来自越南的华侨，风度翩翩的，事务所经营得很不错，但妻子早逝，有一个漂亮的女儿很是让他疼爱。

把家产顺利继承过来肯定少不了律师的帮忙，老华侨生前是王律师的好朋友兼客户，他自从见到风情万种的杜姑姑，就从心里爱上了这个妩媚的女人，所以在处理遗产方面帮了她大忙，得到大笔财产后的杜姑姑也报答了这个律师，除了律师费当然还有肉体。

后面王律师还在好多业务诸如店铺过户手续等上给予了杜姑姑以帮助，这些都属于小事，问题是杜姑姑很贪婪，看见蛇头这个生意一本万利，开始主要是带自己家人过来多几个帮手，后来发现这是个好买卖，于是参与进去狠狠地发了几笔，但是风险也变大了。

起初杜姑姑安排带杜宇熙过来介绍给律师的女儿也是觉得他们挺般配，也为自己多一份保险，是属于正常的豪门家族的联姻而已。赶巧移民局已经盯上了杜姑姑的非法偷渡事件，于是杜姑姑就把王律师及其手下的几个马仔当作诱饵抛了出去，并迅速地促成了这桩婚事，把王律师捆绑在了一条船上。

王律师可以帮助办理政治庇护之类的身份，但制造这么多假文件也是不可能的，这么多的乡下人怎么可能都是来政治避难的？

最后王律师为了保护他的情人和女儿承担了所有的罪状，走进了监狱，被吊销了律师执照，然而杜姑姑全身而退，后来王律师的女儿知道了真相恨死了杜家人。”

她们俩听完这个故事唏嘘不已。

- 03 -

“你们说，这个杜姑姑是不是很会撩汉啊？”

在整件事情中完全处于路人视角的Joyce首先想到的是八卦。

“我觉得，她更像张爱玲笔下《第一炉香》中那个富有心计的姑姑。她怕过苦日子，没有安全感。她需要自己年轻的侄子帮她弄人弄财，于是杜宇熙就糊里糊涂成了她手中的一张牌。”

而对于见过杜姑姑的朱古力而言，她对杜姑姑的感情则比较复杂。除了切齿的痛恨之外，还有一丝丝怜悯和悲哀。

感慨过后，朱古力又问DU：

“那么你是如何知道我的呢？”

DU则微笑着答道：

“那是他从巴黎回来把大片的照片给我看的时候，无意中翻到了里面有你的两个镜头，拍得好美好自然，问他说是旧相识，随手拍的，谁信啊？我又不傻，再三追问下他才说了实话，才知道你们有这么一段凄美恋情毁于杜姑姑之手。”

DU继续说道：

“虽然时间过去那么久了，但昨天在秀场你一出现我就觉得熟悉，后来Joyce说你是从欧洲回来的，又说要约我喝咖啡，我就更确定了。”

DU真是一位集古怪精灵和天才于一身的女子，所以她的设计是那么绝美。

Joyce直嚷嚷要看杜宇熙的照片，说道：

“到底是什么样的男人啊？会让我们的高冷美人朱古力都这么动心？”

DU把手机里的照片翻出来后递给Joyce看。她一看就说：

“哇，也是我的菜啊，盛世美颜，轮廓是有点像尊龙，但个子比尊龙高。旁边那个是他的女朋友？好年轻，有点像朱古力年轻时的样子，看来他就喜欢这一款。”

不过看了一会儿，Joyce又有些迷惑地说道：

“他那双大眼睛怎么那么熟悉啊？好像在哪里见过？”

见她冥思苦想地努力在脑海中搜索着，朱古力声音很轻，但绝对是惊天动地地提醒道：

“你想说的是Jessica的眼睛吧？”

看着Joyce一脸惊讶但又万分赞同的表情，DU好奇地问道：

“Jessica是谁？”

朱古力打开手机屏幕上自己女儿的照片，三人都沉默了一会儿，Joyce先沉不住气了说道：

“太romantic了吧？这才叫旷世之恋。”

而DU则是轻轻地问道：

“他知道吗？”

“不知道。”

Joyce惊叹道：

“你真能沉住气，十五年了啊。”

DU则是颇为慎重地对朱古力说道：

“请发我一张Jessica的照片，可以吗？”

收到照片后DU在手机上看了半天才抬起头来对着朱古力说：

“亲爱的，我知道该怎么做了。”

三人又感叹了一会儿，DU看了一下时间说要先走了，她们几个约定下次米兰见，DU说她经常去米兰的，米兰有好几个买手店都有她的品牌。

三个人散了后，朱古力一个人漫步在外滩，看着东方明珠塔的灯光倒影在江面上好美，她的思绪有点乱，今天下午的信息量太大，她一下子有点缓不过劲来，在纽约的杜宇熙听到这个爆炸性消息又会是什么反应呢?

FORTY-ONE

第四十一章

抉择

- 01 -

朱古力与她们俩分别后，一个人在外滩溜达了很久才回到家里，Leo正在客厅里看电视，见她进来时脸色有些难看，便连忙关切地问道：

“朱古力，你今天怎么回来得这么晚啊？是时装周出现了什么问题吗？ Jessica从学校回来时，还说要跟你玩会儿的，实在熬不住了，刚刚才去睡觉呢！”

朱古力没有回答Leo的问题，只是脱了外套之后，走过去靠着他的肩膀在沙发上坐了下来。沉默了许久，才把今天遇到的事跟他说了一遍。

曾经以为自己的人生已经见惯了风浪的朱古力，此时却多少有些不知道该如何应对了。她无法想象Jessica面对杜宇熙时的场景，更不知道自己应该去做些什么。

与手足无措的朱古力相比，Leo却是一脸淡然，他温柔地搂着朱古力小声说道：

“朱古力，当年你决定生Jessica的时候，就应该知道会有这么一天的啊！再说你现在的心理那么强大了，见招拆招的工作模式不是你经常教年轻一辈的口头禅吗？我相信一切都会好起来的。”

朱古力摇了摇头道：

“那是在工作上，感情上的事又是不一样的，我是个理性和感性互相矛盾的人，曲曲折折又纠缠不清。”

Leo抚摸着朱古力的手，无限温柔地表示：

“会过去的，不用那么刻意，顺其自然，我相信你。”

朱古力起身走到女儿的小房间，推开房门走到她床边，坐到床沿上看着Jessica那张精致非凡的小脸，感叹着昔日的洋娃娃已在不知不觉中长成了亭亭玉立的大姑娘了。

此刻的朱古力显然并不知道，在遥远的地球另一端，那个叫杜宇熙的男人，也在承受着与她同样的痛苦，他的心里甚至更为不安、更为彷徨，也更为无助。

此时的杜宇熙已经在纽约生活了将近20年，自从那次成为杜姑姑的棋子后，他的心里便蒙上了阴影，他在纽约经营自己的摄影工作室，似乎他的工作需要在时装周期间满世界跑，但除了工作之外他几乎是不会去巴黎的。

因为在巴黎还有段名存实亡的婚姻。而这段婚姻也成了他一生的耻辱，是他为自己的自私和无知所付出的惨重的代价。

当初杜姑姑为了保住自己的生意和财产，让王律师出来顶雷。因此将杜宇熙做了诱饵，让王律师心甘情愿与他们杜家联了姻。

杜宇熙也想过抗争，但杜姑姑先是说为了保住家族的利益让他答应这门亲事，继而又拿为了找他而来到巴黎的朱古力相威胁，最终令杜宇熙无奈地选择了与朱古力分手。

接下来，杜姑姑又抓住了杜宇熙要强的软肋，毕竟杜宇熙自己也承认解决合法身份最好的途径自然是婚姻，这样他就可以去读艺术大学，又有姑姑帮他付学费，加上王家女孩长得也挺漂亮，虽然不是他喜欢的类型，但在法国长大的她性格特别开朗，面对这样的女孩他也是很难拒绝的。

可惜，刚刚走出大学校园的杜宇熙并不知道事情的严重性。除了正当的生意之外，杜姑姑还和一帮蛇头联合做偷渡的生意，早被移民局盯上了，最后的结局是王律师身陷囹圄，被吊销了律师执照，他女儿知道真相后恨死了杜姑姑和杜宇熙，这么天真阳光的女孩子成了杜家的牺牲品，而他成了帮凶，同时又伤害了他最爱的女孩——朱古力。每当想起这件事情他后悔得连死的心都有。

- 02 -

然而，当知道前因后果的杜宇熙气势汹汹地跑到杜姑姑面前质问时，杜姑姑却只是看着自己那涂着红色指甲油的双手，淡定地答道：

“我自私吗？宇熙，要知道我们身上流着同样的血，我无儿无女，这样做又是为了谁啊？而你难道就那么无辜吗？要知道整件事情里受益最多的不正是你吗？”

姑姑的回答是如此冷漠和恶毒，完全出乎杜宇熙的预料，那一天他和他一直敬爱的姑姑彻底决裂了。

后面的读书学费都是靠杜宇熙打工、做家教、送外卖赚出来的，即便姑姑刚开始还给他寄支票，他也都如数地退回去。

杜宇熙也曾颓废和沉沦过，他用自我惩罚的方式，来为他自己犯下的错误付出代价。但是后来杜宇熙来到了纽约，遇到了当时纽约最牛的时尚拍摄大师Filippo，一切才悄然发生了改变。

Filippo很欣赏杜宇熙的才华，杜宇熙也颇为上进。只是在跟着Filippo工作了几年之后，杜宇熙便独立完成了DUZIA品牌的大片拍摄，一时间在时尚界引起了小轰动，此后各类时尚杂志和品牌片约便如雪片般飞来。

就在杜宇熙独当一面的第二年，他接到了香港的品牌在巴黎拍摄宣传大片的工作邀约。杜宇熙起初对这份工作并不在意，却不曾想在巴黎偶遇了8年未曾见面的朱古力。

那次重逢令杜宇熙激动不已，毕竟他亏欠这个善良女孩的实在太多了，尤其看到她越来越有气质，心中再次泛起涟漪。同时他还看出朱古力心里还有他的，虽然她表面上态度很放松，但他还是捕捉到了她刹那间的惊慌失措。他在试镜模特时通过相机观察到她细微的变化，抓住了几个表情自然又很美的侧脸偷拍了两张。

那天晚上，杜宇熙回到房间后一直翻来覆去地欣赏着朱古力的照片，她的小圆脸脱去了稚气变得更精致也更有女人味，柔弱单薄的身材也变得玲珑有致，她不高但比例特好，他觉得自己比以前更喜欢她了，他每天接触不同美女模特，但朱古力才是他喜欢的那一款，多年来没有变。

其实当年在杭州大学校园里杜宇熙也曾有很多的选择，朱古力并不是最突出的那一个，但却是最令他动心的。那份说不清、道不明的吸引力，最终令杜宇熙第一次勇敢地对女生开始了主动追求。

第二天拍摄结束大家去聚会后在回来的路上，他们俩坐在出租车的后排，挨得那么近都能听到彼此的呼吸，他看见朱古力穿着无袖的连衣裙露出浑圆的肩膀，细长的脖子雪白光滑，性感极了，他觉得自己渴望她的身体太久太久了。

那一天，向来都理智克制的杜宇熙不想再控制了，哪怕被朱古力拒绝打一记耳光，也要强行试一下，于是在下定决心后，杜宇熙直接跟到了朱古力的房间，这是他平生第一次做了这么粗鲁的动作，强吻了朱古力，但他马上明白了他们俩都在渴望着彼此的身体，他还在她的心里面，只是被封闭太久了而已。

- 03 -

第二天上午离开之前，杜宇熙很想开口对朱古力说“跟我去纽约吧”，但是这句话他最终没有说出口。那是因为在法律上他还有一个妻子。他想尽快找到解决的方法之后，再名正言顺地去找她，给她一个名分。

然而，他做不到，他的妻子不愿意见他，也不愿意离婚。

直到有一天杜宇熙终于收到他妻子的律师发来的离婚函，这是他结婚十年后收到的第一封信。之前每年的圣诞他都会给她寄贺卡，这是她不愿意见他后，他唯一坚持做的事情。终于他的妻子决定离婚了，其实也是放了各自一马，因为她的父亲出狱回家了，于是她就把这段往事做了个了结。

收到这封信时，杜宇熙知道他的刑期终于满了，他被释放了，这是一座精神监狱，他在里面待了十年，那天他痛哭了，去酒吧庆祝了自己的重生，他终于开启他的新生活了。

处理完离婚的事后，恢复单身的他第一个愿望就是马上找到朱古力，现在他再也不想失去她了，虽然晚了十年，但也正是成熟了的年纪，经历了万水千山后才会懂得珍惜，这次他一定不会再错过。他相信他们之间前世有约，他们的爱情故事还会延续。

他马上联系了米兰认识朱古力的摄影师朋友，回复过来的信息是朱古力已经结婚生子回国发展去了，这个消息无疑是当头一棒，他们又一次擦肩而过，上帝又一次跟他开了个玩笑，这次他彻底死心了。

经过几年的单身生活，杜宇熙也曾和不同的女性约会过，但是却再也找不回来那种心潮澎湃的感觉。直到Merry的出现。

Merry是武汉人，也是在中学时被父母安排来纽约读书的，这个80后读的是经济管理课程，但女孩子都喜欢美，当她来到杜宇熙的摄影工作室就喜欢上了那里，当然那位又冷又酷、才华横溢的帅大叔，更让她痴迷不已。

于是Merry主动应聘当了杜宇熙的助理，帮助他把工作室打理得井井有条，不过在此后的几年里，两人却始终保持着纯粹的工作关系。Merry一直默默地爱慕着杜宇熙，从来都没有想过公开表露自己的心意。

直到五年前的一个晚上。杜宇熙喝醉了酒，躺在办公室的沙发上，看到Merry倒了水过来时，那个侧影和轮廓特别像朱古力，于是便伸手拉着她说：

“古力，你终于来纽约看我了啊？”

Merry起初有些惊讶，但很快便温柔地回答：

“我不是古力，但我愿意当一个倾听者，杜老师，和我说说你的故事吧！”

于是，杜宇熙把憋在心里很久的故事都说了出来，而Merry也从此知道了在这个自己仰慕的男人那冷酷外表下面，还有一颗滚烫的心，并一直在承受着自己犯下的过错所带来的那些心理煎熬。

那天之后，Merry给了杜宇熙更多的温暖和勇气，并帮助他慢慢走出阴影，他们也终于走在了一起。

FORTY-TWO

第四十二章 惊天的消息

- 01 -

杜宇熙接到堂妹DU的电话，但对方却没有多说什么，只是神秘地约他去家里见面。杜宇熙也没有多想，便匆匆赶了过去。却不想，DU一见面就告诉他，自己在上海见到了那个他曾多次提到过的朱古力，而且朱古力还为杜宇熙生下了一个女儿，并独自抚养至今。

看着DU手机里那张Jessica的照片，杜宇熙如同五雷轰顶般当场怔住了。他一遍遍地对自己说道：

“怎么可能有这样的事情发生呢？这也太不可思议了！怎么可能有这样的事情发生呢？这也太不可思议了！”

虽然不知道细节，但杜宇熙还是可以想象朱古力从怀孕到生子会是一个怎样的经历。她一个人扛下了生活的所有磨难，而且事业还发展得这么风生水起，这是需要多么强大的心理啊。

杜宇熙放下手机，坐在那里喃喃自语道：

“我不相信，这不可能。她……她怎么可以连一点消息也不给我，也太过分了。”

DU以为他不相信Jessica是他的孩子，便有些生气地问道：

“你的意思是说，一定要做一个DNA亲子鉴定，你才肯乖乖认账吗？”

杜宇熙抬起头来，看着DU，眼眶湿润地说道：

“我不是这个意思。只要看到这双眼睛，我就肯定是我的基因，我是说我一直以为我和朱古力的缘分已经尽了，她早该忘记了我，却没有想到她默默地为我付出了那么多！”

杜宇熙痛恨自己为什么不早点联系朱古力，就为了自己那可怜的尊严？杜宇熙剖析着自己的内心，最终他不得不痛苦地承认，这一切的罪魁祸首还是他那与生俱来的怯懦，他怕朱古力看不起他，害怕朱古力会在意自己那段早已名存实亡的婚姻，害怕朱古力会拒绝和他一起回到纽约。

一想起朱古力这些年以一个单身母亲的身份所承受的一切，杜宇熙便痛苦得无法自拔。他无法想象朱古力是有多爱他，才会做出这样的决定，而他自己居然什么也不知道，他恨自己的懦弱和胆怯，更恨自己骨子里那隐藏极深的自私。他突然觉得姑姑说得很对，他的身上流着和她一样的血。

最终，杜宇熙站起身来，头也不回地走出门去。他心中默念着：

“有了这个女儿，我可以拿起电话光明正大联系她了，有了这个女儿，我就有足够理由去上海找她了！”

生活就是如此，一切看似不可能的，却有着千百万种的可能。如果这个世界是一个游乐场，那么朱古力的人生就是一场奇幻漂流，而他杜宇熙的人生就像过山车，总是在他以为平静的时候出现天翻地覆的变化。

来自大西洋上的海风吹拂着独自行走在纽约街的那个华裔男人的头发。他突然开始一路狂奔起来，激动的眼泪噼里啪啦地往下掉，十五年前的情景仿佛就在眼前，他回忆着和她相处的每一个细节，直到泪流满面，瘫软在了地上……

- 02 -

杜宇熙失魂落魄地回到了家里，在女友Merry的一再追问下，他将自己从堂妹DU口中知道的一切告诉了对方。Merry的眼泪竟也瞬间夺眶而出，显然她心里的激动也一时无法形容。

过了许久，Merry才悠悠地说道：

“她真是个了不起的女人，我终于明白了，为什么你会那么爱她，忘不了她。”

杜宇熙看着自己的女友，继续讲述着他内心的触动，朱古力不仅还成了单身母亲，还在事业上取得很好的成绩。而她女儿的生父居然是他，他深爱的女人居然给了他这么一份巨大的礼物，足以弥补他所有的缺憾，他觉得他的人生被她救赎了。

这份惊喜令杜宇熙不知道怎么去感谢朱古力。杜宇熙知道她肯定受了很多苦，当初要是知道这一切，那无论如何他都会克服困难把她接到身边来，他恨自己的迟钝。

当时听到朱古力那么快结婚生子的消息，杜宇熙心里还很不是滋味。他觉得他们在巴黎的那个夜晚根本就不是什么艳遇，而是彼此等待了多年的结合，如果当年没有姑姑的阻碍，他们早就应该在一起了，虽然没有承诺，但是这份感情是不会那么快就消失的啊！

杜宇熙抱怨自己“为什么一听到她结婚生子的消息，就没有仔细地想一想，没有试着去了解她的真实情况呢？朋友只是说他看到朱古力有了孩子，便猜想她结婚了。到底是什么时候结的婚？孩子有多大呢？他都没有想过。”

他觉得自己实在是愚笨到家了，当时以为朱古力一定是恨他在那晚之后没有来米兰找她，对他失望至极才离他而去的，而他在没有恢复自由之身之时觉得无颜面对她，没有勇气向她开口求她留在自己的身边，不愿意让她不明不白地跟着他。

看着万分痛苦的男友，Merry温柔地拥抱着他，以一个旁观者的身份为杜宇熙分析着事情的来龙去脉：

那次他们偶遇本来有机会说出一切的，偏偏他只说了一半，只说姑姑让他牺牲以拯救家族，因为后一半实在是难以启齿，总不能说是姑姑设局把他当作诱饵。这个婚结得实在窝囊，他怕朱古力从此看不起他，所以他还是有点保留，也是给自己留点颜面……

而这一切都源于杜宇熙实在太爱朱古力了，怕自己再次失去她，反而乱了分寸，不知道该如何表达了，结果没有彻底地说明白这一切。

女友的话让沉浸在痛苦中的杜宇熙稍许冷静了一些，那晚他失眠了。

第二天一早他又跑去找堂妹DU了，方寸大乱的他已然失去了往日的聪明和果决，他面对着DU像个做错了事情的孩子那般，询问DU接下来自己该怎么办？ DU听后真是哭笑不得，随即建议他马上联系朱古力。

她用恨铁不成钢的口气很直接地说：

“你就别再磨叽了，这个时候你还要端着什么呢？你已经做得很让人看不起了好吗？你总是那么自以为是，从来没有真正地了解过朱古力，她曾经那么爱你，隐藏了这么多事情，就是怕你会又一次让她失望，所以情愿保持着一个梦想，而不去戳破它。她能让女儿跟你相认，就是为了让孩子实现愿望，不然按照她的性格估计这辈子都不会联系你的。虽然我和她认识的时间不长，但比你了解她多了去了，还说你们曾经是恋人，怎么会没有一点心灵感应呢？”

- 03 -

DU的话点醒了杜宇熙，他怀着激动又复杂的心情给朱古力打了电话，这是他们在巴黎分手后他第一次听到她的声音，十几年过去了再听到这个日思夜想的声音，他的鼻子立刻就酸了。

两人在电话里沉默了一会儿，最后还是朱古力先平静下来：

“你的事情DU都跟我讲了，现在知道当初我们为什么会错过了？也许一切都是最好的安排吧！”

杜宇熙很难过地问：

“当年为什么不给我消息？哪怕知道一点点我也会马上飞过来的啊。这让我太……歉疚了……让我感觉自己做得很渣……”

杜宇熙本以为自己的道歉会令朱古力感动，却没想到对方只是有些不客气地回答道：

“现在说这个还有用吗？如果你想说什么弥补之类的话，最好打住，因为女儿带给我的快乐是无法用言语形容的，我并不觉得自己吃亏了需要接受补偿什么的。”

朱古力一句话就把杜宇熙想说的话给堵在喉咙里了。好在朱古力的声音很快便平和了下来，她从容地说道：

“女儿成长得很好，就是想见见亲生爸爸，我把她的联系方式给你。你没有当过父亲，突然冒出个15岁的女儿，倒是你自己心里要有个准备，想想怎么跟她沟通。”

杜宇熙心里明白自己不再是朱古力曾经崇拜的那个大才子了，她早已超越了他，甩出他好几条街了。

当晚回家朱古力就把好消息告诉了Jessica，这个生性活泼的女孩，当即便高兴地一直追问道：

“妈咪，这是真的吗？爸爸真的会来看我？明天会打电话给我？确定他是爱我的，是吗？”

夜深人静的时候，朱古力还坐在书房的电脑面前呆呆地想着心事，看见Leo走进来也没有反应，他按着她的肩膀说：

“你做好准备了吗？这可是一场很难打的感情战啊，你们俩的关系没有人可以解，只有靠你自己，如果你一直走不出来，你就无法开启新的生活。”

朱古力则抱歉地握着Leo的手，回过头去对着这个和自己相濡以沫多年的男人说道：

“他说下周要过来见女儿，我总不能不见他吧？对不起，给我一点时间，这么多年了，总以为自己已经走出这段感情了，但是一听到他要来又有点不知所措了，但我相信自己会处理好的。”

看着眼前这个美丽而又睿智的东方女性，Leo也颇为动情地回答道：

“从跟你认识那刻起，我就知道早晚你要面临这个问题的，总不能让Jessica一辈子不认亲生父亲吧？我和日本女友的分离都伤痛了很多年，何况你们俩……记住一点，顺应自己的心，不要考虑外界因素，明白吗？我会等你的，不管结果如何我都能接受。”

“谢谢你，总是那么包容我的任性。”

FORTY-THREE

第四十三章

吾家有女初长成

- 01 -

在朱古力的安排之下，杜宇熙和Jessica通过国际长途通了一次话。从那个15年未曾谋面的女儿口中，杜宇熙惊异地发现朱古力竟然一直都很维护他这个不称职的父亲。

因为从Jessica的口气里，杜宇熙可以明确感觉到女儿对他充满了爱和期待，这种感觉几乎把他的心温暖得都要融化了，他的人生第一次感到了初为人父的骄傲。

通话的最后，杜宇熙答应Jessica，自己会尽快安排时间过来看她，并且萌生出了当年夏天便邀请Jessica来纽约过暑假的想法。

接下来的几天里，杜宇熙激动得每天都睡不好觉，脑海中反复演练着自己见到朱古力母女时，该如何表现出自然，又如何能让她们感受到自己浓浓的爱意……

一周的时间匆匆过去，安排好一切的杜宇熙终于等到了出发的日子。但是就在他动身前往机场前的那个晚上，Merry躺在他的臂弯里，有些腼腆又有些不安地问道：

“你会尽可能地努力让她再回到你身边吗？”

面对女友的这份情理之中的担忧，杜宇熙用一个深情的吻做了回答。随后更是有些亏欠地说道：

“我哪还有资格去奢望得到她的原谅啊！我已经错过她两次，我现在就是想看看她们，因为不管怎样我是孩子的父亲，她们肯定是我在这个世界最牵挂的亲人。”

Merry其实也是个极其聪明的女人，她心里非常清楚，如果朱古力愿意再回到杜宇熙身边，那么自己的男友肯定会毫不犹豫地伸出双手迎接。这个主动权在朱古力手上。对于她而言，现在能做的只能是静观其变，把自己的那些小心思都悄悄藏起。

在上海机场，杜宇熙终于见到了朝思暮想的朱古力和自己的女儿Jessica。走出浦东机场的航站楼，杜宇熙第一眼便在人群之中看到了朱古力那熟悉的身影，虽然已经15年不见了，但朱古力风采依旧，就是比以前瘦了些，干练中又透出来几分女人味，还是那么有魅力。

站在朱古力身旁的那个女孩自然便是Jessica。看着她那超乎想象的高个子，杜宇熙再次感觉到了深深的愧疚。他第一时间丢下行李，冲上前去，伸出长长的双臂把她们母女俩都紧紧拥在怀里。

从机场出来后，朱古力让司机直接把车开到浦东陆家嘴的丽兹卡尔顿大酒店。在大堂里办理手续的过程，杜宇熙仔细打量着Jessica，这个不到15岁的女孩身高已经超过170厘米，用杜宇熙专业的眼光评判，简直就是一副模特的身材比例。

办理入住手续之后，朱古力领着杜宇熙到了房间，简单看了一下房间，杜宇熙表示视野等各方面都还不错。朱古力就问他要不要带着女儿一起上58楼的大露台喝个下午茶，那里可以俯瞰整个黄浦江的景色，而且今天的太阳很好，4月底上海的天气也很舒服。

终于有机会可以和朱古力母女单独相处的杜宇熙，连忙一个劲地点头。但是看了看自己身上那件风尘仆仆的衣服，自惭形秽的杜宇熙还是让朱古力带着女儿先上去，请她们允许自己洗把脸换件衣服再上来。

朱古力带着Jessica刚刚找了个位子坐下，颇为性急的杜宇熙便换了件淡蓝色的西装外套跟了上来，这时候的他已经从大帅哥变成很有型的帅大叔了，略微有些长又带点自然卷的头发已经是黑中夹银灰色了。

他的脸上也明显有了岁月的痕迹，但还是无法掩饰这个中年男人全身散发出来的魅力，估计还能迷倒不少年轻的女孩子，因为他没有一点中年男人的油腻感，还有他的工作关系，一直需要保持好的体力，身材管理方面做得非常好。

“真是人间四月天啊！”

杜宇熙看着天空一脸灿烂地说。

- 02 -

那一天的Jessica可开心了，一直闹着要和爸爸合影，还说一会儿发到同学群里肯定会把大家羡慕死，因为她的爸爸这么帅呢！她还一个劲地调侃妈妈当年的眼光厉害，并且要发给外婆外公看看，她的爸爸不是渣男。

最后，少不更事的Jessica更是说出了一句有些惊世骇俗的话语：

“妈妈，如果我也爱上这么一位帅哥的话，也肯定毫不犹豫地跟着他走。”

听到女儿的话，有点尴尬的朱古力连忙制止她，但接着瞥了一眼同样有些不自在的杜宇熙，故意说道：

“Jessica，你还小，不要太急于下结论。妈妈当年是因为没什么见识，才会看上了你爸爸，结果到了欧洲满大街都是帅哥，才不稀罕他呢。”

见Jessica有些委屈地低下了头，朱古力又把她拉到了自己的身边，在她耳边小声说道：

“你能不能少说几句啊，别让你爸太得意了！”

谁知道Jessica听完之后，只是调皮地吐了吐舌头，竟还跟杜宇熙眨了眨眼睛。

眼见一家团聚之后气氛还不错，杜宇熙也壮着胆子调侃起来，他笑着对女儿说：

“Jessica，你妈妈那么美，身边是不是有很多帅哥啊？”

Jessica虽然古灵精怪，但毕竟对男女感情还是懵懵懂懂，竟当即便用力点了点头，接着更掰着手指头数到：

“对啊！对啊！有Leo、Roberto、小陈、Jack……”

眼见杜宇熙有些吃瘪的模样，朱古力忍不住笑了起来，连忙用手指戳了戳女儿的头道：

“好了，好了，打住吧！”

没想到Jessica竟然歪着头，故作惊讶地回答道：

“我只是想说我的妈妈是中国时尚圈的常青树，身边有一些帅哥和帅叔不是天经地义的事情吗？”

看着女儿故意用恶作剧来整蛊杜宇熙，朱古力也只能无奈地苦笑了一下，真不知道该说这个人小鬼大的姑娘什么好。

被Jessica的一番话吓得不轻的杜宇熙连忙转移了个话题：

“Jessica，这个周末你准备怎么安排爸爸在上海的时间？我可是对这个著名的魔都心驰神往已久了啊！”

早有准备的Jessica连忙答道：

“我和妈妈早就说好了，这个周末我陪你去吃美食，我在网上预约了上海几个值得去的博物馆和餐厅。”

见杜宇熙一个劲儿地点头，朱古力就开口说：

“好吧，等会儿你们父女一起吃饭时慢慢聊吧！反正明、后天你们有的是时间好好聊呢！”

- 03 -

杜宇熙虽然也希望朱古力同样能安排一点时间给自己，让他和她能独处聊聊，这么多年他有多少话要跟她诉说啊。

但现在的杜宇熙不知道怎么对朱古力表达自己对她的思念之情，这位大帅哥从来都是被女人追的，但偏偏见到了朱古力觉得自己很卑微，觉得自己一点儿也不了解她这么多年是怎么过来的。

在接下来的两天和Jessica的相处中，杜宇熙又了解了女儿的很多爱好，关于艺术方面孩子已经很有见解了，父女两个可以为此讨论好多，他从心里感觉到这个女儿要是好好培养的话，将来会很出色的。

至于Jessica待人接物的家教、知识涉猎之广更让杜宇熙刮目相看。同时他也从女儿的嘴里知道了朱古力十几年来创业的不易，她的后面还有一位了不起的意大利男人——Leo。

杜宇熙从来不怀疑朱古力可以找到属于自己的幸福，但出乎他意料的是，Jessica竟然也对这个毫无血缘关系的Leo赞不绝口：

“他从来没有让我喊他爸爸，而总是说我有自己的爸爸，他就是我的好朋友，我有什么心事都会跟他说，有时候我连妈妈都不告诉，因为她总是过分紧张，一点也不放心我。”

眼见杜宇熙有些愧疚地低下了头，Jessica又接着说道：

“连外公外婆都特别喜欢他，说Leo很会照顾人，也特别疼爱我。”

终于杜宇熙无法按捺内心的好奇，开口问道：

“那你妈妈和Leo为什么这么多年都没有结婚呢？”

虽然不愿意承认，但杜宇熙问这个问题时，内心深处还是莫名升起一丝希望。

Jessica无奈地摇了摇头，叹息着说道：

“这个我也不知道啊！为这个事外婆没少跟妈妈唠叨呢。”

看着Jessica故作愁容的模样，杜宇熙也不禁陷入了沉思，他想也许朱古力已经远远走在了前面，她早就是个有独立思想的女性主义者了。而自己在美国这么多年，自然也很能理解这些自由、独立的女性们。但他骨子里还是中国男人，所以当年在巴黎因为不敢提出让她跟着他走，觉得自己无法娶她而错过了。

想通了这一层，杜宇熙抬头对女儿笑着说道：

“Jessica，六月底放假到纽约和爸爸过怎么样？如果你喜欢纽约就留在那里读高中，让我也承担一下做父亲的责任，还有几年的时间可以让爸爸陪伴你，等你长大后，估计我的小天使会被某一个男孩子带走了，到时候我连保护的机会都没有了。”

听到这个提议，Jessica开心得乐开花了，当即答道：

“好啊，我也想去纽约看看，只是……你说妈妈会同意吗？”

杜宇熙用力地点了点头，认真地答道：

“Jessica，只要你想清楚了，我们就一起去说服你妈妈，好不好？”

FORTY-FOUR

第四十四章

甜蜜的告白

- 01 -

其实在与Jessica相处的这两天里，杜宇熙可以明确地感觉到，朱古力有意在她与他之间建起了一堵墙，让杜宇熙无法靠近，更无法知道她真实的内心世界。

杜宇熙知道自己当年对朱古力的伤害实在太深了，今天能够让自己与Jessica见面，其实已经是朱古力对他非常大的包容了。而眼下的杜宇熙除了给予Jessica更多的关爱之外，他还能要求什么呢？

提出让朱古力回到他的身边？这样的要求杜宇熙显然无法说出口。毕竟过去的15年他都没有在朱古力和女儿的生活里出现过，哪里还有资格说这样的话啊？

但即便杜宇熙在内心深处无数次提醒自己，他依旧无法真正地放下朱古力。他还想要努力去尝试，尝试着去走近朱古力、了解她的情况，哪怕她只是把自己当成朋友，对杜宇熙而言也是一种巨大的安慰。

和Jessica相处的两天时间匆匆过去，但女儿带给他的快乐实在太多，她的性格犹如朱古力，总是那么开朗活泼。当年在校园时他也是个非常阳光意气风发的人，后来在诸多事情的打击下，他变得深沉而忧郁。

周一他一个人坐火车去杭州待了两天，去曾经熟悉的校园里散步。他想起第一次见朱古力的情景，那时候他们多么年轻，朱古力那圆圆的小脸，银铃般的笑声都历历在目，仿佛发生在昨天一样。他们经常一起骑车到西子湖畔游玩；朱古力因为是本地人，家里父母都是国家干部，在当时是属于家境很不错的，每次周一来上课时都会给他带好多好吃的；那时候朱古力比较小，特别黏人，他要装出酷酷的样子，让她不敢像跟屁虫一样时时跟在他后面；那时候的朱古力是多么崇拜他，为了他真是可以像飞蛾扑火那样不惜一切……

他又见了一些老师和几个留在杭州工作的老同学，大家多年不见感慨万千。他还通过Jessica的安排去拜访了朱古力的家，对朱古力的父母表示了歉意和感激之情。

回到上海后，他打电话给朱古力，说过两天就要回纽约了，希望能跟她吃顿饭好好聊一聊。

朱古力答应了他的要求，说好周三在他住的丽兹卡尔顿一起吃晚餐。

华灯初上，朱古力穿着藏青色V领的修身连衣裙，戴着一副红色的大耳环款款地出现在他面前时，杜宇熙整个人都看傻了。这个百变女郎白天穿搭的干练，晚装穿搭的性感都是那么得体，没有一丝多余和俗气，美得让人窒息，杜宇熙听得见自己的心在怦怦地跳动着，“心潮澎湃”的感觉又一次降临了……

杜宇熙希望朱古力能够同意让Jessica在6月放暑假后，和自己一起去纽约生活一段时间。

杜宇熙本以为这样的要求，会遭到朱古力的反对甚至当头痛骂，却没想到她竟然很爽快地答应了。其实杜宇熙不知道的是，这件事Jessica之前已经缠着自己的妈妈说了好几次了，而朱古力也有这个意思让他们父女俩多多相处，培养感情。

迎着黄浦江的晚风，双手交叉在胸前的朱古力悠然地说道：

“今年的6月底，恰好是Jessica的15岁生日，她也刚好初中毕业了，来一场毕业旅行也是挺好的。我打算让她自己一个人飞去纽约，所以你也不用特意来上海接她的。”

见朱古力已然做了如此周密的准备，喜出望外的杜宇熙连忙接话道：

“那么Jessica如果喜欢纽约的话，你是不是可以考虑让她留在纽约上高中啊？”

看着杜宇熙那对未来满是憧憬的表情，朱古力会心一笑，有些戏谑地指着他说道：

“你也太得寸进尺了吧？是不是干脆连大学都为Jessica准备好了？说吧，你是不是打算让Jessica报考纽约那所很有名的视觉艺术学院啊？”

看着眼前笑得灿烂的朱古力，杜宇熙怎么也无法相信她已经是四十出头的女人了？女人的美有时候跟年龄无关。他甚至有一种错觉，仿佛此刻站在自己面前的，仍然是那个杭州大学校园中青春可爱的少女。

直到朱古力轻轻地推了他一把，杜宇熙才从那种如痴如醉的状态中清醒过来。他有点窘迫地说道：

“这一切当然都要尊重你这个妈妈的决定。不过纽约的环境真的很适合Jessica这样活泼的女孩。你放心，Jessica一放假，我就会让她来上海看你。平时你如果想她的话，去纽约看她也都很方便的吧……”

杜宇熙突然感觉自己越说越没有自信起来，毕竟Jessica虽然是他的女儿，但终究是朱古力一手抚养长大的。现在他们父女刚刚重逢，他便想着把长大的女儿带走，这对于朱古力而言，无疑是一种自私和残忍。

就在杜宇熙有些羞愧地低下头去之际，朱古力却爽朗地回答道：

“宇熙，我可以理解你的心情。你知道，我从来都不是一个小气的人。只是关于Jessica的事情，我没办法答应你。我一直觉得，Jessica的将来并不属于我们，她会选择自己的人生，而身为父母的我们都必须尊重她的心。就像我的父母当年尊重我的决定一样。”

朱古力说这些话时，杜宇熙慢慢地走到她的身边，真诚地看着她，最终拉起她的双手，动情地说道：

“古力，谢谢你给了我一段这么美好的爱情，又给了我这么一个可爱如天使的女儿，我都不知道怎么报答你才好。你太伟大了。我曾经年轻自负，输了爱情，又害了别人，所以有段时间特别颓废和悲观，是你一次又一次重新点燃我的生命，我现在没有别的奢望，只要能陪伴女儿几年，让我尽一点做父亲的责任就好了，你们就是我最亲的人。”

看着面前这个既熟悉又陌生的杜宇熙，朱古力一本正经地回答道：

“宇熙，其实我没有你想象的那么伟大，我也有抱怨过你的，我也崩溃过。爱情的挫折对一个青春少女来说肯定是致命的，挺过来了她才能成长起来，受不了打击从此一蹶不振堕落下去也有可能。跟你在巴黎的那次偶遇，我本以为只是对自己的初恋付出，划一个句号而已……

当我知道自己怀孕时，开始我也紧张害怕的，但经过再三的考虑后做出的决定，并不是一时的冲动，现在觉得自己的这个决定实在太对了，简直就是上天给了我一个这么完美的礼物。我不再是一个人孤军奋战，对事业也有了更多的激情。人又不是单单为爱情活着的，最好的爱情结局并不一定是生活在一起。”

最后朱古力向杜宇熙提起了那句他很喜欢的名言：

“所谓父母子女一场，不过是相互滋养，原本以为你付出了一切，到最后才发现，成全的原来是自己。”

- 02 -

在讨论完女儿的问题之后，朱古力向杜宇熙阐述起了自己下一步的商业计划：

经过十几年的拼搏和奋斗，现在朱古力旗下的设计师遍布伦敦、巴黎和米兰。此时，整个国内市场对设计顾问的需求仍然很大，然而，朱古力却已然在为转战回米兰而做着准备工作了。

因为朱古力敏感地注意到中国国内企业的需求正在悄然发生改变，收购国际品牌的愿望逐渐强烈，对品牌输出开始有了概念，正是需要国际幕后推手的时候，她预测的第三阶段浪潮眼看就要来临了。

朱古力很肯定地对杜宇熙说道：

“宇熙，2015年注定是不平常的一年，而你的成就远不止这些。你曾经是个才华横溢又那么阳光的人，在摄影方面曾经引起了轰动，你应该有能力再继续创造新的视觉冲击力，在这一点上我很看好你的。同时我觉得你应该去看看你的姑姑，有些结还是需要解开的。”

杜宇熙再次注视着站在自己面前的朱古力，心中竟然生出了一种莫名的钦佩和崇敬。这就是他深爱的女人，她总是能直接地戳到他心中最为脆弱而又敏感的那个点，她也总能用她自己的方式，去鼓励和影响着她身边的每一个人。

朱古力显然无法窥测到杜宇熙内心的波澜，她接着说道：

“你姑姑可能有很多亲人，但他们应该是冲着钱去的。你不一样，毕竟你是她最爱的侄子了。而且，除了她的自私和读书不多外，你不能否认她是个绝顶聪明的女人。她用她的智慧帮助了你在巴黎落地生根，也最终为你取得今天的成就铺平了道路……”

听到朱古力竟然会为自己那个曾经欺骗和伤害过她的姑姑说话，杜宇熙莫名有些激动，他紧紧地握着朱古力的手，温柔地说道：

“古力，谢谢你！你总是那么善解人意。我知道，现在是打开心中所有阴霾的时候了，我是应该回到巴黎去面对这一切，我不应该再回避我的姑姑……还有我的前妻。我应该给她一个真诚的道歉。当然，我更希望有一天也能得到你的真正原谅。”

朱古力抿嘴一笑，却并没有给出任何的回答。杜宇熙也只能有些尴尬地挠了挠头。见朱古力轻轻拉了拉身上挡风的披肩，杜宇熙也知趣地提议送她回去。

就在两人即将分离之际，杜宇熙从自己口袋里掏出一个小盒子，递到了朱古力的手边。

朱古力好奇地将盒子打开，发现里面竟然放着两个精致漂亮的圆形的相框吊坠，拿在手里一看，朱古力更惊奇地发现里面的照片竟是十五年前自己与杜宇熙一起在巴黎时，他抓拍自己的画面，只是朱古力从未想过自己可以美得那么惊艳，美得那么自然。

放下吊坠，朱古力深有感触地说道：

“这两张照片拍得真好，那时候我们多么年轻啊。”

杜宇熙则走过来紧紧地拥抱住了她，在她的耳边轻声说道：

“现在的你依然年轻，也还是那么美啊，以后我会每年去一次意大利找你，实现我之前对你的许诺，不管你是否接受我、原谅我，我都会在不远处等待着你，以后我们再也不会走远走散了……是我对不起你，把所有的事情都搞砸了，本来巴黎的相遇是我们俩修复关系的最好机会，而我却患得患失，没有勇气向你说出一切，又一次把你弄丢了……”

就在朱古力不知道该如何回应这份深情的告白之际，杜宇熙却接着说道：

“前几天我去过杭州，去了我们曾经的校园和西湖，一切都还记忆犹新，似乎就是发生在昨天……还有……我在没有得到你的同意的情况下，还去拜访了你的父母。”

听到这里朱古力当即便推开杜宇熙，更有些不悦地说道：

“你为什么去打扰他们二老？你对我爸妈都说了些什么？”

没想到自己无意中会触及朱古力逆鳞的杜宇熙连忙说了几句对不起，发现朱古力正气呼呼地等着自己的回答，这才小心翼翼地继续说道：

“我只是想去表示一下歉意，并感谢他们这么多年来帮助抚养了我们的女儿Jessica……还有……就是你妈妈说你身体不是很好，很担心，希望你能够放下工作好好地休养一段时间……”

看着朱古力那充满着不忿的眼神，杜宇熙不敢再说下去了。虽然他刚才所说的朱妈妈担心朱古力身体的话都是真的，但那天见面之后，两位老人对他的宽容和豁达让杜宇熙更加愧疚不已。

杜宇熙通过Jessica知道了朱古力父母在杭州的住址，更让女儿事先通过电话跟外公、外婆说好自己要去拜访的事情。朱爸爸起初是非常不情愿接待的。无奈，朱妈妈坚持说：“还是见见吧！毕竟他是Jessica的生父。”

有了朱妈妈的“恩准”，杜宇熙才鼓起勇气踏入朱古力父母的家。其实在二十几年前，他就曾被朱古力邀请过前来拜访两位长辈，只是后来他因为突发情况去了法国，此后就再也没有机会了。杜宇熙此时不禁想如果那次他见了朱古力的父母，也许他的人生就会变得完全不一样了。

温和而优雅的朱妈妈接待了他，她给杜宇熙的第一印象便是从容而大度，在这一点上朱古力很像她的妈妈。

朱妈妈请杜宇熙坐下来后，便不由得感叹：

“小杜，本来你和古力是多么好的一对啊！结果阴差阳错，让古力吃了这么多的苦，虽然事业上做得不错，工作也还算体面，但身体状况不好。她本来出生时就是个早产儿，先天不足，我还一直指望她将来找个好丈夫疼她，她爸爸也想为她安排一个舒适的工作，不用她在外面拼搏，让她一直做个被宠爱的公主。”

朱妈妈一边说着，一边将温热的茶杯递到了杜宇熙的手边，进而继续说道：

“哪知道我们家古力居然选择当一个单身妈妈。唉，她一个人在国外带着孩子生活，要是出个什么差错，那还了得啊！现在想想都后怕！可是她就是这么犟的一个人，当年她告诉我自己交了男朋友，是外地人不能留在杭州，我还觉得挺好的，这样就没有婆家管着，只要把小伙子留在城里找个工作就可以了，哪知道一下子跑到那么远的地方去了，拦都拦不住，当时我想她去了就肯定会马上跑回来的，哪里吃得了这个苦呢，结果还真的留了下来。”

杜宇熙听了这些之后，实在是羞愧得无地自容，只能一个劲地道歉道：

“阿姨，真的对不起，对不起！我当年确实做了很对不起她的事，这些年更让她吃了很多苦，是我对不起古力……”

杜宇熙没有想到朱妈妈听到这些话后，只是淡然一笑，轻轻地摆了摆手道：

“这些也不能都怪你，古力的身子弱，我觉得肯定还是和当年没有好好坐月子有关系的，中国人的体质不能跟老外比，加上天生体质弱又没有好好调理。还有就是她心理问题一直没有解决，明白吗？别看她外表那么坚强，其实心里很脆弱的，她一直瞒着我们看心理医生，严重失眠，心律不齐，不愿意异性靠近，也就是Leo那么包容她……”

杜宇熙有点吃惊，他显然没有想到朱古力还有这么多不为人知的秘密。朱妈妈看到杜宇熙吃惊的表情后，一个劲说自己年纪大了，话说得太多了。

“千万不能在古力面前透露这些，她那么要强的一个人，肯定不想让人知道的。在我看来解铃还须系铃人，估计是你当年带给她的伤害实在太深了……她习惯了什么事都是一个人扛着。”朱妈妈摇头叹息一声说。

这让杜宇熙感到无地自容，他还一直误以为朱古力心理很强大的，他们曾经在一起过，但是又了解她多少呢？

他告别的时候跟朱妈妈说：

“阿姨，您放心吧！以后我一定会尽自己最大的努力帮助她爱护她。”

他更暗中对自己说：从现在起自己一定要关心她，了解她、不管她如何拒绝他的靠近。

- 03 -

杜宇熙虽然曾千百万次告诉自己要呵护、关爱朱古力，但到了她的面前，又觉得她是那么阳光，还处处帮别人走出低谷。杜宇熙又总是不可避免地自惭形秽，不敢贸然对她袒露心事。

人大概就是这么矛盾，杜宇熙知道要想让朱古力真正地打开心扉，估计得从自己做起，以后在她面前完全表露出一个真实的自己才是最重要的，哪怕这个自己有点丑陋。先成为她认可的挚友，也许还有别的可能，否则他只能在外面继续徘徊着……

但是最终杜宇熙还是没有把自己想说的话说出口，只是默默地看着朱古力渐渐远去的美丽背影，想着她总能把生命活得那么飞扬、自信、宽容、执着，她把每一段生活都活成了一树繁花，怎么可能不让男人为此动心呢？这一辈子他都会一直爱着她。

他要把人生的镜头拉得更长，看到一个更全面的世界。

第二天上飞机前，杜宇熙犹豫再三，还是给朱古力发了一个信息，有些愧疚地写道：

“再次抱歉没有得到你同意，便冒昧地去了你父母家拜访。你说得对，我会重新找回自己，谢谢你给了我一个这么完美的女儿，有了这几天与Jessica的温馨相处，我感觉自己又有了奋斗的目标和动力了，我会努力的，为了你和女儿。也请你一定要多保重身体，毕竟我们还有美好的未来。”

看完这个信息之后，朱古力倍感欣慰。倒不是因为杜宇熙提到了他们的未来，而是她看到了曾经那个富有自信、积极向上的他又回来了。除此之外，朱古力更可以感受到女儿Jessica已经完全接受了杜宇熙这个爸爸，否则也不会把杭州家里的地址和联系方式给他，并帮他在外公、外婆面前说了不少好话。

爱情的错失和擦肩而过，难以评说到底谁对谁错，当时只要一个人肯迈出一步，打个电话也许就不是今天的样子，但光阴荏苒，沧海桑田，往事已成云烟……

于是朱古力和Jessica长谈了一次，在得到了女儿肯定的回答之后，她便放手让Jessica独自飞去纽约，与杜宇熙一起度过了一个快乐的暑假。

从Jessica打来的电话中听出了女儿对美式生活的接受和喜爱，朱古力更在国内安排好了Jessica在纽约读高中的相关手续。从此之后，那曾经备受呵护的雏鹰，终于要展翅翱翔了……

转眼时间便来到2015年初，朱古力把上海公司交给了小陈管理，准备返回米兰了。

现在小陈已经成了公司的合伙人了，这个上海男孩子在公司工作几年下来，和朱古力的工作非常默契。虽然这个80后男生开拓市场的能力还有点欠缺，但办事靠谱。

而现在的朱古力根本不需要努力开拓和寻找新的项目增长，而是把手中的项目进行梳理就可以了。因此她把优质的客户留给小陈做好跟踪服务，这样一来朱古力便没有了后顾之忧，为她重返米兰打下了良好的基础。

在朱古力看来，只要小陈能将公司目前的客户好好地运作下去，更多更大的项目自然会慢慢来的，这一点朱古力很有信心，因为她看好中国市场的未来发展，也看到了走出去是大势所趋。

朱古力回到米兰后，把她之前买的小房子又重新整理出来，做了简单的装修，买了些绿植和自己多年收集的各种器皿摆放到一起，一下子这个小房子有了温馨的调调。虽然她不是普通人眼中完美的家庭主妇，但她那么热爱生活的人，到哪里都会让家变得有生机。

朱古力也考虑在附近合适的地方再买一套房子，好把自己的父母也接过来，这样他们一家子又可以在一起了。

她开始听从Leo的劝告让自己慢下来，多年来呕心沥血忙碌于拼搏事业，唯独没有好好地关怀自己的身体，这是Leo很不赞成的生活方式。

FORTY-FIVE

第四十五章

又一次启程

- 01 -

自从杜宇熙出现之后，Leo便有意识地拉开了与朱古力之间的距离。这并不意味着Leo在意朱古力的过去，而是他诚恳地希望朱古力可以直面自己的感情。

Leo退回到了两人曾经如挚友那样相处的位置，好让朱古力自己一个人慢慢地去解决，毕竟他知道朱古力和Jessica的生父这段旷世之恋是不会那么轻易过去的，如果一直不能翻篇，那么她就注定无法和任何异性开启另一段真正的生活。

陪伴着朱古力一起回到米兰之后，Leo便对朱古力说：

“亲爱的朱古力，其实我知道你把工作变成了‘毒品’的原因，刚开始热爱工作和学习，是因为感情上受到打击，情绪低落，在没有解药的情况下让自己在工作中找到乐趣是很好的方式，后来就太痴迷了，把握好度才是人生的大智慧。”

为了帮助朱古力“戒毒”，Leo每个周末都会找到朱古力去米兰附近的科莫湖一起散步一起爬山，有时候他们也会开车去五渔村海边晒太阳。不过这段时间里Leo始终喜欢住在乡下他妈妈的家里，过着那种很多人为之向往的Cottagecore的生活方式，这就是Leo一直推崇的美好田园生活。

经过半年多的调整和休息，朱古力又精神抖擞地迎来了2015年9月的米兰时装周……

这一次上海来了老朋友Joyce和Jack，想不到杜宇熙也从纽约来了米兰，他们都是来米兰观看设计师品牌Angelo的发布会。Joyce是为了她工作的买手店订购服装，因为朱古力极力推荐和赞赏这个品牌，所以她决定来看看。

Jack则是为这个谈了近两年的品牌，做最后的考察来确定融资问题来看这场发布会，这次Jack见到朱古力之后，便改口称她为“女神”了，自从知道朱古力在时尚界的地位后，他对朱古力越来越敬重了。

而杜宇熙是品牌方邀请过来拍宣传大片及发布会的摄影师。当朱古力接到他的电话时还真的吃了一惊，看来他真的要实现自己的诺言来米兰找她来了，但人家的理由是那么充足，她又怎么能拒绝不见呢?

作为东道主的朱古力为远道而来的朋友们又要大忙一场，张罗着各个约会和饭局。

在Angelo的发布会上，她居然遇到了多年不见的曾经好友宋钟贤，这位韩国帅哥向朱古力表示了真诚的歉意，当年他的经纪人朴Andy确实做得过分，而自己和李宪彬也没有坚持底线。不过，朴Andy早已经不是他们俩的经纪人了。

朱古力对这些事早已经看开了，笑着说：

“没有什么，年轻时都是这么走过来的，人生总有迷失的时候。”

现在的宋钟贤已经是韩国设计师协会的秘书长了，他还邀请朱古力有机会参加首尔的时装周。

朱古力点头说：

“好啊，这次为什么没有跟李宪彬一起来啊？”

宋钟贤却有些为难地回答说：

“我们的买手店生意太忙了，宪彬他走不开啊！”

其实，他们俩现在的分工是李宪彬以买手店为主，负责产品销售、视觉陈列等；宋钟贤主要负责货品采购、设计师品牌评判筛选等，以及协会的部分工作。这次就是听说米兰设计师品牌Angelo很受亚洲人的欢迎，所以他特意来看看能否谈一下合作。一听说设计师是朱古力的老朋友，他就更开心了，一定要朱古力明天安排时间一起去展示厅看货订货，要她给点专业的意见。

分手时宋钟贤还殷切地问道：

“朱古力，明天晚上Scala歌剧院的颁奖典礼你也会去参加吧？”

朱古力听了后也没有在意，点了点头。

因为每年9月时装周结束的前一天，意大利时装协会都会在米兰Scala歌剧院举办一次颁奖典礼，对这一年有特别贡献的企业和个人颁发奖杯，同时会有一场国际性音乐表演。这个活动也是很高级别和高规格的，能受到邀请的一般都是这个圈子里大咖级别的，因此宋钟贤特意问了她。

但宋钟贤没有跟朱古力提及明晚将会见到她多年未见的前男友——韩世勋，因为韩世勋希望宋钟贤千万不要透露信息，希望到时候给她一个惊喜……

- 02 -

说到韩世勋，他现在是首尔颇有名气的抒情男高音歌唱家兼某乐团团长了。他曾和一位门当户对的女钢琴家结过婚，但是却在几年前突然宣布离婚。

宋钟贤在2001年和朱古力深圳合作培训以不愉快收场的事情，他从来没有在韩世勋面前提起过，因为那时候韩世勋正在恋爱中，快要走向婚姻的殿堂，他怕节外生枝。如果韩世勋这个冲动的家伙知道朱古力成了单身母亲，事业那么艰难，还被朴Andy欺负了一把，自己和李宪彬又没有仗义地出来摆平这事，肯定会修理他们一番，说不定还会直接冲到中国来找朱古力……

直到多年后，宋钟贤无意中提到这个事，韩世勋还是非常气愤地拽住宋钟贤的衣领说：

“你们怎么可以这样啊？一起欺负一个女孩子，她的创业那么不容易，还有她怎么成了单身妈妈的？”

宋钟贤低头有点羞愧地说：

“我也不清楚，我们在一起工作时经常听到她给女儿打电话，还有一次看到照片，才知道她有一个女儿，但从来不提孩子的父亲，估计是不愿提吧！”

听到朱古力有个女儿，韩世勋当即便迫不及待地问道：

“那孩子多大了？是不是长得很像我？”

“你想多了，一是年纪不符，应该是跟你分手好几年后的事，另外就是那个女孩子似乎不是小眼睛哟！”

宋钟贤说完忍不住笑了起来，还做了个鬼脸。

虽然也被宋钟贤的话逗笑了，但韩世勋还是气愤地说道：

“不管怎样这个男人也太不是个东西了，有机会见到要狠狠地揍他一顿，朱古力这么好的女孩子怎么可以不珍惜呢！”

其实韩世勋一直觉得如果有一天朱古力还能接受他，他是不会在意她有孩子的。现在的他也不需要考虑韩国的社会会怎么看他了，毕竟世界在进步，连宋钟贤这样的同性恋都能被世俗慢慢接受了。而且他的父母也早已退休不会再管他了，加上现在的自己经过那么多年的努力，也具备了一定的经济能力和地位，不会再被朱古力看不上，觉得他就是个只知道吃喝玩乐的大男孩。

颁奖典礼的酒会在Scala歌剧院门口广场开始，大家都非常隆重盛装出席这个酒会，朱古力穿着Angelo设计的红色晚礼服，佩戴着有创意的带蕾丝的黑色小礼帽，Joyce穿着银灰色闪着珠片的紧身晚礼服，脚蹬一双恨天高的鞋子，魔鬼般的身材很性感，加上杜宇熙和Jack两位帅哥陪衬，这四人组合回头率超级高。这种活动亚裔人群本来就不多。

今晚杜宇熙成了她们俩的御用摄影师，可把Joyce高兴坏了，一直在朱古力耳边说杜宇熙实在太帅了。大家拿着酒杯自由地开始交谈，点头致意，这时候Barbara和Carla及各个时装企业掌门人Giorgio Armani、ZEGNA品牌的总经理、VERSACE的妹妹Donatella等也都陆续地来到现场，这时候宋钟贤突然带着韩世勋空降到他们几个面前，可把朱古力惊到了。韩世勋当着那么多人的面直接上来给了朱古力一个大大的拥抱，并且对她说：

“亲爱的，我回来了！”

- 03 -

朱古力内心并不排斥与韩世勋有一日如老友般重逢，只是今天这样的场景之下，一切都实在太过尴尬了。

偏偏这个韩世勋还不知趣地拉着朱古力往边上走，一边还问她：

“听说你成了单身妈妈，那个不负责任的家伙是谁？要不要替你教训一顿？”

朱古力听了哭笑不得，还来不及开口，杜宇熙便走过来淡定地说：

“不好意思，我就是Jessica的父亲，你是要教训我吗？”

韩世勋本以为那个让朱古力成为单亲妈妈的男人早已消失，却没想到他竟然也出现在了这场发布会上。虽然他心中早已恨不能将这个男人碎尸万段，但当着这么多来宾的面，终究不能大打出手，便只能故作从容地显摆道：

“哦！幸会，我是朱古力的初恋，我和她在她刚到米兰的时候就认识了！”

韩世勋万万没有想到杜宇熙微微一笑，同样故作从容地显摆道：

“巧了，我也是朱古力的初恋，不过我们的故事可要追溯到当年的杭州大学校园里。”

两个男人互望着，气氛有点紧张，这时候宋钟贤及时出现拉走了韩世勋，但他还是不死心地回头对着阔别多年的朱古力说：

“我们一定要好好聊一聊的，等我晚上演出结束后。”

到了七点一刻，音乐响起，歌剧院的大门开启，大家缓缓地走进大厅按照座位落座后，开始了颁奖典礼，一个多小时结束后便是一场音乐会，演唱者都是曾经在米兰留学过的、获过奖的著名歌唱家，有中国的、韩国的、日本的、俄罗斯的等等共计八位，每人选唱一首歌。

韩世勋演唱的是拿波里民歌《重归苏莲托》。这首优美的爱情歌曲是他们俩当年都很喜欢的歌曲，在Capri岛上时韩世勋特意为朱古力唱过，苏莲托又名索伦托，就在那波勒斯海湾，跟Capri岛遥遥相望。

此情此景都是韩世勋精心安排的，他是希望朱古力能明白他的心，她是否还能重新归来，回到他的身边？活动结束后宋钟贤特意跑到门口问朱古力明晚他们仨是否可以聚一下？毕竟那么多年没有见面了。

朱古力有些犹豫，但还是回答说：

“明晚出发去巴黎时装周，中午可以一起的。”

结束后杜宇熙在送朱古力回家的路上说：

“明早我就要走了，拍了那么多照片需要整理修图，太多的事情了。明天你会跟他们两个一起吃饭？”

朱古力听后不由得笑了，原来杜宇熙还在吃韩世勋的醋，便宽慰他说：

“我和他们只是朋友，他们远道而来，我总是要接待一下吧。”

“但在我看来他可是有备而来的，不仅仅是看朋友那么简单吧？”

杜宇熙显然还是对韩世勋那句“他是朱古力的初恋”心怀芥蒂。

“那又怎样？过去了就是过去了。”

朱古力这话是说她和韩世勋的关系，又何尝不是在提醒杜宇熙呢？杜宇熙用错综复杂的眼神看了朱古力一眼，不再吱声了。

本来对这次来米兰找朱古力信心满满的韩世勋，经过昨晚杜宇熙的出现，受了点打击。因为他之前想的是朱古力成了单身母亲，那个渣男肯定让朱古力在感情上受尽伤害。虽然朱古力在事业上有很大收获，毕竟女人需要温暖，而他自己现在恢复单身，事业和地位又不错，他也会爱屋及乌地去爱她的女儿。哪知道这个大帅哥杜宇熙就是她女儿的父亲，而且还和朱古力一起出现在了米兰。

当年他们俩在一起时，朱古力曾和韩世勋说过自己的故事，怎样从中国出来然后到巴黎遭遇分手等。但他不知道多年后他们又在一起，并且还有了女儿，然后又分手多年，看昨晚的情景这个杜宇熙又追到米兰来，看得出来他是想跟朱古力重新开始的，这次这么一个强有力的对手让他觉得有点棘手。

第二天朱古力带上Joyce一起来到米兰时尚大咖常聚集的餐厅LU BAR，看到他们俩已经在里面等她了。

朱古力很风清云轻地对着大家微笑，问一些韩世勋这些年在韩国的发展情况，对他说了很多赞赏的话，同时也让韩世勋觉得，自己过去对这个高情商的中国女孩无可奈何，直到现在依然是无可奈何。这时他感到之前的运筹帷幄有点可笑了。毕竟大家都是成熟而体面的中年人，韩世勋也不会像之前那么冲动了。

大家谈笑风生，像多年不见的好朋友一样相处，未必不是最好的。

FORTY-SIX

第四十六章 收购米兰

- 01 -

在米兰期间朱古力听闻当地早期的四大品牌之一，也在被中国企业收购进入最后的阶段，一旦收购成功将成为米兰时尚界的重磅新闻。

最近两年中国有钱的财团来欧洲收购品牌的新闻不断引起时尚界的关注，历史就是这样不断地轮回，当年意大利作为法国品牌的加工厂而存在，后来品牌林立，有了自己的代表风格，全世界都知道米兰的时尚。然而中国制造也在为走向中国创造而努力。

结束了米兰时装周之后，Joyce邀请朱古力陪她一起去巴黎时装周，因为今年巴黎有两个新晋的华裔设计师品牌，其中有杜宇熙的堂妹DU。

三个知性的女闺蜜在巴黎的一个酒吧聚在了一起，又开始了说不完的悄悄话和时尚方面的八卦，DU说在纽约见到了已经在上高中了的Jessica，她太喜欢这个女孩子了。

DU一本正经地对朱古力说道：

“朱古力，我要认Jessica做干女儿！这么好的天赋，又那么漂亮，你当时要这个孩子实在是太英明的决定了。”

Joyce也跟着起哄道：

“你认什么干女儿啊，她也算是杜家的孩子，你也算她远房姑姑啊。要认干女儿应该让我认才对。”

紧接着，喝醉了的Joyce又开始说起酒话来了：

“什么才叫成功女性？朱古力才是真正的人生赢家，像我们俩都这个年纪了，外面看起来什么也不缺，其实没有爱情、没有孩子也是一大缺陷啊。”

DU笑着对Joyce说：

“你有那么多男朋友，挑一个基因好点的不就有了！再不行还可以出钱要个优质的精子，这个美国可以有，而且还可以挑呢。”

Joyce连忙反唇相讥道：

“那你自己干吗不先挑一个试验一下？”

DU端着酒杯很认真地回答道：

“我把设计当作了爱情，把产品当作是我的孩子。”

这就是真正的设计师，朱古力完全明白DU的话，一个非常纯粹的设计师就是她这样的。这就是时尚界会有那么多的优秀单身女性的原因。

- 02 -

果然不久DU被法国的一家大品牌看中聘请为设计总监，各大媒体都做了详细的报道，一个华裔设计师到了这个段位，实在不由人不佩服。

接下来，在巴黎的一个酒会上朱古力又遇到了中国深圳著名品牌的创始人云。

云是一个气质非凡又非常有能力的漂亮女人，说起来她们俩还有段渊源，当年朱古力带着设计师做时尚培训时，她第一个接受朱古力的培训理念，后来朱古力又给她的店铺设计介绍了意大利著名的空间设计师。她一手建立的时尚集团旗下有了6个品牌，最近听说其公司还成功上市了。

原来就是她在谈意大利那家知名品牌的收购。

游走在中国与意大利时尚行业多年的朱古力自然对于云女士事业蓬勃发展早就一清二楚，这次国外的偶遇让两人有了合作的契机，两人在云巴黎带院子的大房子里喝着红酒，从创业聊到生活，从设计聊到管理，彻夜相谈到天明，两个女人对时尚都是那么狂热，聊起这个话题永远也不觉得累。

巴黎时装周的结束也是四大时装周的结束，按照惯例，大家都会返回国内。然而云并没有按照计划回国，在时装周结束的前一晚，她找到朱古力说：

“亲爱的，明天我们可否一起前往米兰？准备在米兰跟你再好好走一走聊一聊。”

朱古力觉得十分意外，因为像云这样的老板，行程往往十分紧凑，很少还会插进去一些度假时间。

不过，虽然奇怪但朱古力没有拒绝云的请求，对于她而言这就像两个相谈甚欢的老朋友再多几天叙叙旧而已。

回到米兰的几天后，云提出一起去逛逛，她们一起来到了名品街的一家品牌专卖店面前。这时，云才说出了她的真正意图，她告诉朱古力自己正在和这家品牌谈收购，希望能成功并购。

但对方是意大利数一数二的奢侈品品牌，这些品牌在中国企业的并购意愿时总是有着难以逾越的沟通障碍，主要是观念和文化不同造成的。

而云此次来米兰的目的就是希望朱古力给她一些关于并购的建议，并让她对内幕做些了解。如果并购成功同时请朱古力出任米兰公司的HR，帮她组建后续的各类人才，她已经了解了朱古力在意大利时尚行业的地位，很多意大利品牌对于朱古力的意见都很尊重。

清楚云的意图后，朱古力开始帮她分析情况，并答应帮她组建新的设计团队。不久得到了云发来的好消息，已经成功完成了并购，让她尽快安排见面的时间。

朱古力走进市中心有名的古老建筑，这就是那个著名品牌的所在地，穿过一个很漂亮的院子，在一间充满阳光的办公室里，云接待了她。

见到朱古力，她很开心地说：

“亲爱的，这回在米兰我们可要好好合作一番了，你不愿意出任公司HR的专职工作，也可以兼职，当作一个项目完成，公司现在刚接手一团乱，要靠你来整合各种资源了。”

朱古力露出自信的笑容点了点头说：“我会竭尽全力的，尤其是来自中国的企业，这个忙肯定要帮的。”

- 03 -

这桩并购项目成了时尚业的一段佳话，这是时尚业历史上首次中国品牌企业与意大利老牌奢侈品的并购项目，而这桩强强联合的并购案也是中国时尚行业进程中的一座里程碑。

此后还不断传来中国公司并购了几个法国品牌等消息。中国不再是中国制造和世界工厂的代名词，而是成为世界认可的、在时尚行业越来越拥有独立话语权的中国创造和中国经营的发言人。

朱古力虽然没有接受云的邀请出任这家米兰公司HR的职务，但她答应帮她们组建团队，因为朱古力还有更多事情要做，而且她一直喜欢独立做自己的事情，如果受聘于某家大公司就失去了她的个人价值了。

但招聘各种专业人才也并非是件容易的事，经过无数份简历的筛选，然后逐个面试到试用期，有时候觉得不错的人，工作下来却并不理想等，经历了半年多的人力资源项目合作，整个公司慢慢进入了正常的状态后，朱古力结束了合作合同。

但通过这次的合作项目，朱古力认识了不少在米兰的中外年轻一代设计师们，大部分都是80后90初的人才。

老师Barbara和Carla都已经离开了学校，她们成立了一家CA公关公司，老师前段时间还被意大利一个著名品牌作为灵感故事的主角放在了各大时尚杂志媒体上，65岁的她一下子又红了。她这样的女性，哪怕满脸皱纹银发飘飘，也是美不可挡的。

正好有家上海的品牌咨询朱古力如何在米兰参加官方的时装周开发布会，想了解所有的流程及报价等，于是朱古力就去公关公司找她们俩了。

新的CA公关公司坐落在米兰斯福尔扎古堡附近，视野很好，可以看到整个古堡的全景，里面的装修风格也体现她们俩简约大气的风格。

她们俩见到朱古力又返回到米兰，大家相见又是一番感慨，她俩都希望朱古力早日回归，并力邀她加入这个团队一起工作。

朱古力对两位老师说：

“现在终于到了时尚幕后推手这个阶段了，经历了十几年的奋斗，机会来了。”

她接着又说：

“现在除了收购品牌外，后面接踵而来的就是中国国内品牌来参加米兰发布会、推广会、showroom开展合作等。”

Carla也说：

“最近这段时间米兰几个大的公关公司和媒体都在往中国走，安排了很多的推广活动，看来我们也得抓紧啊！”

Barbara也附和地说：

“是的，需要我们出马赶紧说啊。”

朱古力点了点头：

“好的。”

中国企业的需求在改变，欧洲不再是时尚唯一的风向标，中国企业有了自己独特的优势，时代的风口在改变，她要致力于为年轻一代的设计师们，尤其为中国年轻设计师们，提供更广阔的国际舞台。

FORTY-SEVEN

第四十七章

铁三角诞生！

- 01 -

在欧洲留学的中国年轻人越来越多，从2000年开始，中国国内年轻学子陆续来到英国、法国、意大利的著名设计学院深造，朱古力开始接受新的挑战，培养新的年轻团队，这才是当务之急。因为她知道项目很快就会来了，她凭着多年的工作经验有这个预测能力。

根据这段HR的工作经历，她已经有了备选的人才库了，最后她招了5名年轻人，其中三名是华人。5人中两名是来自大牌设计师工作室的设计助理，一名原是负责著名Showroom的亚洲部买手订货的，还有两位刚毕业于米兰设计学院的学生。

这些年轻人跟着朱古力的第一步工作就是组团带着意大利的设计师品牌参加上海和深圳的时装周，跟当地的展会进行对接并组织推广活动；同时又带国内的买手来米兰时装周向各个Showroom的品牌订货。

这些工作对于朱古力来说早驾轻就熟了，类似于二十年前的她刚起步的阶段，需要脑力加体力，带着买手们到处跑，落实各个订货地方及预约时间等。这个工作的门槛不是特别高，让年轻人作为入门还是很能锻炼人的。

另外就是，她开始接各个时装推广会和时装周发布会的项目了。这就需要跟类似CA的公关公司合作了，关于意大利的时装协会和时尚媒体等关系不是朱古力的擅长，但她手上有中国的品牌资源及输出的公关费用预算，这才是项目发展的王道。

至于跟米兰哪家公关公司合作，倒由朱古力决定。有好几家公司通过关系来找她谈合作，但她还是愿意跟Barbara和Carla她俩合作，毕竟大家都是互相信得过的合作伙伴。

但她还是忽视了事情的重要一环，这是个商业竞争的时代，刚回到米兰的她还没有完全进入状态，然而这又是各个公关公司都想要的炙手可热的“肥肉”项目，她的轻敌导致米兰一家最牛最厉害的竞争公关公司撬走了一个本已快到手的发布会项目，和一个意大利设计师品牌去中国开发布会的项目。

因为这些服装企业跟国际的机构打了多年的交道，也都有了一些关系，而且现在是互联网时代了，不像之前那样信息不对等。朱古力的国外资源在这几年的顺风顺水中让她失去了应有的警惕性，时代在转变，意大利的经纪公司和公关公司也都想来分这一杯羹，她受到了转战米兰后的第一次挫折打击。

她接到了Carla很沮丧的电话：“朱古力，我们输了，被A公关公司撬走了我们谈了半年多的案子了。”

这结果确实也让朱古力吃了一惊，因为她是成竹在胸，志在必得的，结果败了。

败了不可怕，而是团队的士气会受到影响，大家都以为朱古力回到米兰肯定会有一场漂亮的战役，为想不到第一个发布会就夭折了。

但朱古力镇定地对Carla说，这一单的损失就当作她回米兰后为买经验教训交的一笔学费吧。

于是，她很淡定地开始调整方案，争取在第二年的米兰时装周夺回这个主动权。

Barbara、Carla、朱古力三个人组成联盟，米兰时尚界的女铁三角就这样诞生了。

- 02 -

2017年的二月和九月的时装周，朱古力和CA公关公司合作了两场发布会。一场是深圳的商业品牌，这个品牌本身就是她上海公司合作时尚顾问多年的老客户，今年正好被中国最大的羽绒服公司收购了，他们趁着上市的东风做了一场声势浩大的发布会，就在Duomo广场的米兰大皇宫举办，中国企业花了大本钱向全世界宣布他们的品牌进入了一个新的阶段。

进入米兰官方的时装周开发布会并非易事，是需要层层审批的，经过Barbara和Carla无数次的努力，以及朱古力提供所有资料的配合，审核终于通过。Barbara亲自担任了这次发布会的秀导，这场发布会一炮打响，媒体好评如潮……这真是一场意义非凡的发布会，给了时尚界一个大大的震动！

那晚三位女性朋友十分兴奋地去酒吧喝了酒，都喝醉了，实在太开心了，她们庆祝终于一起成功地做成了一件伟大的事情。

Carla喝醉了对朱古力说：

“这才是人生的高潮，这比和男人在一起刺激多了，亲爱的，你说是不是啊？”

“男人算什么啊，女人们在一起玩才是最有意思的事。”

一群疯了的女人喝高后傻乎乎地大笑起来，平时这么严谨认真的几位，偶然也会放松下来，说些不拘小节又不着调的话。

“接下来我们要去雪山上泡温泉！”

“我要去撒丁岛好好度个假，在阳光下晒一晒。”

“去冰岛看极光怎么样？”

三个人都在争先恐后地说着自己梦想的地方，三个人从来没有这么疯狂过，走在大街上都引起了几个路人的注目……

- 03 -

时装周过后不久，Jack来米兰找他的“女神”寻求帮助，因为他们团队收购了Angelo品牌70%的股份后，在运作过程中遇到了观念上的分歧。

首先Jack他们是不懂服装业的，混血品牌的运作大家都在摸索中。中国公司请了国内的设计师和运营总监，来配合Angelo的设计和延展，但销售成绩却不是很理想，因为Angelo的设计非常大气简约，注重工艺细节等，这在当时的欧洲都是属于叫好不叫卖的，又怎么能那么快地让中国客户买单呢？亚洲能够接受他的风格的也就是少数客户，如日本和韩国几家买手店，中国客户对设计师独特的廓形设计接受度还是非常有限，于是中国团队觉得花了这么多钱收购过来的品牌没有达到理想的效果。

这里出现了两个分歧，一是把意大利设计师赶出品牌，完全按照中国市场的想法来做自己的风格，那品牌就变成快时尚类型的了；二是将品牌重新包装转卖给其他感兴趣的中国客户，从中赚一笔钱。Jack觉得这事必须找朱古力商量，不管是哪种方式都是需要谨慎的。

听了Jack的叙说，朱古力觉得这是每个品牌被收购后都会遇到的问题，于是她笑着开口说：

“Jack，首先设计师是这个品牌的灵魂人物，踢开他你们买的这个品牌就是个空壳，品牌没有了精神，那么你们这个投资就亏大了。你们觉得不用Angelo自己能做？我觉得不妥。”

“那你觉得应该怎么做？快给点建议吧？女神！”Jack很着急地说。

“这个很简单啊，让Angelo做意大利的高级线啊！国内再做一个副线，但风格必须统一，面料和生产放在国内，一是价格下来了，二是风格偏向市场化些，这样销售就上来了啊！”

“高见！”

Jack伸出大拇指对朱古力赞了一下，但接着他又问道：

“如果Angelo不同意怎么办？还有谁能把握这种风格的统一性？意大利设计师和中国设计师之间还需要一个懂得转换的人才对不对？我是做金融出身的，对于做品牌真的不内行。”

“Angelo这边我可以帮忙说服，他会听我的，转换人才你在意大利找一个学品牌管理又懂设计的，不然很难成功的。”

“女神，这个综合人才太难找了啊！唯有你这样的人才才能驾驭得了啊，要不你开个价格干脆来我们这儿工作怎么样？”

朱古力一听轻松地笑了起来：“你准备出多少钱请我？”

“友情价！可以给你干股，等公司赚钱了你不就发了吗？”

这时候Jack显露出温州人精明的本色了。

“还是你们自己玩吧！”朱古力站起来说。

“姐姐，女神！千万看在小弟老乡的份上给个说法吧！”

这下Jack开始慌了。

朱古力回答说：“这样，我介绍个人才给你们，并负责说服Angelo，其他的事你们自己搞定。”

“那你给我们做一年的高级咨询顾问好吗？费用你开口，但一定要优惠啊，实在是这次收购加上运作费用，我的压力太大了，请姐姐体谅！”

朱古力说出一个数字，Jack马上伸手握着朱古力的手说：“成交！”

不论是作为老乡还是面对年轻一辈，或是考虑到与意大利设计师的好友关系，朱古力都觉得自己有责任帮助他们，费用她只是象征性地收取而已。

这个品牌终于在中国开始盘活，朱古力也觉得很有成就感。

FORTY-EIGHT

第四十八章

两代人的碰撞

- 01 -

另一场在九月时装周的设计师品牌发布会，是纽约DU介绍的，DU在电话里对她说：

“亲爱的朱古力，我非常看好这一位年轻设计师Viva Wang，她毕业于伦敦圣马丁，拥有自己独立的设计师品牌，你看了她的设计一定会感兴趣的。”

朱古力看完资料后兴奋地对DU说：

“我被这个90后少女对时尚的热情吸引了，你的评估没错，交给我吧。”

在朱古力的帮助下，Viva Wang结识了米兰最大的品牌管理分销公司RG。

RG在看过Viva Wang的发布会之后决定代理这个品牌，为她进行欧洲以及北美的分销推广。通过RG的推广，Viva Wang的品牌迅速进入了欧洲和美国的多个百货公司。这是中国新锐设计师第一次在国际市场上亮相，而Viva Wang的设计将独特的现代感融入中国传统文化，让人眼前一亮。

这几场发布会后，朱古力在米兰的时尚界站稳了脚跟，后面陆续来了好几个跨界品牌的设计项目合作，包括服装、家居、化妆品等等，越来越多的项目就这样来了。

特别值得一提的跨界新项目，是Roberto杨带着上海一家海派的家具公司老板于总来到米兰找朱古力了。

这是一家即将要上市的家具公司，以海派风格扬名上海，这个民族品牌深受上海市政府的支持，政府也通过关系联系到了米兰有名的SALONE家具展，在展会期间给予位置和宣传，为这家公司上市造势。Roberto杨接到这个合作项目，以他现在的人脉同样也能找到很不错的意大利家具设计师，问题是这家公司的于总心心念念找一个他认可的设计师成为他公司的创意总监，他心中的这个设计师就是号称“鬼才”的Luciano。偏偏没有人跟Luciano关系铁，仅仅是认识不一定能请得动他，钱有时候也不是万能的，因为这个设计师的个性在圈子里是出了名的古怪。

这时候Roberto杨只好求助于朱古力了，问她是否有办法搞定这位大咖?

说来凑巧，这位Luciano是HERMES橱窗设计师Luca的好友，两人是闻名于米兰时尚界的双剑客，他们俩都是收集玩具的发烧友。由于当年Leo也算半个玩具收藏家，所以跟橱窗设计师Luca也有交情，后来通过他的介绍，luca跟朱古力认识，也跟中国品牌合作过多次，于是他俩也有着很深的友情。

当年朱古力走进Luca的工作室参观后，Luca把后面仓库的玩具收藏室打开给朱古力看，朱古力顿时觉得Leo的收藏跟Luca比那简直是小巫见大巫了。但是Luca却告诉她米兰还有一个叫Luciano的“鬼才”家具设计师，他的收藏完全可以开个博物馆了。

Luciano的工作室坐落在米兰外面的一个小城市SEREGNO，那边以做精品家具而闻名于全世界。他除了工作室，还有个小小的工厂，专门为自己设计的图纸做成实物模型的。在好友Luca的帮助下，朱古力终于约到了Luciano，她带着Roberto杨和上海家具公司于总一起去拜访了他。

上海家具公司的于总终于见到了他心中的偶像，并把他自己设计的图纸打开让Luciano看，想不到Luciano看完后觉得对方的设计很不错。原来这位于总也是个爱动手的设计师，于是两人就攀谈了起来，Luciano还邀请大家去他的打版工厂参观。于总到了那里就像个孩子，问东问西，对于技术方面的问题，Luciano也非常愿意回答，因为他看到这个老总也是个懂技术的，大家就这样愉快地开始交流起来。

在午餐时朱古力感觉到当时的气氛很不错，于是乘机提出了合作的要求，把中国公司想聘请他当创意总监的意图说了出来，想不到Luciano并没有反对，而只是说回头再聊，这在朱古力看来对方已经是有兴趣了，她偷偷地对坐在边上的Roberto杨眨了眨眼睛，并轻声对他说：

“有戏了，你完全可以自己推进了啊！”

杨点了点头：“明白！”

后来在杨和朱古力两人共同努力下，终于签下了这个拖了三年的创意总监的合同。

那天两人高兴坏了，杨请朱古力去喝酒并对她说：“朱古力，我曾说过我们一定会有合作的机会的，你看这次就这么快又这么顺利地拿下了这个合同，我们俩确实是黄金拍档。”

朱古力说：“想不到多年后我们又开始了新的合作，而且我们会越来越厉害的，因为我们都已经成熟了！”

2017年，他俩一起受到上海家具公司于总的邀请，在上海共同出席见证了这个品牌上市的隆重仪式，并和创意总监Luciano一起敲响了公司上市的钟声。

- 02 -

2017年二月时装周的同时，她还等到一家中国新品牌AN。这家新公司要来米兰投资开设新的时尚中心，设计高级品牌的成衣线，他们想要运用意大利的面料进行设计、开发打版等，并且还计划未来五年在米兰的名品街开上一家专卖店。

这个计划又一次激起了朱古力的工作热情，她似乎看到了20年前那家香港品牌公司林小姐来米兰找她的老师Rosa的情景。可那时，中国本土品牌的能力远远没有达到可以做这些计划的地步。仅仅过了20年，一个新时代就这样来临了，朱古力多年的愿望得到实现。

这次中国公司来找她出任米兰分公司的CEO，朱古力起先有点犹豫，她自己的公司加上米兰CA公司，她觉得自己已经够忙了，但她把这个消息跟老师Rosa说了之后，老师很为她高兴，并鼓励她可以接下来，以她现在的能力再驾驭一家公司根本没有问题的，尤其是她做的是自己喜欢的事业。于是她破例答应做三年的CEO，然后培养年轻的职业经理人来接班，之前看好的几位年轻设计师们终于有机会展现设计能力了。

同时她请Angelo出任创意总监，有这么一位资深的设计师把关是很需要的。老朋友Angelo当然义不容辞地答应下来，因为朱古力曾经帮过他大忙，促成了Jack团队的融资救活了他的品牌。

设计总监由年轻的意大利设计师Andrea担任，这个帅哥设计师曾经在毕业作品比赛时就得了一等奖，后来又在大牌工作室工作了几年。他的几个著名老师都是曾经和朱古力合作过的老朋友，做过中国品牌的时尚顾问，所以他也一直跟着老师去中国企业工作，于是朱古力一直关注着这个年轻人。最重要的是他也是个热爱设计、有天赋的设计师，尽管他的设计不够成熟，还需要好好地磨炼，但有不错的成长空间，朱古力早已准备培养他了。

另一个设计师就是朱古力最看好的中国女孩Michela，她是这里长大的华人第二代，深谙中意两国文化的精髓，也是个难得的有天赋的人才，将来也是很有发展前途的，但还有点不够自信，磨炼几年后就会越来越好。

Michela的故事也很传奇，她的父母来自温州，出来后也由经营餐厅开始。但她的妈妈Luisa是个很有商业头脑的女性，她并不满足于开餐厅，由于跟丈夫性格三观不一致，后来分手了，嫁给了意大利人。她的老公是意大利一家著名奢侈品公司在上海分公司的CEO，

Luisa也因此进入奢侈品行业，跟她温州的表弟一起收购了意大利一个男装品牌，开始了意大利设计温州生产的模式，成功地在中国各地开了不少专卖店，后来又在外滩开了一家很高档的意大利餐厅。

然而从小寄养在温州祖母家长大的Michela，性格有点胆小、孤僻。但她很喜欢画画，很有创意才华，小学毕业后由母亲带到米兰，后来接受了意大利的初高中教育，直到进入米兰的设计学院，这个女孩的才能才得到了很好的发展。

由于朱古力和她的妈妈是好友，两人都在上海打拼，有很多的交集，Michela对于她们的故事有很多的了解，朱古力也一直关注着Michela的成长。这次米兰设计中心的成立，就给了这个女孩发挥设计的空间和能力提升的机会。

还有就是朱古力最喜欢的女孩Gioia，也是近几年来意大利留学后留下来的。原来她是一家Showroom的亚洲部负责买手订货的，朱古力一眼相中了这个高个漂亮的女孩子，她本来是模特出身，她的气质也让朱古力很欣赏，在订货中有意对她进行了了解，并要了她的联系方式，经常关注她的朋友圈。在订货中朱古力觉得这个女孩很有商业头脑，她能把时尚和商业融合在一起，非常适合负责公司的对外形象策划包装这块，于是朱古力就找机会把她挖了过来。她会给她更好的平台和上升的空间，虽然她也是受朱古力批评最多的那个，但也只是因为朱古力爱才心切，Gioia是她重点培养的对象，因为在她的身上朱古力看到了当年自己的影子。

在她的团队，除了有工作才能和鲜明的个性外，颜值也是必不可少的，谁让朱古力是个颜控呢？但朱古力对颜值的理解当然跟普通人的审美是不一样的，帅哥美女她见识得太多了，她要的是这个人的气质，气质就代表一个人的品位。从事时尚行业的人如果对自己穿衣服的色彩感觉都没有，怎么可能会有很厉害的设计能力？也可以解释为时尚就是代表你对生活的一种态度。

尤其是，中国这家新品牌AN是目前服装界的黑马，颠覆了各种销售观念，用互联网营销模式产生了奇迹。公司老板Maggie非常年轻，但和朱古力一见如故，她们在思维理念上非常有共识，她对朱古力的专业能力也非常肯定。

Maggie在走之前对朱古力说："朱古力，这里的一切交给你，早点把公司搞好，成立一个新的设计中心，费用预算等等报给我，下次我带公司的股东来米兰就能看到我们的新公司了。"

接下来的事情就是成立公司、找工作室装修等，在20年前她就干过这些活，况且现在手上还有年轻团队一起帮着做。不同的是，这是朱古力第一次操作整盘货（COLLEZIONE）。她当过买手、学过设计、做过时尚经纪人，这次出任公司CEO，还是跟从前的工作模式有很多不一样的地方，她又在摸索中学习……

第一季从开始设计开发到打版的完成，遇到了很多意想不到的事情，各种状况屡屡发生。

- 03 -

团队的磨合问题、面料预定问题、版房制版问题等等，都是让朱古力头大的问题。因为很多面料商对于这个品牌不熟悉，而他们又只是定打版用的几十米面料，大部分面料商不配合，让朱古力有点力不从心，每天跟面料商扯皮，成了工作必修课。

另外，朱古力之前认为版房是什么风格都可以做的，但实际操作却发现不同的风格有不同的版房来完成的，比如有些版房只适合制作外套大衣之类的，而有些版房适合制作连衣裙衬衫之类的轻薄面料。这也给年轻设计师和朱古力上了一堂课。

还有就是观念的问题，创意总监Angelo和90后设计师们的创作风格不同，后者的设计偏离经叛道，两代人的设计风格挣扎也是考验灵魂，不过在风格冲突之后，混搭的感觉反而来了，其实这也是一种新尝试。

团队在不断的历练中成长，年轻人善于抓住流行趋势，落实到可行性方面确实还太嫩了点；朱古力在这代际的冲突和矛盾中，和Angelo一起学会了拿捏设计的分寸，一边鼓励他们创新，一边又拉着他们的缰绳一起跑。

第一季的COLLEZIONE答卷朱古力觉得没有及格。分析之后士气有点低落，朱古力鼓励大家说：

“第一季嘛，是可以理解的，不要灰心，我们肯定会成功的。这是一个长期的项目，你们要有全局的眼光，明白吗？大家都要在这一场磨合中学会思考，下一季我们该如何安排？”

每个人都表达了自己的看法，虽然有不同的意见，但都希望自己成长，很快都能脱颖而出。

不仅是年轻设计师们在成长，朱古力自己也在成长，她在学习和90后的年轻人相处，从他们那里她也学到很多新的思维方式。她根据大家的提议先做出整个PPT提案，不仅仅限制于完整的服装企划方案，而是品牌发展的战略方向。

朱古力觉得自己和年轻人最大的不同就是他们把设计当作“玩”，要“玩”出新风格和新境界。而她总是觉得在做“事”，必须严谨，不能大意，但有时未免太严肃了，让大家有压力。她认可设计上的混搭，那么工作上是否也可以呢？这是他们一直探讨的问题。

两代人之间难免会有摩擦和不合，老一辈时尚界的女性为了争取独立和话语权真的可用一个“拼”字，时尚界本来就是多数女性博弈的舞台。然而年代不一样了，年轻的他们，在工作上和生活上，包括感情上，都更倾向“easy mode”。

还有就是时尚是个商业和艺术结合的产业，表面看上去纸醉金迷，但实地里暗潮汹涌，如果作为女性不够强大，不够拼搏，那么你就不可能争得一席地位。

其实她自己就是一个具有混搭特质的人，不按常理出牌也是她一贯的作风，不然她也不可能投身这个行业。

后来大家慢慢统一认识，朱古力也在学着放手让年轻人自己做计划，一个一个地去落实每个细节……

这个计划由Gioia起草。她做出一个专业的工作计划PPT，详细地把第二年的工作计划用数据表格形象地表达出来。然后和深圳的Maggie沟通，得到认可后进入第二个阶段的工作。

第二年开始他们的米兰公司不仅仅是做出了很棒的服装COLLEZIONE，还加了鞋包配饰这块；同时还将承担品牌的对外包装这一块，包括LOGO/VI的新标识、拍时尚大片，及在米兰的发布活动策划等。

这些都会由这个年轻的团队来策划完成，还将会跟米兰各个不同的工作室展开合作。这绝对是个新高度的挑战，激励着年轻人的工作热情，新的挑战过程中必定会遇到各种新的问题。

经过一年两季的试水后，一季比一季在提升。

直到第三季COLLEZIONE出来后看着是越来越有感觉了，设计师们都希望有个著名的摄影大咖来掌镜，拍一个更有范的时尚大片。而这几年杜宇熙在圈子里的名声可是越来越大了，因为他帮DU在巴黎的大牌公司拍了几季的大片，非常成功，顿时在欧洲声名鹊起，大牌公司的片约不断。

这次米兰公司准备让品牌在TOSCANA BORRO的酒庄里完成这个拍摄，Toscana的风光可以让大片拍得很美。这个酒庄是著名品牌Salvatore Ferragamo属下的，和时尚界有着密不可分的联系。

在这样高规格高费用的奢侈场地拍摄，怎么也得请个有知名度的摄影师吧？米兰的摄影经纪公司能否请得到如杜宇熙这样级别的呢？除了安排他来意大利的时间问题，还有片酬等问题。

当然以朱古力和杜宇熙的私人关系也许能有把握请他来，但她不想把工作掺和到私人感情上来。最后她把这个选择权交给团队年轻人，由他们自己去经纪公司选。

FORTY-NINE

第四十九章 成人礼

- 01 -

这两年来，杜宇熙兑现了自己对朱古力的承诺，他确实每年都会来米兰找朱古力一两次，因为来欧洲拍片的机会越来越多。每次结束工作后他都会留一两天时间跟朱古力相处，两人谈工作，谈艺术和时尚等，也会一起去看展，吃美食等。他也会带着朱古力跑步，骑着自行车一起去Naviglia的运河边喝酒。他们慢慢地恢复了朋友的关系。

她呢，也会为他出谋划策怎样打进更高级别的摄影师圈子，怎样和他的经纪公司谈身价等。

杜宇熙这时候已经非常佩服朱古力了，他对她说：

“你怎么那么厉害啊，我从来想不到这些问题的。”

朱古力幽默地笑着说：

“如果你们搞专业的，都能知道自己的价值，那还需要我们这些经纪人干吗？我们还有饭吃吗？再说把你包装好了对我也好啊，女儿的培养对你来说也是一笔不小的开支啊。”

在培养女儿的问题上杜宇熙坚持要自己独自负责，因为他觉得朱古力这么辛苦地带大了Jessica，他无论如何不想再让她出钱，虽然朱古力挣的比他多，但他情愿多接活，况且他那么有才华，有很大的提升空间，加上朱古力和DU在幕后的指点，他马上就通了。

他点了点头说：

“有点道理哦，但你在感情上怎么会那么傻呢？吃了那么多的苦，也不知道打一个电话。我是个直男，在感情上是比较愚钝，不够懂女人，再说那时候我是个有婚姻的人，如果提出让你跟着我的话，觉得自己实在是太卑鄙无耻了，总要把自己的烂事先理清楚再去找你才会有底气吧！”

她耸了一下肩，摊开双手说：

“感情上的事是不能这么计算的，一碰到感情我的智商就不够用了啊，工作上是要追求利益最大化的，也是因为我要对我的团队负责嘛，感情是个很私人的问题，只要自己心甘情愿，就没有对和错，人总是有弱点的啊。”

当然谈得最多的自然是他们共同的女儿了。Jessica彻底地爱上了纽约，这个地方很吸引年轻人，特别适合有创意的艺术人才，欧洲和纽约相比是有点中规中矩了。Jessica不仅决定高中在那里读，大学也会留在那里读。真是“一语成谶”，当年朱古力和杜宇熙的一句玩笑话成真的了。因为有DU给她的影响，Jessica在纽约有如鱼得水的感觉，就像当年朱古力踏上欧洲的土地一样，世界在向她打开精彩的大门。

一次晚饭后朱古力跟杜宇熙散步时谈起Jessica的前途，她欣喜中又有点担忧地说：

“如果她将来做一个像DU那样的国际化的设计师，估计是不能按普通女孩子那样生活了，正像DU当年说的那样：设计就是她的爱情，产品就是她的孩子，那该怎么办呢？”

因为DU也跟她聊过自己年轻时爱情的经历，虽也谈过几次恋爱，但当她进入自己的设计世界后就没有男人可以让她动心了。朱古力太了解这种感觉了，她对自己的事业也有这种感觉，何况像DU这样的天才设计师，她就是那种在天空中闪耀着唯我独尊的星星。

杜宇熙听了笑着说：

“原来你这么超脱的一个人，心中也有这样的心结啊？真是关己则乱。”

他认为没有必要担心这个。

“也许我们的女儿会遇到一个真正懂她的人也不一定，就算没有又何妨，人活着能干自己喜欢的事情就是莫大的幸福，读书是为了什么？不就是让自己的人生有更多的选择吗？”

是啊，当年的她想过不平庸的生活，她要精彩的人生，而通过努力她做到了。

- 02 -

朱古力回想起去年的夏天。

2017年6月底，她终于放下手头的一切，第一次飞到纽约看Jessica。杜宇熙亲自安排一切，他把女儿照顾得挺好的。

杜宇熙见到朱古力很开心地露出洁白的牙齿说：

“三年了，终于邀请到你这位大忙人了，每年都答应说要来，这回可是女儿的成人礼，再不来她可要生气了。”

她抱歉地笑笑说：

“每年圣诞节女儿都来意大利过，也没有很久时间不见面，再说交给你培养我还有什么不放心的啊！”

Jessica十八岁的成人礼在纽约长岛DU的大别墅里举办，杜家大哥和大姐也都很喜欢Jessica，这次他们几个都带了家人一起来参加花园午餐，大哥大姐们的几个孩子年纪都跟Jessica不相上下，平时孩子们都已经很熟了，一看到他们几个来，Jessica可开心了。

Jessica穿上漂亮的连衣裙，头上戴着花环向着爸爸妈妈的方向走来时……美得让朱古力感到窒息，朱古力激动得都快哭了，他们俩同时站起来紧紧抱住女儿，Jessica在父母的怀里说：

“感谢爸爸妈妈把我带到这个世界上来。”

杜宇熙在她光洁的额头上亲了一下说：

“亲爱的，你有一个伟大的妈妈，她才是你要感谢的人。”

他转头在朱古力的额头上也亲了一下。

在大家的一片欢呼声中大哥的儿子Jason打开了香槟，乐队奏响了音乐，杜宇熙带着女儿跳了第一支舞，高个子的杜宇熙带着同样高个子的女儿开舞真是养眼极了，接下来大家各自找伴跳了起来，气氛非常热烈。

这时候杜家大哥儒雅又很有礼貌地过来请朱古力跳舞，边跳边对她说：

“你在我们家名气可大了，我的小妹好像跟你特别契合，你又是Jessica的妈妈，大家都喜欢你的女儿，家教很好，杜宇熙有了女儿后，精神面貌真是改变太多了，我知道你和小妹在后面也是推了一把的，唯一遗憾的是你不答应做杜家的媳妇，还是当年杜姑姑的缘故吗？”

朱古力摇摇头笑着说：

“也许婚姻对于我来说意义并不大，大家这样相处也挺好的啊。”

大哥大姐都是经商奇才，这个家庭人才辈出。大哥带头坐在长桌子的头排位置后，一眼望着长桌子的各位开玩笑说：

“现在要看下一代年轻人了，是否能超越我们这一代，现在看起来这几个孩子都不错，看来杜家的基因还是很优秀的。”

最后大哥把焦点落在了杜宇熙身上，因为在这个聚会上杜宇熙的年轻女友Merry也来了，这个神似朱古力的女孩，长得精致而又有内涵，大哥继续幽默地对Merry说：

“你还年轻，人又聪明，有机会给Jessica生个弟弟或妹妹，把这个好基因发扬光大一下。”

大哥的话让大家都拍手称赞，哄笑不已，更让Merry羞涩得红了脸。

朱古力心里想，这个女孩比她内敛、含蓄，更愿意做杜宇熙身后的女人，她真的更适合杜宇熙。他们当年经历曲曲折折错过多次，最终没有走到一起也许就是上天最好的安排……

- 03 -

聚会散了后，Jessica没有跟他们回来，因为她晚上还要跟自己的小伙伴一起继续派对。杜宇熙在开车送她回去的路上谈起了杜姑姑，他在去年去过一趟巴黎，见了杜姑姑之后，把这么多年发生的故事跟姑姑具体描述了一遍，并告诉她自己跟朱古力还有个女儿。

说得姑姑泪流满面，她直说真想不到，世上还有这么传奇的爱情故事，自己真的是亏欠朱古力太多了，并希望杜宇熙下次一定把女儿带过来给她瞧瞧。杜宇熙又跟她说了杜家在美国的另一支家族是多么优秀，也希望她能过去看看，她连连点头。

他又跟她说王律师对她的爱情也是非常感人的，当年王律师把所有的事都扛了下来，为她坐了十年牢狱，她难道真就一点感动都没有？最后她答应跟杜宇熙一起去王家道歉，并在经济上给予赔偿和帮助。

朱古力听了后也是无限感慨地说：

“杜姑姑是那个贫穷时代典型的一个例子，说起来也非常不容易，毕竟她为拯救家族做出了非凡的贡献，也是那个山沟里出现的奇女子，有时候个人的命运悲剧也是跟时代有关联的。”

杜宇熙送她到了他租的一个带院子的民宿，民宿非常的幽静，充满着花香，这是朱古力喜欢的味道。前段时间有女儿在身边，三个人在外面吃完饭回家或在家里自己做饭的时候，杜宇熙都很自然地留在那里喝茶聊天到很晚才回去，今天由于Jessica没有跟着他们俩回来，进了院子后感觉空空的，他们俩都还没有从下午的气氛中走出来……

朱古力泡好茶，端着托盘放在院子里的藤做的茶几上，而他们并排坐在一张长长的可以摇晃的藤椅子上。

朱古力把茶杯递给杜宇熙，先打破沉默说：

“你现在的女朋友很适合你。大哥下午的提议很好，可以考虑。”

杜宇熙说：

“你真的这么认为？她非要来认识一下你不可，今天我带她来就是想让你看看的。她虽然中学时就到美国来了，但她国内的父母并不认可她长期跟着一个男人同居，是否要给她一个交代比较好？”

她很有感触地说：

“我完全理解她父母的心情，你应该这么做的。”

他用有点伤心的眼神望着她，问：

“我们之间真的再也回不去了吗？我一直在默默地等你，你应该明白的。你真的不在乎我和别的女人结婚吗？”

他接着问：

“还有你的身体近况如何？心理医生的治疗有了好的进展吗？”

“原来你知道这么多啊！那我今天就一一答复你吧！你是搞摄影的，一直在外面跑，如果你跟Merry结婚的话，她可以照顾你的生活，而我身体不好，不能照顾你，但我也不想让你牺牲事业来照顾我，爱情不应该只是占有吧？”

她喝了口茶后接着说：

“心理方面是当年遗留下的一个痛点，确实那两年最难熬的日子里我一直在盼望你会来找我，我怎么也不相信你一走了之，完全不在乎我，忘记了自己的承诺。我也犹豫着要给你打电话的，特别是心情迷茫的时候，但又不知道怎么向你开口诉说一切……所以就没有打。后来是因为工作压力大，加上打官司这些事情，让我一下子心跳加速，心律不齐，但我知道这不算严重的病，而是神经绷得太紧造成的。现在很多人都有焦虑症，看心理医生很正常的，况且我这样的工作性质，突发事件太多，还有很多事是无法和别人说的，总得有个缺口发泄吧，哪怕有个树洞我也可以喊出自己的心事，对吧？”

他听了很难过地说：

“你就不给我一个机会让我照顾你的后半生吗？我亏欠你那么多，

总是得到你最美好的一切，而我却无以回报，我可是有专业健身教练资格的人，交给我就会把你的身体调整好的。”

“明白，看你身材那么棒就知道了啊。”

FIFTY

第五十章

人生就是一场旅行

- 01 -

朱古力笑了，接着说：

“最热烈的爱情走到最后也都是会走向亲情的。在两个人的关系中，合适其实比什么都重要，激情燃烧那都是短暂的，再说我们已经有过了，当年为了追求爱情独自漂洋过海去找你，这种奋不顾身的勇气只在年轻的时候才有，想想这辈子也不冤了啊，何况我们有一个这么漂亮聪明的女儿。”

杜宇熙点了点头道：

“真不相信时光过得那么快，我们的女儿都十八岁了，她走过来的时候我仿佛看见了大学校园里的你。”

朱古力也是感叹地说：

“是啊，我当时都差点哭了，真是有时空穿越的感觉。”

他感叹地说：

“如果能穿越，那是一场我给你的婚礼那该多好啊。”

朱古力轻声柔和地说：

“最深的情，最后也都是分离，爱情可以是风花雪月，两人并肩在海边歌唱，也可以是惊涛骇浪，激情如火，但最终都是驶向平静的港湾……但在你自己喜欢的事业里不一样，乘风破浪的那种感觉真的很爽，想必我们都能体会到这种成就感。爱情的最高境界就是在互相欣赏互相成就。”

“我们俩的爱情不应该消耗在无聊的一地鸡毛里，永远是那么唯美才不辜负那份初恋的美好，如果19岁那年定下来跟你到现在，估计我们也早就没有了那份激情了，难道你就不会出轨？何况你的工作又有那么多的美女诱惑，虽然你不花心，但人性是经不住考验的。”

他还在挣扎着说：

“但最爱的人终究会是你啊。”

“那我只能做你背后的女人了，我的才能和潜力都没有发挥的机会了。”说完她开朗地又笑了起来。

“是啊，刚开始确实是感情受伤后，没有什么‘解药’的情况下，唯有心无旁骛地工作，让我忘记一切，恰好又是误打误撞地找到了最有意思的工作，让我看到了一个新的世界，看见了更广阔的天地，所以觉得爱情也没有那么大的魅力了。”

这番话听得他无言以对，她看得太通透了，虽然他也很赞同她的观点，但就是舍不得。

现代人的感情，是可以有更多元更微妙的选择，不一定是对立的选择，不是只有热爱和憎恨那么简单。

“女人最好的状态就是眼里写满故事，脸上却不见风霜。”这就是朱古力特立独行的做派，也是她的个人魅力，一位风情和自信并存的女性。

有的人是用来怀念的，有的人教会你成长，而有的人值得你牵手一生……

- 02 -

2019年9月时装周，AN品牌决定在米兰四季酒店举办一个盛大的发布会，这是一场非常用心做的品牌策划，一个名不见经传的中国品牌，居然能到这么高级的市中心酒店，开一场这样的发布会，也是一次会引起时尚界关注的输出品牌的大举措，还是这个年轻的团队做出的新一季的优异成绩，让朱古力两年来的辛苦终于有了回报。

这几年设计中心从成立到做出规模，还是花费了朱古力不少的心思，她也受到了米兰时尚界各位好友的鼎力支持。

快开发布会的时候，居然遇到了一个专业上最忌讳的事情，那就是样衣的面料出现问题。有一个系列三件款式，布料到了版房后疏漏了检测，到最后的时间准备做衣服的时候，却发现这块面料质量出现了问题。面料商方面有时候确实会有这样那样的小问题，但从没有出现过这么大的质量纰漏，这下子制作根本无法完成。

如果版房早点检测出问题，是可以提出换的，但到了这个节骨眼上，面料商那里已经没有这款样布了，再说已经交货那么长时间，本也已经不属于他们的责任了。这边版房没米下锅的情景让设计师们直接崩溃，设计总监Anderea已经快要哭了，朱古力也是觉得心塞得不行，创意总监Angelo也找了几个同行，想找一块相似的面料替换掉，这是目前唯一可行的方案，设计师们心里不愿意，却也别无选择。

刚巧朱古力的老师Rosa知道了这个消息，马上把她手中的一块一样的面料拿了过来，她定了这块面料做完后多出几米，听到朱古力这边出现这个问题，作为设计师的她知道这个事情对发布会意味着什么，所以及时送了过来。化险为夷的朱古力团队，通宵赶时间把这几件样衣制作了出来，版师和设计师们都熬红了眼睛，同时在发布会上各个还要保持最佳的精神状态出现，这就是时尚业里的常态。

每一件事情的成功都不是偶然的，老师的鼎力相助，CA公关公司的配合，都是这次发布会成功的关键。

无论是场地、灯光，还是音乐、模特，都用了最好的，并且还请到了时尚界的各类大咖，世界名模米兰达可儿等。发布会反响非常强烈，受到各种媒体的追捧，品牌随后受邀进入米兰最高级别的Showroom，开始在国际市场接受订货。

同时，米兰领事馆的领事、意大利服装协会的主席等都来了这次发布会，连香港时尚集团的James林也来了。林James看完这场发布会后对这个品牌很有感觉，并对朱古力说，以后这个品牌可以进他们的买手店。

那晚活动结束，曲终人散后，朱古力终于松了口气。她走出四季酒店的大门，独自走在时尚大道拿破仑街，微风吹过，心情舒朗，不由自主地哼着小调，快步走到大牌店铺门前，远远看见有个身材窈窕的高个子女孩，在橱窗面前如痴如醉地欣赏着，走近仔细一看那不是她的宝贝女儿Jessica吗？她在后面轻轻地拍了一下Jessica的肩膀，对方回过头来惊喜地叫了声：

“妈咪，你怎么也来了啊？今晚的发布会好棒啊！”

朱古力笑着问：

“刚才你怎么没有跟团队小伙伴一起走啊，晚上还有个庆功宴呢，怎么自己一个人走到这里来了？”

Jessica调皮地嘿嘿笑着，露出两个迷人的小酒窝说：

“刚才看见车上人太多，有点挤，我就说自己一会儿直接过去就好了，走着走着看见这个橱窗好漂亮，就忘记了一切，想起你曾经说过年轻的时候买不起衣服，就天天看橱窗，结果爱上了时尚，真是件有意思的事。”

朱古力拥抱着女儿点了点头说：

“这叫歪打正着。像你现在多幸福，从小在米兰见识了那么多，后来又生活在大上海，现在又到了纽约，这些见识过的东西是谁也带不走的财富，以后你会比妈咪厉害多了啊。”

Jessica笑着说：

“妈咪的智慧我可比不上，我不一定能超越，但我会有自己的路。”

朱古力一边拉着女儿的手一边爱抚地说：

“想不到你已经这么懂事了，看来这些年在纽约没有白待，你爸爸和DU也没少影响你。”

当朱古力知道女儿决定要去报考纽约著名的视觉艺术学院，目标是成为DU这样的设计师后，她就要求女儿来这次的米兰发布会开始人生的第一次实习。Jessica从纽约回到米兰，跟朱古力团队的年轻人一起工作了一周。虽然大家以前认识，但工作在一起就不一样了，朱古力也不再把她当小孩一样宠着了。当她把自己的想法告诉杜宇熙的时候，他虽然平时特别宠溺女儿，但在大事上却非常支持朱古力的想法。

其实Jessica也想着看看妈妈手里团队的设计和策划能力，跟几个大哥哥大姐姐们学习来着，正好爸爸问她有没有想去的意思，她马上就开心地答应了。

- 03 -

母女俩手牵手去餐厅参加庆功宴，Leo早在门口迎接她们俩的到来，一晚上他都在帮着朱古力招待来宾，安排餐厅等事宜，简直事无巨细，大家都开玩笑说Leo是公司的行政总管，如果离了他还真不行。

“你们俩跑哪里去了啊？害得我到处找。客人都齐了，主人倒消失了。”他一边擦汗一边说。

朱古力淡淡一笑说：

“刚才手机没电了，不好意思，不过走路也很快就到了啊。”

第二天Jessica就要飞纽约了，因为学校马上要开学了，这个星期的经历让她觉得自己学到了很多东西，太值得了……

在去机场的路上，Jessica在车里还告诉妈妈，自己前不久在纽约见到了来自巴黎的杜姑婆。

“妈咪，我之前以为杜姑婆一定很可怕的，结果她长得很美，现在虽然是老太太了，但还是很优雅很有气场，她看见我可温柔了，一直跟我说我的妈妈是个了不起的女人。”

“我也听你爸爸提起过，她来纽约认亲来了，大家终于相认了啊。”

“但她还一直说想要见你呢，要给你一枚祖传的翡翠胸针，并且要当面跟你说声对不起！”

朱古力听完女儿的话，沉吟了一会儿后又笑了起来说：

“我才不会见她呢，并不是还在恨她，已经过去那么多年了，早就放下了，而不见她的原因……你应该懂的。”

Jessica歪着头想了半天说：

“我明白了，是不是她会撮合你和爸爸重新在一起？”

“我的宝贝，你太聪明了，她那么强势的人，肯定觉得自己应该再做一次决定，她并不知道时代变了，婚姻不一定是每个人必选的题目。”

据朱古力所知，杜宇熙后来也没有跟Merry结婚。因为在Jessica的成人礼上，看到气质非凡的朱古力，看到杜宇熙看朱古力的眼神，Merry马上明白自己是怎么也不可能完全占据杜宇熙的心，于是她黯然地选择了放弃。

那么在杜姑姑看来，既然两人都没有结婚，而且又有孩子，为了弥补自己当年所造成的错误，让他们俩分开了多年，她肯定是希望由自己做主为他们俩补办一次婚礼！自然，如果未来让杜宇熙继承她那庞大的家业，那么由朱古力来打理这个家业那是再合适不过了，只有她具备这个能力，杜姑姑以为没有人可以拒绝这样诱人的条件。

当然她是没有办法理解朱古力的，现在的朱古力不再是那个她曾经认识的单纯少女了，她可以选择原谅，但她不会忘记，因为她希望自己的人生简简单单，不需要因为跟各种人成为亲戚而必须扮演着不同的角色，她始终想做个纯粹的热爱自己事业的女性，做一个更好的自己。

必要的尊重是需要的，但距离和分寸感也很重要。她们始终不是同类人，这一点朱古力很清醒。

Jessica非常理解她的妈妈，也想到爸爸，他就是那个自己梦中爸爸的样子，还有她最喜欢的Leo，一个童心十足的老男孩。这确实是个很难选的题目，人生对于她才刚开始，现在的她有点喜欢一个男生，但将来的事谁知道呢？但爱情总是美好的，尤其是青涩的初恋……

并且妈妈一直告诉她，家的组成有爱就可以，不一定是爸爸和妈妈，如果父母因为各种原因不能在一起生活的话，不能勉强。正因如此，她的生活里不缺爱，外公外婆的爱，妈妈的爱，Leo的爱，都陪伴着她成长，现在又有了爸爸的爱，还有杜家各位长辈和小辈的爱，她觉得自己幸福极了，收获了满满的爱。相比当年妈妈在20岁的年纪就一个人来到欧洲，举目无亲，独自生活，真不知道自己有多么幸运！这一切都是通过妈妈的努力奋斗得来的，这里面的艰辛只有妈妈自己知道，她心中的伤痕只能由她自己来慢慢抚平……

Jessica心中还有个小小的愿望，就是创造一个帽子品牌，完成妈妈的梦想。妈妈那个年代喜欢精致风格，如奥黛丽·赫本那标志性的黑白宽檐帽，而她更喜欢英伦带点旅行的风格。妈妈一直喜欢新鲜事物，好学从不落伍，心态永远年轻的妈妈是她的骄傲，也是因为这点爸爸始终那么迷恋她。

她准备回纽约后就开始策划这个品牌的方案，然后找Michela合作，这次在米兰她发现Michela也很喜欢戴帽子，每个帽子也都是她喜欢的风格，她们在设计方面可以合作，生产方面更是意大利的强项，还有Gioia未来也可以成为市场运营方面的人才，三个人也可以成立一个新的团队，就像妈妈她们那样，成为米兰年轻一代的女铁三角。Jessica越想越兴奋，于是把这个想法告诉了爸爸，杜宇熙听了也是异常开心，非常欣赏女儿的想法，然后又找DU说了这个想法，DU也表示出很大的兴趣，并给Jessica介绍了欧美几个著名的帽子设计师的品牌，让她好好地去了解，并希望她把这个策划方案完整呈现出来，由她来把关。

做到一半时，Jessica去找DU，把自己做的方案给她看，DU被Jessica的设计天赋惊讶到了，她拥抱住Jessica尖叫起来：

“我们家又要出天才设计师了！”

并对一起来的杜宇熙说：

“真的要好好感谢朱古力给你生了这么优秀的女儿，才大一呢，比我当年进入设计行业还早呢，我们一起来投资这个品牌吧！香奈儿当年也是从帽子开始的啊。”

杜宇熙连连点头说：

“是的，我肯定会全力支持的。”

吃过饭后和爸爸去散步时，Jessica兴高采烈地跟爸爸说：“我准备把这个策划案赶出来献给妈妈当节日礼物，你觉得怎么样？”

杜宇熙听了激动极了，有点语不成声地拥抱住女儿说：

“你真是爸爸贴心的小棉袄，这么多年我一直想用不同的方式补偿你的妈妈，却始终没有找到让她开心的点，还是你了解你的妈妈，不枉她当年吃了那么多苦。我们现在都不要透露风声，到时候给她一个意外的惊喜，她要是知道你出了一个帽子品牌，不知道会有多高兴呢，让你们母女俩尽兴地玩一把吧。”

回到米兰的Jessica把这个策划案献给了她最亲爱的妈咪——朱古力，这个策划案的精美图片，对于帽子品牌的优美文字阐述，每一个细节都深深地撞击着朱古力的心扉，她无比感动，仿佛感到一朵花盛开在心田里。复古、时尚、经典、中性等都结合在这个品牌里，“落”在眼前的一片风景，时尚的轮回，母女俩的爱……她都感受到了。

帽子的主题就是旅行，朱古力的一辈子都在旅行，在旅行中发现不同的风景和人生意义。她的后半生就是要尽情地放飞自己，带着女儿一起把这个帽子品牌诠释出更多精彩的故事。

这时她又接到上海的一个时装大赛的邀请，她将要出任这届评委。

她将继续在米兰和上海这两个不同的城市，演绎着她的时尚故事……

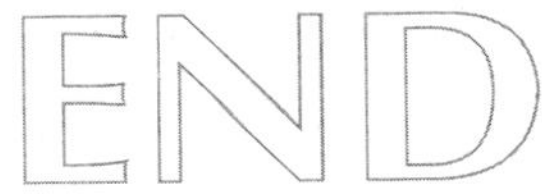

写在后面

我为什么写下《时尚之歌》

2020年是中意建交五十周年。这本来是一个献给时代的礼物，也是我在中意之间游走奋斗三十年的一段记忆。

一场疫情改变了所有人的生活轨迹，在居家的日子里，无所事事的我开始了追剧的日子。

故事的构思起源于一部当时在国内外热播的，名为《意大利制造》的时尚网络电视连续剧，这部剧阐述和见证了意大利在1970—1980年代品牌林立的一段辉煌历史。

事实上，在意大利制造和创造的发展同时期，来自中国的华人女性在1990年代也踏入了米兰时尚界。而作为东方女性的代表，特别是作为一个移民，在意大利的时尚界发出一束光芒，走出属于自己的励志之路是非常艰难的。正是因为艰难，朱古力的故事特别且珍贵，值得分享给大家。

故事勾画了意大利时尚界发展的旅程和中国改革开放后对欧洲品

牌的吸收和改进，乃至近十几年来中国资本力量的崛起。也从细节着手，描写了中国企业对海外设计品牌的收购及中国自主品牌发展、中外设计师的合作和碰撞，以及中国设计在意大利米兰时装周大放异彩的历程。在这幅波澜壮阔的时代图景中，可以看到近三十年来华人女性在意大利时尚界的酸甜苦辣。

这不仅是我的人生写照，也是很多女性共同的故事。很多朋友会问，朱古力是我吗？这就是我的回答：是，也不是。故事里面肯定能看到我个人的身影，但艺术的真实一向不等于生活的真实。我将许多优秀女性的经历，包括自己的经历，寄寓在了朱古力的故事里。可以说，女主人公是一个不一样的我，一个更完美更高级的“我”，一个理想化的我。

愿你我都似朱古力，潇洒肆意，勇敢追梦，赏遍人生之路的各处风景……

朱剑冰（Luisa Zhu）

2021年12月17日